U0584334

北极村童话　迟子建

作家出版社

目录

北极村童话

假如没有真纯，就没有童年。假如没有童年，就不会有成熟丰满的今天。

这是发生在十多年前，发生在七八岁柳芽般年龄的一个真实的故事。

一

大轮船拉笛了。起锚了。船身在慢吞吞地动了。

妈妈走了，还有姐姐和弟弟。我真想哭。妈妈真狠，把我一人留在这儿了。瞧她站在甲板上向我招手，还不时抬起胳膊蹭眼睛。她哭了。

留下我，刚走，就想了？真好玩。我不愿意看她，更不想跟她招手，让她走吧。

狠心的妈妈，我恨你！

记得有一次，妈妈边刷洗毛主席石膏像，边跟邻居王姨唠嗑。我只不过说一句："妈妈，给毛主席洗澡，怎么不打香胰子？"回答我的是一个火辣辣的嘴巴，"看我不把你送姥姥家！"

还有一次，我听收音机，乱调一气。猛然，收到了一个很好听的曲子。我听迷了，妈妈和爸爸也都听迷了。后来，里面传出了"莫斯科广播电台，这次……"，吓得妈妈啪地关了它，并飞速地拧了调谐钮，冲我道："乱捅！就该把你扔到姥姥家，总也别回来！"

于是，甩下了我这个淘气的、爱说的、不听妈妈话的孩子。好了，现在什么都可以说了。姥姥家里有大空房子，你可以说个痛快了。

船更远了。渐渐地，在我的眼里，它变成了一条小蝌蚪，在奔腾的江里跳着。

一手攥着石子，一手挥舞着柳条棍，在沙滩上玩了一会儿，我又想哭了。鬼知道，我为什么要哭。我使劲抽了一下鼻涕，仰头望着天。

天上缀满了云，雪白雪白的。它们有的像兔子蜷在那儿睡觉，有的像猫在捕捉老鼠，还有的像狗、像鱼。它们自由自在地游着、飘着。天真大！它能容得下那么多的云。云多好啊，它可以睡觉，可以奔跑，可以俯身看到树木花鸟，可以仰头望见星星月亮。对了，听爸爸说，云还可以化作雨、变成雪呢！

天热极了。嗓子要冒烟了。姥姥抹够了眼泪，在喊我了。

姥姥是小脚，一走一摇，像是扭秧歌。我不愿意和她一起走，便挣开她的手，向前跑。跑累了，再停下来。看着姥姥走路的那副样子，我忍不住喊："鸭子鸭子快快走，跩悠跩悠上高楼。高楼有个松树塔，一咬一半拉。"

这话可把她气坏了，她边追边喘着，喊着："骂姥姥，天打五雷轰！"我便又跑，摇晃着柳条棍，东捅捅，西戳戳，好不快活。

糟糕死了，我把蜂子窝给捅了。一个个小黑绒球向我扑来、压来。立刻，嘴肿了，脖子上、屁股上，都火辣辣地痛。

姥姥赶来了，急得直掉泪。"看看，当妈的刚走，闺女在这儿就……咳！"见我哭得凶，她就吓唬我说，"快起来，要不天兵天将该来了。收拾了你，姥可不管。"

我害怕，抹干眼泪站起来，顺从地趴在姥姥背上。

一颠一颠地，走啊走啊。我累了，渐渐地睡了。等我睁开眼，迷茫中，我就看见了姥姥家的大木刻楞房子。

二

大木刻楞房子是新盖的，房梁上还拴着红布。姥姥说，那样可以避邪。房子大，进门是厨房，东西各一间屋。西屋门帘上钩着花，炕上有一床猩红色的缎子被，南窗下摆着一张黑漆桌子，上面放着镜子、香粉和雪花膏瓶。这是小姨的住处。我和姥姥住东屋。屋里一溜大炕。炕上油着蓝漆，光滑滑的。躺上去，忍不住要打几个滚。

晚间，我和姥姥睡一个被窝。她给我讲故事，净是鬼和神，可有意思呢！我爱听，听完了又害怕，便把身子缩在姥姥的胳肢窝下，死死地抓住她的肩膀。

尽管这样，我还是喜欢过晚上。左邻右舍的人挤在厨房里，卷着烟，呷着茶，天南海北地聊，我可以支着下巴听个够。

白天的日子就不一样了。姥爷打完更，喝了酒就去菜园；姥姥白天总不着闲，剁鸡食，采猪菜；小舅白天上学，学校离家路远，中午不回来；小姨到队里干活，中午回来，吃了饭就躺在炕上睡。我多么恨白天啊，恨这夏天的白天！

白天太长了，太热了，太让人气闷了。我想念家乡的伙伴。那时，多好啊。有一次，我们好几个人去偷母娘娘家的黄瓜。这个臭婆娘，坏着呢。人家的小鸡进了她家园子，就用石头给砸死，煺了毛，扔进油锅。她家的黄瓜刚做钮，黄花还没落呢。我们一人装一兜，跑到小树林，吃个精光，然后再返回去，看母娘娘骂仗："哪个杂种，偷吃了你姑奶奶的黄瓜，让他不得好死！是男的，吃饭噎死；是女的，生孩子憋死！"

她跺着脚，叉着腰，唾沫星子四溅。

可这里呢？整个一条街，只有三个小孩：兰兰、小宝和我。

兰兰跟我同岁，长得比我好看多了：大眼睛，小嘴巴，就连那薄嘴唇，也是红鲜鲜的。她家穷，孩子多，妈妈常年有病。她总要在家看弟弟和妹妹，很少出来找我。我到她家，她妈又不高兴，指鸡骂狗的，说我招她偷懒了。

小宝是李奶奶四十岁时得的独苗，娇得了不得，六七岁了，撒尿还得用人把，动不动就像小姑娘一样哭。李奶奶不让他出来，怕他跌跟斗摔了腿，又怕他不小心跌进井里。

他们都不出来，我就一个人玩，到菜园里捉蚂蚱、蝈蝈，把大个的留下来，装到小舅给我编的笼里，塞进倭瓜花给它吃。看腻了，就到房后去做泥人。

姥姥家房后有个小洼兜，一下雨便淤好多水，水泡得边缘的土黏黏的。我把它和面似的揉一堆，我每天可以做好几个泥人。我偷偷用姥爷的小木盒里的西瓜子，给泥人当眼睛；又把小姨的胭脂膏子，悄悄抹在了小泥人的嘴巴上。

听姥姥说，大舅那年回家，带回好几个大西瓜。吃完后，姥爷就把瓜子拾起来，装到那个盒子里。他平常从不动它，家里来了客人，却逢人就要打开说："这是大儿抱回的西瓜，吐的子呢！"等到别人连连点头，啧啧夸赞，他才满足地小心翼翼地放好。那样子，就跟他喝酒时，慢慢地端起盅，轻轻地抿，生怕弄洒、喝漏了一样。

就在西瓜子少得不能再少的这一天，他跟人说着说着话，冲我喊："灯子！听见了吗？灯子！把那个瓜子盒拿来。"

我吓得打了个干嗝，憋了好半天，直着眼说不出话。姥姥捶我的背，才顺过一口气来，委屈得我哇的一声哭起来。

"老丧门星！灌够了猫尿，"姥姥咬牙切齿地骂着，"高音喇叭似的，吓死人！"

我就势倒在姥姥怀里，故意大声号哭。

姥爷没趣，晃着身子站起来，对人家说："不看了，不看了。看也没用，没用哇。"他从姥姥怀中把我接过去，慢吞吞地走到菜园。

这是他第一次抱我啊。

三

暖洋洋的太阳，照得菜园泛着一层青光。柿子已经拉红丝了。

他把我放在地上，弯腰摘了个半青半红的，放在我手里。他以为我真的吓着了，摸着我的头发，说："灯子好，姥爷再不大声说话了。吃吧，等到大秋，红透了，都留给你。"

我茫然点点头，赶忙咬了一口。恰巧咬到青的那半上，涩得我直想吐，但最后还是把它吞了。

姥爷不知怎么了，这几天话特别多。小舅说他想大舅了，大舅已经三年没回来了。

"爱吃西瓜吗？"他问我。

我慌忙点点头，想想不对，又赶忙摇摇头。他并没在意，只管说："你大舅那次回来，就带回了大西瓜。红瓤的黄瓤的都有。吃起来沙凌凌、甜丝丝的。"他醉了似的，眯着眼，惬意地有节奏地拍着腿。

"东头的'老苏联'，见过吗？"

"谁？"自从住到姥姥家，我还不曾到东头去过。

"咳，说这些做啥。不说了。"

他扔下我，竟自蹒跚着走了。

气得我把嘴巴噘到鼻孔上。

尽管如此，我还是跑到房后，把小泥人身上的西瓜子都抠出来，用淤水洗好，放到衣襟上搓干净，一粒一粒地摆在小木板上。

谢天谢地！姥爷几天不看盒子，也没有人到房后去。西瓜子不知不觉地干了。趁没人时，我把它们送了回去。

西瓜子的事总算平息了。姥爷又闭紧了嘴巴，不说一句话，阴着脸，闷闷地喝酒。

太无聊了。天气又闷又热，像捂在蒸笼里，除小姨外，其他人都蔫了似的。

小姨好高兴。她吃了饭，就梳那又光又黑的大辫子，往脸蛋上扑粉。打扮好了，就前后左右地照镜子。也不告诉家里人，就偷偷地溜了。小舅告诉我，小姨去找开拖拉机的张舅舅。

天旱了。小泥人被晒裂了身子，烫掉了胳膊。老母猪趴在圈里，一声不响地晒大肚皮。小鸡小鸭都猫到荫凉处。

尤其是傻子狗，晒得更可怜！

姥姥家的门前用铁链子拴着一只狗。它的毛黄黄的、茸茸的、长长的，风一吹，泛着金灿灿的光。它的个头大，腿又粗又壮，一跑起来，抖着满身毛，威风凛凛的。这样一条好狗，却被唤作"傻子"。

傻子可厉害呢。姥姥说，有一次，它把看地的大爷咬得腿肚子直蹿血，因此被揍了个半死，尾巴上的毛也被剪掉了许多，拿去给人家敷伤口。从那以后，它的脖子套上了锁链。

我怕这条狗，不敢接近它，只是远远地站着看。姥姥说，狗是不咬自家人的。可我还是怕，总觉得它的眼睛像冒着火。

天这么热，它也没精打采地趴在柞木障子下，长伸着舌头，呼呼直喘气。我试探着端盆凉水，慢慢地蹭近它。它似乎有要站起来的意思，可只是身子动了动，却没能成功。我把盆放到它旁边，轻轻地蹲下，胆突突地抚摸着它的毛。它得意了，仰着身，斜伸着腿，微闭着眼，缩着头。我便又使劲搓它，搔它，捶它。

它终于被我征服了！我有了新的伙伴。

四

新伙伴跟我是友好的。每天吃饭，姥姥都要蒸暄腾腾的馒头。吃饱了，我也要再拿一半，捏在手里，装作往嘴里塞着向外走。姥姥总要说："吃多少拿多少，糟蹋粮食可伤天害理哪。"我就说："我还没吃饱哪。"不管她怎样唠叨，就倏地跑出屋门，来到大门口。

傻子一见我，一骨碌挺身起来，斜伸着前腿，探着脑袋，狠劲晃着尾巴。我坐在地上，它立刻趴下，把前爪搭在我腿上。我把馒头塞进它嘴里，看着它大嚼大咽，心里禁不住涌起一种从未有过的自豪感和胜利感：傻子是我的！

晚饭后，屋里传出了洗碗的叮当声。姥爷叼着旱烟又蹲到菜园去了；小舅编笼子，好到大江去捕鱼；姥姥拎着猪食桶，一出门就嘎嘎嘎地叫着；我的任务是圈鸡。到仓库的袋子里抓一把小米，把它撒在纸箱里，小鸡就傻乎乎地跳进去，唧唧唧地点头啄着吃。遇到调皮的，站在纸箱边，探头探脑，我就得把它扑下去，蒙上纱布，把纸箱端到大厨房的南墙根。

做完这件事，我可以抱着傻子看天。傍晚的西边天才好看呢！

太阳沉下山了。天边飞着晚霞，深一块、浅一块的。它们有的大红，有的粉红，有的则金黄。那大红的像炉膛的火，粉红的像小猫的舌头，金黄的像大公鸡的尾巴。它们深的颜色变浅了，浅的更淡了，星星就眨着眼跳出来了。星星一跳出来，邻居家的猴姥就大着嗓门来聊天了。

猴姥讲故事最有一套。讲鬼神时，不是眯着眼乱哼哼，就是张着大嘴，捶胸顿足。这样，她常常要把烟头掉在裤子上。好在她的裤子脏得很厉害，铁皮似的，所以也不会烧出眼。

厨房里弥漫着呛人的黄烟味、汗泥味。我听累了，听烦了，就出来透口气。

夏天的夜晚凉爽极了。青蛙在江边不时地呱呱着。满天星星密布，空气真新鲜。傻子知道我出来了，就唔唔地叫着。我跑上去，搔它。

"傻子，你看，天上哪颗星星最亮？"我扳住它的脑袋，让它望天。它乖乖地仰着头。

我又问："傻子，你看哪颗星星像我？"它只管晃了一下身子。"大笨蛋！真是'傻子'！"我骂它，按它倒下，自己忍不住咯咯地笑。

"黑更半夜，在外面笑什么？快进来。"姥姥倚着门框喊我，我赶忙撒腿往回跑。回到屋里，猴姥那颠三倒四的故事快讲完了，我跳上炕去铺被，待我磨磨蹭蹭地做完，猴姥的大脚片子已经响在院中了。

姥姥一直把她送到大门口，闩上门，拉上窗帘，洗过脚，我们便上炕了。

我睡不着了。我在想姥爷，想那天他到大菜园里对我讲的话。我越想越奇，忍不住推醒姥姥，问她："'老苏联'是谁？"

"东头的。"

"是站在窗前就能望见的，那个种了好多毛嗑的人家吗？"

"嗯。快睡吧，明天还要早起呢。"

姥姥是要早起，姥爷打更回来，才早上五点多钟，她就要做好了饭。我不再问她，等她睡熟了，我从她怀里挣出来，拱出被窝，痛快地大喘了几口。我在想，东头那个大木刻楞房子，里面住的"老苏联"是什么样呢？

这一夜，我做了一个梦。梦见东头的大木刻楞房子里住着一个老太太，她站在黄灿灿的葵花下，抛给我好好多多的石子。她告诉我说，这些都是黑龙江的石头。她还说，她要把这些石头磨得圆圆的，用锭子扎出眼，给我穿个项圈戴。

五

天大亮了，太阳升得老高。

院子里，飘着鱼腥气，小舅坐在木墩上挤鱼。鳞光一闪一闪的，像星星在跳。他挤完了，拌上盐，串上铁丝，挂在墙上。

小鸡们蹦跳起来了。我把盆子当中肠子之类杂秒东西捞出来甩给它们，剩下的红浆浆的汤倒在猪槽里，然后，再把盆冲得干干净净。

这样做，小舅一高兴夸我，我可以就势要两条小鱼，给傻子吃。

吃了饭，各自忙各自的了。

我沿着干得裂了缝的田埂，向苞米地走去。姥姥家的苞米地紧挨着"老苏联"的菜园，现在，苞米已经吐出了棕红的缨子，我掰下一截甜秆，塞到嘴里嚼着，吃够了，向那个房子望去。满院子的向日葵，黄泥抹的墙上挂着一串鲜红的辣椒、一串雪白的大蒜和一把留作菜籽的香菜。

房门开着。在我记忆里，它似乎从来没开过。可它今天确确实实开了，不是梦吧？

走出来了，是一个高高的、瘦瘦的、穿着黑色长裙、扎着古铜色头巾的老奶奶！

她一步步地移过院子，推开园门，贴着豆角架过来了。

我站在苞米地，她站在那里，隔住我们的，是一排低矮的、倾斜的、已经朽了的柞木。

我的心打鼓似的咚咚直跳。

"小姑娘，小姑娘。"声音很慢，有些迟钝，"你怎么一个人在这儿啊？"

"我采猪食。"

"采什么菜啊？"

"灰菜、苋菜、车轱辘菜，还有钉锦儿、朱香芽！"

她咯咯干笑着，嘴不停地动，好像在嚼什么，"采猪食，怎么不拿篮子呢？"

"我先采，放在这儿。中午舅舅来取。"

"几岁了？"

"七岁。"

"上学了吧？"

"没有。"

"愿意识字吗？"

"愿意！"

回答得干脆利索，我想她一定会满意的。

她把着柞木杆子，我也把着。我仰着头，她低着头，我们的眼光相交在一起。我分不清是不是梦，顺嘴说出来："你是老奶奶！我见过你。你不是答应给我穿个项圈戴吗？"

我用手在脖子周围比画着。她先是睁大了一下眼睛，随后拨着障子，伴着一阵咔嚓咔嚓的柞木杆倒下的脆响，她倾着身子过来了，死死地搂住我！

"是奶奶的孙女！是奶奶的孙女！"她的胳膊像把大钳子似的牢牢卡住我，我的脸被她亲得直发烧。可能她听到了我的哼哼声，她松开我，我终于可以大口地喘气了。

"奶奶，黑龙江的石头能磨圆吗？"

"能。能磨圆的。"她肯定地点点头。

"那就好了。"我放心地笑了。

不知不觉，我跟着她，穿过菜园，来到院子，走进屋门。

屋子不大，却很干净。墙粉刷得漂白。正房里，最引人注意的是一个黑色挂钟和钟下面的紫檀色桌子，桌子旁边是一把黑木椅。

她按我坐下，拿出冰糖，摘掉那条古铜色的三角巾，连连转了几个圈，对我说："吃吧，再给你烤毛嗑去。"

她到厨房去了。不一会儿，她用铁片托着毛嗑出来了，"吃吧，香，新烤的。"

她兴致勃勃跳起舞来。

我看着她起舞，跳得又快又急，全不像姥姥，就连胸脯也是高高挺着。

"奶奶，你脚大吗？"

"大哟。"

"我姥姥怎么是小脚？走道像鸭子，一扭一扭的。你的脚怎么大？"

"长的呀。奶奶不缠脚。"

她翻出了扑克、跳棋、识字课本、陈年的蚕豆，满满地堆了一桌子。

她说她要教我识字、唱歌、剪窗花、做面人。她跟我说，上她这里来不要对别人讲。

当然，我全部同意了。

回家路上，我看着天也想笑，看着地也想笑。每一片白云，每一片绿叶，都那么亲切。我哼着歌，踩着发烫的土地，蹦蹦跳跳回来了。

傻子迎上来，我像奶奶搂我那样，死死搂住它，贴着它的耳朵，悄悄说："傻子，我告诉你一个秘密，你可不许对别人讲。"

六

午饭后，空气更加燥热、沉闷了。不一会儿，起风了。云变成了淡灰色，挤成一堆，抱成个铅灰色的大团。

风逝了。燕子呢喃而下。细细的雨丝像一根根银色的绣针，一股脑儿地扎向地面。

鸡整齐地排成一溜，哆嗦着翅膀，站在房檐下。傻子却得意地踏着爪，不停地用舌头舔那湿漉漉的毛。

姥姥高兴得磕了三个头，不住地叨叨着："没白求雨，可不，说来就来了呢。"她走到窗前，满心欢喜地瞅。她的眼眶里有水珠。莫非是雨扑打进去的？

我望望窗户：窗子关着，雨水顺着玻璃一道道地往下滴。那么，姥姥是兴奋得落泪了。

我搬了个小板凳，站在上面，把着窗台向外望：雨下得更大了、更急了，地上冒起好多水泡，像我踢毽子用的铜钱。

我在想东头的老奶奶。她现在做什么呢？

对了，她怎么就一个人呢？

我真想立刻就弄明白它。我想问姥姥，可一想起老奶奶的话，立刻打消了那个念头。

大雨停了。草丛中的蚂蚱蹦得欢，蝈蝈也叫得脆生了。傻子满足得直尥蹶子。小鸡们不停地刨着湿乎乎的土。

姥姥抱柴做饭了。厨房里传来烧火的噼啪声和嚓嚓的切菜声。姥爷从炕上爬起来，穿上长筒靴，拿着铁锹，跳到猪圈里起粪去了。

我穿上塑料凉鞋，向老奶奶那儿跑去。

山雀赶在我的前面蹦着。它们好像刚出窝，还不会高飞，只是贴着地面，吃力地抖动着稚嫩的翅膀。天东北角，扬出一条彩虹，像是一座五颜六色的桥。

我屏住气推开那扇门。我怕老奶奶睡觉。

是开门使屋里亮了，还是我不小心弄出了声？反正，她马上发现了我。

"噢，好大的雨，雨好大呀！"

她奔过来，蹲下身，拍着我的脸蛋。

"奶奶，你的裙子像喇叭花。"我扳着她的肩，对她说。

她努着嘴，紧眨了两下眼睛，端着肩站起来，慢慢转一圈，又突然蹲下，惊叫道："看对了，是像喇叭花！聪明的乖乖！"

她抱起我，推开门，绕到房后，放我到地上。

这回轮到我惊叫了。野草中开着五颜六色的牵牛花。奶奶一种颜色掐了一朵，插在我头上。几只黄蜂嗡嗡着飞到头顶，吓得我一把抱住她。

"咋了？咋了？"

"蜂子！我怕蜂子！"

她笑着，抱起我，用手抚着我的脑门，边走边唱道：

黄蜂好，黄蜂好，黄蜂不蜇我的小宝宝。

给你花粉吃，给你好花粉，只要你不来，吓我的小
宝宝。

我笑了。见我笑了，她也笑得更厉害了，身子不住地抖着。我趁势滑下地，噔噔地跑进屋。

她端来一盘新煮的蚕豆，一颗颗地把皮剥掉，再把它一颗颗地送到我嘴里。那豆又香又软，我忘了回家。

"奶奶，你家怎么就你自己？"

她略微仰了下头，眼窝里有什么东西亮了一下，又没有了。她

往嘴里塞着蚕豆皮，又慢慢吐出来，弄了一裙子。

我这样问，老奶奶怎么会不伤心呢？我打算搂住她的脖子，就势撒个娇。不料，她笑着说了："不早了，看你姥等急了。是吃饭的时候了。"

"哎。"我答应着，站起来，磨磨蹭蹭地向门口走。推门时，忍不住回头看了她一眼。

"倒忘了问了，叫什么名儿啊？"沙哑的、夹着痰的、含糊不清的声音。

"迎灯。我的小名。妈妈说，生我的时候是正月十五，天刚擦黑，还没点冰灯呢，爸爸就给我起下了这个名。"

她又发出一阵骇人的笑声。吓人的老奶奶！我一溜烟儿跑回家，死死地抱住傻子。

七

"跑哪儿去了？一天不着家！喊你姥爷吃饭。"姥姥把刷锅水倒进猪槽里，尖着嗓子招呼我。我放开傻子，木木地走向菜园。

姥爷光着大脚片子，裤腿挽到膝盖，两手相抱着坐在垄头。风吹来，菜园泛起一层青茵茵的光。姥爷的头发蓬蓬着，随风飘动，阴沉沉的脸上，两只眼睛定定地瞅着什么。

我捂着胸口，迈过昏黄的、摇荡着波纹的小水洼，立在他背后。他全然没有发觉。

"一年了，柱儿。没把你的……死讯，告诉你妈。不怪……

我……你妈，她……会受不住哇……"

嘤嘤的泣声，他的身子向前倾着，头不住地低着、低着，一直低到膝盖。

彩虹走了。天空纯净得像一湾清水。

好久，他才抬起头，哆嗦着手，在衣袋里抠摸了好久，才见他捏出一个黑莹莹的东西来。

"西瓜子！"我惊叫道。

他浑身一抖，慢慢地转过身，放下裤脚，说："姥爷种西瓜。等结了果，给你吃。"他蹲起来，抠个坑，让我把子儿放下去。

"还赶趟吗？"我问他。

"赶趟。大秋就成了。"他抓起一捧土，细细地搓着，均匀地撒在坑里。

我和姥爷关上园门，走进屋子，姥姥在里面骂："老的老小的小，哪有一个不叫操心的！赶明儿告诉柱儿，再回来，可别给那老孽障买东西。弄点子西瓜子啊，今儿看，明儿摸，真比见着儿子还亲。"

我猛地冲进屋，揪住姥姥的衣襟，"谁叫柱儿？"

"'柱儿'也是你能叫的吗？没大没小！"

"他是谁？"

"你大舅！"

柱儿是大舅，大舅怎么会死呢？不敢告诉柱儿他妈，柱儿他妈不就是姥姥吗？

"姥姥，你是柱儿他妈？"

"嗯，咳、咳。"她笑歪了身子，洒了一衣襟粥，"我不是柱儿他妈，谁是呢？生柱儿的时候，难产哟，差点没把命搭上。"她从贴墙的铁丝上拽下抹布，捣蒜般地扑弄着米粒。

"快吃！凉了！什么都好问！"小姨把碗推到我面前，狠狠地瞪我一眼。

"我不饿！我不吃！谁希用你管，对象去吧！"

她摔下筷子，跑到西屋，门被砰的一声关上了。

自知闯了祸，我满心不自在地走出屋。

晚霞将要下去，天上变成了灰蓝色，远山被罩在一片水雾之中，显得空旷和迷离。

傻子迎着我走来。我无心理它，径自向前走着。它委屈得呜呜叫着，抗议般地跺着脚。

也不知走了好久，前面是江了。

啊，江，你迅疾地、不停地流，你不觉得累吗？真像个贪玩的野孩子，一躺到这儿，就忘记了吃饭、睡觉。

你已经变野了，不停地卷起一道道波浪、一簇簇水花。即使这样，你还觉得不过瘾，于是，就在自己的胸脯上切下一块块肉，甩到沙滩上，化成五颜六色的石子。

瞧你，是不是看我来了，又播撒出一片亮晶晶的碎光，吐出一朵朵白莹莹的莲花？哦，你点头了，不住地点头了。你这北极村的野孩子！

沙滩多好。又松又软。我怎么才第一次感觉到？五颜六色的石子，圆的、方的、长的，很多，很多……

八

被小舅从江边抱回来的路上，我一直在哭。

天边钩着一弯淡淡的月牙，无际的星星像蜡烛的火苗，不住地跳着。

我的泪把小舅的领口全弄湿了。我羡慕江，甚至有些恨它。它洋洋洒洒，阴天，狂热地亲吻条条雨丝；晴天，悠闲仰望浮游的云彩。

江啊，江，你一定知道奶奶为什么会那样骇人地笑，姥爷为什么会说出那样的话。可你为什么不告诉我呢？

青蛙在江边呱呱地叫了，开始只是零零稀稀的几声，听起来，好像带着铃铛的马车在飞奔。

星啊，星，满天都是。我是哪一颗呢？妈妈不是说过，生我的时候，梦见一颗星星扑到怀里了吗？

哦，太累了。我感到头发沉、胸闷极了，眼前模模糊糊的一片，身上冷得直哆嗦，好像谁给涂了一层冰。我把头无力地搭在小舅的肩膀上，就什么都不知道了。

九

累极了，累极了。

我的眼前是五颜六色的小星星，它们晃啊，摇啊，红了，全是红的了，像新媳妇的盖头，像大公鸡的鸡冠。不，又是紫的了，千万颗的小豆豆。粉的、绿的、白的……最后是满眼的金色，像火星飞迸。

我终于睁开了眼睛。

白的墙，映着明晃晃的阳光，更白了。

荷包蛋和葱花的香味扑鼻而来。姥姥的眼里含着泪，用搓板一样粗糙的手一遍遍地抚弄着我的额头。

"灯子，灯子，起来吃吧。"是姥爷的声音。我把着姥姥坐起来，接过碗。很快，两个鸡蛋进肚了。细细的面丝也吞进去了。

我觉得舒服、轻松了许多。放下碗，我就要出去。我知道，这是中午，自己睡了一宿零半天了。

"哪儿去？"姥姥拽住我的胳膊。

"去玩。"

"不中。刚要好，夜里发烧才吓人呢！"

"发烧？我都说啥了？"

"你说你变成了星，还说要变成江，又说有个奶奶给了个什么东西……多着呢。"

"我提没提柱儿的事？"

"见天儿叫柱儿，该是想你大舅了吧？"她说完，咳了一声，扯起前襟擦眼睛。姥爷急忙弓着背走开了。

没提柱儿就好。他是怎么死的？我不知道。只听小舅讲过。姥爷挨斗时，大舅抱不平，惹怒了公社书记，把他调到很远的一个地方去了。那年他才十七岁。他死在那个地方了吗？

姥爷多可怜，他死了儿子不敢大声哭，姥姥更可怜，她的儿子死了她都不知道，还当他活着，这究竟是怎么一回事啊？

"看看傻子去吧，它一大早就刨土，挣铁链子，疯了似的。"姥姥一边跪在炕上用小抹布来来回回地擦着炕，一边对我说。

我忘记回答，飞快地冲出屋。

果然，傻子在拼命地挣铁链子。它蹬着腿，冲刺般地一蹿，脖子上便勒出了一道深深的沟。没有挣脱，它嗷嗷地叫着，疯了似的又向前扑，铁链子被拉得绷直。

"傻子！"听到声音，它猛地一抖。它的腿由前倾变直了，铁链子也变松了。它迅速仰过头，望着我，烂泥似的瘫在新翻的泥土上。我跳过去，搂住它。它用舌头不停地舔我的手心。

"是不是我来晚了，你发脾气？你挣铁链子，是要找我去吧？"

我问它，它木然不动，毫无反应。等我站起来，要离开时，它又疯了似的又跳又叫。

"不走，我不走。"我揪住它的耳朵，按它到障子边。它明白似的点点头。

太阳由中天向西滑了，猪吃完食蜷着尾巴回圈了。现在，我得去看老奶奶了。

十

黄蜂好，黄蜂好，黄蜂不蜇我的小宝宝。

给你花粉吃，给你好花粉，只要你不来，吓我的小宝宝。

老奶奶蹲在灶门前捅着火，努着嘴唱着。她的脸被火映得红光光的，深凹的蓝眼睛显得那样好看。

锅里唑唑地冒气了。白浆浆的米汤顺着锅沿淌下来，滴到她握火钩子的手上。她一惊，慌乱站起来，去掀那锅盖。我倚着门框，把小拇指含在嘴角。她放上碱，画圈儿似的用勺搅着粥。

"奶奶！"

她掉过身，把勺子扔到一边，挓挲着手，想要搂我。见我往后缩，她又垂下手，温和地说："来了。吃饭了吗？"

"吃了。荷包蛋。"我不由咂了咂嘴。

"粥熟了，拌拌糖，再喝碗米汤。"

不等我回答，她径自从橱里拿出一只碗，用毛巾使劲擦蹭着。她把碗放到锅台上，从橱里的瓷罐里舀出满满一勺糖，磕到碗里，撇着米汤。

浮溜浮溜的一碗，黏稠稠的，啜一口，甘甜甘甜，像软软的胶皮糖。她捏着勺喂我。舀起一下，放到唇边，嘬着嘴轻轻地一吹，再送到我面前。

喝完米汤，我就进屋了。

桌子上，堆着一摞小纸片。纸片上有画，也有字。奶奶吃完了，收拾停当了，搬来一把木椅，放到桌旁，与我对面坐下。

"认识吗？"她抽出四张卡片问我。

"鸡、虎、棍子、虫子。"

她笑了，捏着我的鼻子，说："不是棍子，是'棒'；不是虫子，是'虫'。"她点着字教我，她把字样的画片推到我面前，又从抽屉里抽出同样的四张，对我说："现在做游戏。虎吃鸡，鸡鸽虫，虫嗑棒，棒打虎。我出一张，你出一张。背着出，再一起翻过来，看谁赢，记住了？"

"虎吃鸡，鸡鸽虫，虫嗑棒，棒打虎。"我流利地重复一遍，故意把声音拉得长长的。我抽出一张老虎，用手心牢牢地按在桌子上，生怕她看见。

在我的印象中，老虎最厉害。谁能抵得过它？棒能打虎，老奶奶可千万不要出"棒"。万一她出"棒"怎么办，我的老虎不就没命了吗？

这样想着，我真想把它抽回来，再换上"虫"，让虫去嗑老奶奶的"棒"。可她出的若是鸡呢，我的"虫"不也就完了吗？

越想越着急。我的头都出汗了。

"奶奶查五个数，查到五时，一起翻。"

"一、二、三、四、五！"

我们一齐翻过来了。她押的是虫，我押的是虎。这怎么算呢？

"虎吃虫！"

"虫搔虎！虫蹦到老虎的屁股上，搔得它直叫唤。"

"才不是呢！虫子那么小，老虎一脚就能把它踩死！"

"瞎说！虫子灵巧，老虎可踩不着它。"她眨着眼睛，好像在气我。

"灵巧个屁吧。我见鸡要鸽它时，它吓得跟小耗子见猫似的。"不知不觉，我的泪流出来了。

她也淌了泪，是因为笑。

"下雨了，雨哗哗，哗哗的雨呀流不停。填满了鼻沟沟，浇湿了小脸蛋。"奶奶用手指弹着桌子，小鸡啄米似的点着头。

我止住了哭，也编派她："眍睮眼，尖鼻子，长长的下巴肥肥的耳。白了毛还要穿裙子，开朵喇叭花呀，还是个臭黑的！"

她喷喷着嘴，搂着我笑了。我就把嘴贴到她耳朵旁，讲述我心中的秘密。

从这天起，我开始跟奶奶认字了。她每天教我五个，第二天去就考。若答不对，是绝对不准许吃蚕豆、嗑瓜子的。

太阳贴着山下去了，天色渐晚。猴姥的大脚片子又在院中响了。鬼和神的故事对我已经失去了魔力。她们在厨房里讲，我就躺在被垛上，望着房梁，默念着白天学过的字，用手指比画着："马、牛、羊、猪……"

猪，"猪"字太难写了！怪不得猪那么讨人嫌，原来它的字也烦人哪。

"小舅！"

"干啥？"

"'猪'字怎么写？"

"'犬'右加个'者'。"他一边说，一边用圆珠笔写在我的手心上，然后把笔往炕里一撇，晃晃荡荡地钻进厨房了。

神气什么？臭美！都那么大了，写个"猪"字也值得这么着？我想着，气得在"猪"字上打了一下。这一下，倒使我记住了它。

我四仰八叉躺着，望着房梁，听着猴姥的说话声，不由想起了那天我跟姥姥说的话："姥姥，猴姥真埋汰。耳窝全是泥，大黄门牙也恶心人。"

"什么都说，可不能叫她听见伤心。她早先可不是这个样儿。"

"早先她干净？"

"是啊。光光溜溜的。别说虮子花，就连个灰星儿都不沾。"

"那她现在咋这样？"

"就打小日本鬼子军官逼她睡了一宿，死了几次没能成，她人呀，就成了这个样子。"

"睡觉怕啥？"

"那可是丢人的事呀。你现在不懂，大了就知道了。"

小日本在漠河采金，霸占侮辱了许多人。花骨朵没开，就被风劫落了。它埋在烂泥里，没有人再辨出它的颜色了。

十一

秋风起了。嫩嫩的苞米粒变硬了，豆角叶变黄了，柿子晒红了脸，沉甸甸的倭瓜坠折了枝蔓。房盖上，红一块、绿一块的，晒满了胡萝卜和豆角丝。

我帮姥姥把豆角子和豌豆子摘下来，穿上线，挂在房檐下。

小燕子练习飞了。它们飞累了，就歇在电线上。燕妈妈来来去去地给它们啄食。练硬了翅膀，它们就要跟妈妈回南方去了。燕子要回家去了。北方太寒冷，留不住它。可是，冬天过去，雪一化，春天就来了。春天一到，燕子又飞回来了。

我可不愿意走。我要走了，就难再回来了。我要在这儿，陪着奶奶度过这个寒冷漫长的冬天。我将能学会好多字，学会乘除法，学会剪窗花、做面人。有了希望，心中就舒坦多了。我变勤快了，帮着姥姥洗碗、剁鸡食、采猪菜。在做所有这些活的时候，我都在想：干完活就去奶奶那儿，快干、快干！

秋天过得太快了。土豆起完了，苞米叶子黄了，干巴了。蚂蚱越来越少，就连鸡也不爱下蛋了。早晨起来，还能望见白花花的霜。

姥姥到供销社买了每人两块的月饼，八月十五到了。家里提前圈鸡、喂猪、做饭。晚饭时，我只喝了小半碗粥。我要攒着肚子，吃月饼。整整一年没有见过它了。

我坐在大门口，盼啊，盼啊，夜幕低垂了，月亮在山坳里不停地拱啊，终于拱出了一点，金黄色的、细长的、像是棵豆芽的月亮边。

我乐得一蹦老高，飞快地跑去告诉他们。

姥姥麻利地搬出桌子，把它支在院子里，端上一盘月饼，一盘柿子。姥姥说这叫供月。秋天了，忙活了一年的人们都该歇歇了。收成了一年的东西，拿出来供供月，求得美满吉祥。我听完姥姥的话，不由得想起了在家过八月十五时，与小朋友一起看月亮，边嚼月饼边哼歌谣：

蛤蟆蛤蟆气鼓，气到八月十五。

杀猪、宰羊，气得蛤蟆直哭。

我唱给姥姥听，她笑得直揉肚子。我想，别的地方过八月十五一定很热闹吧！杀猪、宰羊，搞得多隆重。我马上想到了老奶奶，谁陪她供月呢？

趁姥姥不注意，我摸块月饼，偷偷跑出去。

月亮全升起来了。它圆圆的大盘上，像是涂满了鸡蛋黄。我踩着零乱凋落的叶子，穿过苞米地，撞进院子，打开屋门。

老奶奶正用胳膊挂着脑门，坐在桌子旁。她见了我，又像疯了一样把我抱起来，抡了一个圈儿，亲得我透不过气来。

她从厨房里给我端来了月饼。那月饼是她自己做的。小小的，圆圆的，馅是青萝卜丝和白糖。月饼印着鱼和花的花纹。

我知道，奶奶只能自己做月饼。至于为什么，我好像明白，又好像不明白。我把自己的月饼给她，因为买的月饼馅里有花生和芝麻。她捏了一小块，尝了好久。

我们吃完月饼，就手拉手，唱起奶奶编的歌来：

　　月亮升上来哟，宝宝他睡着了。

　　奶奶拿起绣花针，缝啊，缝啊，缝出个小鹿活鲜
鲜蹦。

　　太阳出来哟嗨，宝宝他醒来了。

　　奶奶打着呵欠哪，给宝宝穿上带小鹿的新衣裳哟！

我唱着，晃着脑袋，觉得自己就是那歌中的宝宝。"出去看月亮吧。"唱累了，也跳累了，我想出去玩。她答应着，戴上三角巾，扯着我的手，来到院里。

月亮升高了。它的左右飘着几朵灰蓝色的云。月亮里面绰绰约约的，好像有雾、有烟。

她给我讲嫦娥奔月的故事。说是嫦娥偷吃了长生不老药，带着

玉兔上月宫了。

我恨嫦娥。我想，她要是不偷吃那药，地上的人将会有许多长生不老的，包括奶奶。她的头发全白了，牙齿也脱落了。她老了。有一天她会死的。

我伤心得直想哭。

"听着大江的水声了吗？"

"听到了。"

"跟奶奶去江边玩玩吧。"

"晚间去，不害怕？"

"怕啥，大月亮呢。"

我顺从地把她的胳膊拽在肩膀上，向大江走去。

哗哗的水声，又轻又急。晚秋的江面，冷清清的一片。月光泻在江面上，像播撒了许多金子，一跳一跳的。

她给我讲白夜。说是夏至时，在漠河，可以看到北极光。拿一片小玻璃碴，把它浸入水中，可以看到好多色彩。

她告诉我，她的家在江那边很远很远的地方，有绿草地，有很好看很好看的木刻楞房子。她说，她年轻时糊涂，跟着她爹糊里糊涂就走了，说着一个劲儿叹气。她还告诉我，她年轻时是一个很好看的人。还说，她有一个傻儿子，现在在山东，是她男人带走的。运动一到，那人胆小，扔下她一人，跑了。

她又唱歌了，又苦又涩的。唱的什么我听不懂。她说是他们家乡的歌。在这晚秋的江面上，回荡着这样的声音，我打了个寒战。

她拾了好多石子，用裙子兜着。她说，她真的要给我做个漂亮的项圈。

望着大江，我忍不住淌泪了。我悄悄地淌，再偷偷地抹掉。我不愿意让奶奶看见。

十二

供月的桌子已经撤了。院子里没了水，潮乎乎、湿润润的，看来，姥姥已经洗完了脚。我蹬着木墩闩好大门，定定神才进屋去。

姥姥并没睡。她盘着腿坐在炕上，好像跟谁生气了。

"野够了？她还放你回来了？怪不得呢，昨天观景（做梦）观到结婚唱戏的，可有热闹事了呢。

"也怪不得你妈嫌你淘气，怕惹事，可不就是个让人操心的孩子！

"愣站着干什么？抱屈呀？你小舅亲眼见你去的。还不上炕！"

我狠狠地瞪了舅舅一眼，脱了衣服，把它们扔在板凳上，跳上炕，扯过被子。

"睡、睡，应不应承错了？"

姥姥和我争扯着被，泪花花在眼里打转。

"供你吃，供你穿，可不供出了个小冤家！"

说着说着，声音变抽噎了，好像水流得很平稳，突然受到了阻碍似的。

我的心很难受。我光着脊梁躺到炕角贴墙的地方。想月亮。想星星。想大江。想菜园中的蚂蚱、蝴蝶、蜻蜓和蜜蜂。想牵牛花、蚕豆、梦中的项圈。想清淡淡的月牙。我真想变成其中的一种。

挂钟嘀嗒嘀嗒地响着，外面的月色多美。要是奶奶、姥爷、姥姥、小舅、猴姥和我一起围在桌子边，边讲故事边赏月，那该多甜人。可是，我知道，在我没有去奶奶家之前，通向她家的窄窄的小道，就是一具僵尸。现在，这具僵尸只有我一个人敢踩。

嗡嗡地叫，是蚊子。秋天的蚊子叮人可真凶。准是姥姥又先开灯、后关窗的。姥姥可真是的，连这么简单的先后次序都记不住。她好可怜，她的柱儿死了，可她不知道。

月亮是圆的。我想，在姥爷眼里，它不是圆的。它确确实实缺一块。姥爷在干什么呢？他一定在想柱儿。因为每逢年节，爸爸都要念叨死去的爷爷。也许姥爷正站在月下，手里捧着几粒西瓜子吧？应该刮一阵小风，吹落姥爷眼角的泪，吹起他的一头白发。那白头发向上一绺，拂动着，一定像团烟。让烟上天吧，化成袅袅的云。没了白发，姥爷会年轻的。

这样想着，我爬起来，去翻装瓜子的盒子。

盒子空空的，像一个饿急了眼的大肚罗汉，空着肚子，等待吞噬一切能吃的东西。

我小心地合上它，悄悄缩在姥姥身旁。

她哭倦了，她不舍得揍我，她一声不吭地躺下了。我把头伸在她胳肢窝下，抱着她的腰。

她的皮肤这么松，这么粗，一摸就触着骨头。她也老了。这么些人都老了，我更加相信自己在长大。

我老了会是什么样呢？

十三

中秋节过去了。天气越来越寒冷。霜花凝成了薄冰，嵌在低洼的土地上。

菜园一下子变得苍老了。枝残叶败，果坠花萎。蚂蚱不再蹦了，燕子也离开了北方。干巴巴的豆角架上，只零星盘挂着枯草的叶片。

豆角丝晾干了，收进了仓房；胡萝卜未干透，把它请到炕头去了。

姥爷给小鸡垒了窝。它们的嫩翅膀受不了雪花和寒风的袭击。它们失去了奔跑和自觅食物的权利。它们将要伴着干菜叶，在闷葫芦一样的窝里，度过一个漫长的冬天。

傻子的窝是小舅垒的。用桦木杆支起个架子，苫上干草，再糊上黄泥，留个口。看上去，跟个躺倒的泥烟囱一样，别扭极了。

姥姥戴着老花镜，在炕上盘着腿，做起冬天的棉衣来。她给我安排了许多活：摘线头、用弓子弹旧棉花、剥饭豆皮。尽管心中一百个不乐意，可我还是耐着性子做了。

难有出去的机会，走一步姥姥都要问。干完活，我就用小舅使剩的铅笔头默写奶奶教过的字。专门预备给猴姥的卷烟纸被我独吞了。

我开始琢磨画画。画奶奶家的烟囱、她房后的牵牛花和那个紫檀木桌子。纸上满是歪倒了的烟囱、没立体感的牵牛花、瘸了腿的桌子、呆若木鸡的燕子和尾巴跟兔子一样短的傻子。

尽管如此，我还是小心翼翼地把它们叠在一起，用一小块塑料布包好，藏在桦垛里。这样，它就不怕风吹、日晒、雨淋了。我打算要带这个去看奶奶。

这回，我更精心设计一幅画了。因为姥爷给了我一张玻璃窗那样大的硬纸，让我叠纸飞机玩。纸飞机我玩厌了，我决心在上面画一幅画，我最喜欢的。

趁姥姥去买粮的当儿，我一个人伏在炕上，飞快地动笔了。一个老奶奶，交叉着双手仰头望着天。她的长裙曳地，自然打着旋，像一朵盛开的牵牛花。她的脸上宽下窄，皱纹纵横，前探的下巴上的嘴紧紧地抿着。她望着天，好像在寻找什么，以至于三角巾就要从肩头滑下去了，她的头顶是一颗小星星。

铅笔的黑色总嫌淡，我从灶坑里扒出一块木炭，涂在裙子上。古铜色的三角巾用松树皮擦上了。星星，应该是金黄色的，绞尽脑汁，我猛然想起了豆油。豆油，黄乎乎，黏稠稠，滴上一滴，星星准会眨眼睛的！

我马上奔到厨房，从柜里取出豆油瓶，没等稳好神，就颤巍巍地倾斜了瓶子。

不好，手怎么这么抖，油被倒出了一多半，淹灭了星星，漫了"老奶奶"一脸。

整幅画都油污了。美丽的梦想将要成为现实，竟给人当头一棒。泪水，不住地往外涌。

就在我对着它哭泣不止的时候，猛然觉得辫子被谁揪住了，生疼生疼的。没等我反应过来，骂声就灌进了耳朵："败家子！我的小祖师爷呀，这点油省着吃、省着吃，倒叫你给泼了。什么不好玩。偏偏拿这个？"

我真该死，乖乖地站在墙边，我等待着一切。不抬头，也不看地，把眼眯着。

很幸运，什么也没发生。这大大出乎我意外。

画被烧了。我只好抱着傻子，蹲在障子边。"老奶奶"被烧了。她的小星星也没了。傻子用舌头舔着我脸上的泪，不时地拽得铁链子哗哗响。

十四

连绵几天的秋雨，更增添了寒冷和寂寞。色彩斑斓的远山被笼罩在蒙蒙的水雾之中，闪闪烁烁的，像个躲避挨打的孩子。

天色失却了以往的纯蓝，变得灰白、惨淡。做好棉衣，又腌了咸菜和酸菜，姥姥和小姨又忙着溜窗缝了。万事备齐，单等过冬。

我偷空去找了一次老奶奶。她瘦了许多。不用我解释，她猜到了一切。她很少跟我讲话，只是一边干巴巴地苦笑，一边哆嗦着手给我烤毛嗑。她的手燎起了火泡。我只能咬着嘴唇，扭过脸去。她催我回家，甚至于粗暴地把我推出门。

我走在冷得钻脚心的小路上，久久地望着那座房子。泪水模糊了视线。

秋风住了，秋雨息了。短暂的晴天后，又铺天盖地压来一片更迅猛、寒冷的风。狂风过后，灰云压天，接着，黏黏的雪花飞舞在空中。冬天就这样准时地来了，穿着素洁的衣裳，带着一颗恬静安详的心。

树上结满了棉桃似的花。垄沟里积满了雪。傻子欢喜地狂吠着，搅得雪粉扑了它一脸。雪闷下了一天一宿。第二天清晨起来，太阳出来了。我的眼前是一片银白的世界，分不清哪是天，哪是地，只觉得像掉进了一团大气中，周围满是一色的洁白，尤其是当我仰头望天的时候。

我想起了老奶奶讲过的故事。眼前立刻出现了那个卖火柴的小女孩。可怜的小女孩！奶奶在做什么呢？她在睡觉，还是已经起来看雪了？我真想变成卖火柴的小女孩，也捧着火柴盒，越过每一家门槛，在她的门前站定，深情地喊一声："卖火柴了！"

然而，一切都不可能。我握着铁锹，在院门口堆雪人。堆得高高的，胖胖的，洁白明艳。堆完了，就把舅舅的红钢笔水拿来，涂红嘴唇。眼睛用两块黑泥粘上。眉毛是难描的，我使用两小根弯弯的桦树条代替。在第二场雪没到来之前，它将永远保持它安静的风韵。

炉子里吱吱啦啦地燃着桦木样，火墙烧得直烫手。一进去，冷气立刻消散得无影无踪。

我使劲跺着脚上的雪。可是雪黏，它们全沾在鞋面上。我便用笤帚扫，可是那笤帚好像刚从热锅里捞出来，一扫雪就化了。于是，棉鞋就洇湿了好大一片。姥姥忍不过要叨叨："新穿的棉靰鞡，还抗这么造？再下雪时，可不许出去跑。热炕头都烙不住你。"

我也实在有些冷了，就脱了鞋，爬上炕，舒舒服服地倒下来。

窗外寒风刺耳地叫。猫冬了。我真正体会了"猫冬"的含义。

一家人围在炕上，讲着讲着话就要打瞌睡。厨房里蒸汽弥漫，熬猪食的气味，呛得人头直晕。火墙上搭满了棉胶鞋和臭鞋垫，肮脏而别扭。没有比这更腻味的了。尤其是当我怀着心事的时候，看着什么都心烦。我时常跟姥姥顶嘴，时常跟小姨使气。

天无绝人之路。就在这万般无奈的情况下，我猛然有了一个新发现，而且这发现很快就使我有了新主意。

那一次我去仓房给鸡抓草籽，看见二层格的零碎东西间，有一个竹笼。我搬来板凳，又在板凳上加个木墩，好不容易爬上去，取下那个宝贝。

捕鸟，趴在雪地上，看着鸟围着笼子转，我可以把它放在苞米地里，这样，奶奶在窗里就可望见我了。

我把"滚笼"别上谷穗，兴高采烈地拎它回屋去，把捕鸟的事告诉姥姥。她有些不耐烦，对我说："逮去吧，逮去吧。下黑可别喊肚子疼，冰天冻地的。"

这一次，我痛快地答应了，而且抑制不住地笑了。

像是只自由的鸟，我又找到了飞翔的天地。

十五

苞米地一片洁白。枯黄干巴的叶子已被雪蒙在下面，只有零星的秆儿还戳在那儿，一动不动。

我把笼放在离我十多米远的地方，趴在松软的雪地上。

两个老人同时在注意我。一个是姥姥，一个是奶奶。她们都站在窗下。姥姥从东窗监视我，奶奶从南窗端详我。

如果捕到雀，我首先要侧过头，冲奶奶的方向甜甜地一笑。

捕鸟是很有乐趣的。"大家贼"很奸，它从不入笼；家雀也很鬼，它能站在旁边偷吃好些谷粒，而从容飞走。唯有那些灰黑的、红脑门的山雀，一来就会被擒住。

它们自然知道被擒住是件冤屈事。它们就蹦啊，扑啊，想冲出笼子。最后，有的连头都撞出血了。一看见这样，我就会想起套着锁链的傻子。不管我怎么喜欢它们，还是把笼门打开，让它们自由地飞走。

提着空笼子去，又提着空笼子回来。姥姥直嚷今年的山雀少。可我却觉得，在我的周围，飞翔着许多鸟。虽然见不着老奶奶，可我能望见窗前的黑影，望见烟囱上袅袅的炊烟。我相信奶奶还活着。

雪人被第二场暴风雪摧毁了。笼子还是空的。

转眼间，腊月到了。家里忙着过年，刷墙、蒸年干粮、买年画、宰猪。年干粮要蒸好多种，有花卷、豆包、糖三角、菜包、馒头。蒸馒头时，用模子扣花。把面和得硬硬的，塞到空隙地方，然后翻过来，用力一磕，面就平平稳稳地掉下来了。有鲤鱼的形状，也有荷花、小鱼、公鸡的形态，惟妙惟肖。

我每次都要跟着忙得满头大汗。

这是腊月二十三，过小年。这天要请小姨对象的父母来，会亲家。

一大早，小姨就把我喊起来，给我换上干净衣裳，把被子叠得整整齐齐，刀切似的。

二十三，送灶门爷。按风俗得包饺子。猴姥来帮着忙乎。等到太阳升高，玻璃窗上的霜花化成细密密的水珠的时候，菜码弄好了。

小姨的对象偕同父母上门了。他们带来了两个大包，全是给小姨的东西。姥姥乐得合不拢嘴。猴姥扯出花头巾在头上比画着，和她那黑红的脸庞一衬，简直跟个花脸蘑菇一样。

快要吃饭的时候，姥爷才回来。他的胡子上挂满了霜花。他不住地搓手，红着脸，看不出是高兴，还是不高兴。

大圆桌上摆满了菜。大家说说笑笑，分别谦让着就座了。姥姥抱着我，不时地往我碟子里夹菜。

我吃得很少。我感到这热闹很不协调。我想老奶奶，想吃蚕豆和毛嗑。我脱身下来，谎称吃饱了，溜到炕边去玩。见没有人注意，便一个人走出院子。

不知不觉，就走到了老奶奶的屋里。

我们搂在一起，把漫长时间积攒下的思恋、愁苦的情绪，化作汩汩泪水，交糅倾诉在一起。没有肉，我们包的素馅饺子。也许是极度兴奋的缘故吧，她两颊通红，不住地捶着胸口。

煮饺子了！我蹲在灶门前，念那首在家时爸爸教过的词：

灶门爷，本姓张，骑着马，挎着枪。

上天言好事，下地降吉祥。

她默默地重复了后一句，闭了一下双眼，又睁开，朝我努着嘴笑了。

她跟我讲我捕鸟时趴在雪地的情形。她说我跟个小精灵似的。她还考了我学过的字，我获得了一个亲吻。

我告诉她，家里正在会亲家。当然，也讲了爸爸来信要我回去的事。

"回去？什么时候？"

"要我过了年就走。"

"过了年……就走吗？"

"我不走，可偏要我走。"我不肯直说，我留在这儿，是因为有她。

"不能坐船了。"她惆怅地说。

"坐大客。跟大闷罐似的。"

她无力地"咳"了一声。

这一天，我学会了一首歌：

　　　啊，似花还似非花，压弯了雪球花树的枝杈。

　　　啊，似梦还似非梦，使我把头垂下……

我虽然不理解歌词的意思，却觉得那曲调很感染人，唱着唱着，不觉眼睛就潮湿了。

临走时，她把我用过的识字课本用红绸子系在一起，又给我梳了头。走出去好远，她又把我叫回来，亲手给我戴上那个梦中的项圈：它是由一条粉丝带相缀成的。每块石子都拦腰紧紧地系一圈，石子与石子之间只有黄豆那样大的空隙。我觉得胸前沉甸甸的，脖子勒得生疼。好沉重啊。

左手拎着识字课本，右手托着项圈，我歪歪扭扭地跑回家，用雪把它们埋在夏季做泥人的地方。埋完，登上桦子垛，我见老奶奶还站在那儿，手里扬着古铜色的头巾。

十六

腊月二十八了。春节就要来临。家里忙得翻了天。姥姥赶着给我做新鞋，小舅在糊灯笼。我简直成了监督官，这瞅瞅，那转转。

"他李婶，他李婶。"突然猴姥风急风火地踹着门进来了，"东头的'老苏联'死了！"

她说得那样吓人，脸全变了色。

"咋？"姥姥吓得扎破了手指，血直往外淌。

"是老奶奶吗，是穿黑裙子的老奶奶吗？"

我急了。

"是。躺在炕上死的。一个人，孤零零的。唉。这几天，我见她的烟囱不冒烟，就犯寻思，偷着扒窗一看，可不就死了！"她落泪了。

怎么会呢，我的老奶奶怎么会死呢？该死的猴姥，凭什么乱诅咒人？"造谣精！大黄牙！黑耳窝！"我骂着，一脚踢开门跑出去。

奶奶一定在家等着我，一定。穿着长长的黑裙子，戴着古铜色三角巾，凹陷着蓝蓝的眼睛，紧抿着嘴巴。她说不定正在为我烤毛嗑、煮蚕豆呢。

"奶奶！奶奶！"我进了屋，站着。

奶奶静静地躺在那儿，睁着眼，一动不动。她的枕边散着许多卡片和毛嗑。她依然穿着黑裙子，古铜色的三角巾围在脖子上，头梳得很光、很利索的。她在睡觉、在睡觉，别喊她。奶奶剥蚕豆剥累了，让她歇一歇吧。我坐在板凳上，呆呆地想。

姥姥和猴姥是什么时候进来的，她们又是怎样把我弄回了家，我一无所知。我只是想睡，想毛嗑、蚕豆，想她的那双眼睛。

迷迷糊糊中，听姥姥和猴姥在说话。

"'老苏联'也上年纪了，倒属喜丧。可她死了连眼都闭不上，我揉了半天。你说怪不怪？"

这是猴姥的声音。

"死前没见着那男人和傻儿子，觉着不安生吧？"姥姥分明在掉眼泪了。

"八成是。死人想谁，谁就能让她的眼睛闭上，总不能让她睁着眼入土啊。"

老奶奶会是想那个山东男人吗？我不信。奶奶心中只有我。我会让她的眼睛闭上的。可我不愿意。奶奶睁着眼睛多好看，闭了，就醒不过来了。我想这样说，可是觉得浑身没劲，就又睡过去了。

醒来的时候，我强睁着涩涩的眼睛呆呆地望着房梁。我觉得自己连翻身的力气都没有了。我咬紧牙爬起来，一步一摇晃晃悠悠地飘出屋子。太阳还未落山，雪地一片银白。一群雀儿飞过头顶，留下一片吱吱喳喳的叫声。

跑到老奶奶家门前，我拉开门，不由得浑身直打哆嗦。我想起了许许多多这样的时刻，奶奶笑着走过来迎接我，往我的嘴里塞着蚕豆。可现在，老奶奶为什么不过来呢？日头都要落山了，她还在睡，还要睡到什么时候呢？

我怔怔地挨到她面前。抻了一下像喇叭花一样的裙子，又腾地缩回手，蜂子蜇了似的直直盯着她的眼睛。

老奶奶不看我了，她的眼睛里没有一丝亮儿，她在看房梁。房梁上有什么呢？一只小蜘蛛从那里扯下一根丝，紧张地摇摆着。

门吱吱呀呀地开了，是姥姥轻轻地走来了。她默默地站了一会儿，扳住我的肩头，她好像要跟我说好多话，可过了半天，她才努个嘴："灯儿……合上老奶奶的眼睛，让她享福去吧。"

我忽然觉得，老奶奶这样睁着眼睛是让人害怕。我又想了想，走上前，轻轻地合上了她的眼睛。

她合着眼安详地睡了。满屋听不见一丝声响，蜘蛛怯怯地收回丝，一滚一滚地上房梁了。

夕阳的斜晖浓浓地抹在玻璃窗上，金黄金黄的。

十七

老奶奶永远地睡了。她的房子永远上了锁，烟囱也永远不会冒烟了。冬天，苦闷的冬天，我觉得自己一下子长大了几岁。

清明节的前一天，舅舅收到了一封信，是妈妈写来的。信上说：家里的人都很想我，有的时候都想哭了，让我尽快回去……

我也的确想离开这里了。

清明，是传说中的"鬼节"。这天，姥姥早早就起来煮了半锅鸡蛋，一个个地把它们捞到凉水盆里，然后再涂上红钢笔水。姥姥一条胳膊挽着篮子，一只手牵着我，向坟地走去。

时值初春，大江轰轰地跑着冰排，大地又拱出了嫩嫩的草芽。阳光明媚地照着山水田地。

姥姥领我来到一座老坟面前，摆上一碗菜，一碟鸡蛋，用石头压了几张纸钱。她跪下去，低低地说了几句什么。我知道，这是姥姥母亲的坟。

坟地的人很多，人们来来往往的，只听得见轻微的脚步声。我多么想给老奶奶的坟上供一点东西啊，因为老奶奶的面前没有一个亲人。我转过身，朝着坟地最边缘的、无碑的新坟走去。

坟边上长着一排小杉树。坟边，开满了金黄金黄的野花，一眼望去，好像老天撒下的星星。

走到那儿，定眼瞅坟时，我呆了：坟新薅了草，小馒头和红皮鸡蛋排列整齐地摊在坟头；坟顶，压着厚厚的纸钱。

我听见身后响起了脚步声。我回过头，是姥姥，她在望着我，也在望着奶奶的坟，她的脸绷得紧紧的，抽搐得像个干皱的核桃，忽然，核桃变大了，她那干巴巴的眼睛里有了莹莹的亮色，水汪汪地闪着。

我只觉得鼻子酸酸的，心里也像浮游着许多小蝌蚪。我抽抽噎噎地奔过去，紧紧地搂住姥姥……

十八

大轮船拉笛了，起锚了。船身在慢吞吞地动了。我背着打着补丁的黄帆布背兜，把着栏杆，默默地向岸上招手。

再见了，姥爷，让我永远为你保存心中的秘密吧，虽然你从不曾这样吩咐我。再见了，猴姥，不能从她的肚子里往外掏故事了。再见了，小舅，别忘了把傻子从锁链上解救出来。再见了，小姨，祝你顺利生个可爱的娃娃，给她纯真与活泼。再见了，北极村，我苦涩而清香的童年摇篮！

让自由之子、这曾经让我羡慕和感动得落了泪的黑龙江，连同我的思恋、我的梦幻、我的牵牛花、蚕豆、小泥人、项圈、课本、滚笼、星星、白云、晚霞、菜园，一起奔涌到新生活的彼岸吧！

船加速了。江水拍打着船舷，奏出一曲低沉而雄浑的乐曲，像奶奶教我唱过的那首歌：

啊，似花还似非花，压弯了雪球花树的枝杈。

啊，似梦还似非梦，使我把头垂下……

忍不住又往岸上望了一眼：

黄的！脖子上拖着铁链的狗，是傻子！它骏马般地穿过人流，掠过沙滩，又猛虎下山似的跃进江里。

它凫着水，踩出一道晶莹的浪花。它就要游到船边了。它分明听见了我的呼喊。它张了一下嘴，什么声音也没发出。它在下沉，就在这下沉的一瞬间，我望到了它那双眼睛：亮得出奇、亮得出奇，就像是两道电光！

它带着沉重的锁链，带着仅仅因为咬了一个人而被终生束缚的怨恨，更带着它没有消泯的天质和对一个幼小孩子的忠诚，回到了黑龙江的怀抱。

我默默地摘下背兜，我要把五彩的项圈留给傻子。我掏着，翻着，竟然没有找到。怎么会没有呢？

我把五彩的项圈丢失了！

那美丽的、我心爱的东西，丢在北极村了！

我的眼前一阵晕眩：粉的、红的、金的、绿的、蓝的、紫的、灰的、白的，这不是水中的玻璃碴发出的光吗？

这不是北极光吗？这不是奶奶在中秋之夜讲过的北极光吗？它怎么提前出现了呢？它也该出现了！

1986 年

没有夏天了

一

窗外的残雪全飞了。

窗棂上的纸被撕下来了。打开窗户，院子中就有很新鲜的空气灌进屋子。当然，解了冻的猪粪也会放出一些臭气，弥漫在空气中。漫山漫坡都开着达子香花，红一片、紫一片的，像渔船上猎猎鼓动的红帆。那些鸡啊狗啊的在园田的湿地上，很快活地刨食、撒欢。冷了一冬的太阳终于变暖了。

爸爸拐着腿，从园子中走出来，他的左手抓着一把羊角葱，右手握着一把铁锹，那铁锹刚刚挖过葱，上面沾了很多湿泥。他进了院子，把锹挂到桦子垛下面，就坐在窗根下剥葱皮。我从窗台上"嗨"的一声蹦出去，栽倒在他脚旁。我撞着他了，他笑着骂了一声"兔崽子"，又接着剥葱了。阳光像一群热带游鱼，在他的脸上、额上快活地爬来爬去，他不时地用手背擦一下脸。

"这日子算是没法过了，这么小的葱，就挖出来了！"妈妈从外屋地出来倒脏水，很气愤地骂他。她的袖管一直卷到腋下，头发披散着，胳膊上沾着烂酸菜叶。她在清理酸菜缸。

"就这么几棵，拌拌豆腐。"爸爸的方脸因为笑而变圆了。

"操他个血祖奶奶的，我跟了你，倒了八辈子血霉了。"妈妈又进屋收拾酸菜缸去了，听得见她用勺把磕得缸沿"当当"直响，"小凤，你别瞅你那死爹，帮我抱两块柴火点火！"妈妈在喊我了。我知道战火又转移到我身上了。

爸爸剥好了葱，把它们摆在窗台上，一步一拐地去取桦子了。他只拿下来两块，放到我怀里，示意我给妈妈拿去。我捣着小步，平举着那两块松木桦，进了外屋地。妈妈刚好把头从缸里拔出来，喘着粗气，红涨着脸，突然用二拇指狠狠地点着我的脑门说："啊，你七岁了，你只知道张嘴塞饭。这点桦子够点火的吗？"

"你不是说让拿两块桦子吗？"爸爸很认真地过来辩白。

"两块？哼哼，加上你的两条瘸腿也不够烧呢。"妈妈一叉腰，气得嘴唇青紫。

"你怎么污辱我的人格？"爸爸很忌讳别人说他腿不利索。

"人格？你连酒精都兑着喝了，你还哪有人格！"妈妈终于"嗷唠"的一声哭了。我吓慌了。我没想到为两块桦子就会使妈妈生这么大的气，我还不知道春天的礼拜天会是吵架的日子。但我知道别人家的孩子若听了妈妈的哭声，一定会跑来瞧热闹的。所以，我飞快地关上窗子和门。

爸爸败了兴致，又抱来好多桦子，"哗啦"一声扔在灶前，蹲下去点火。在他下蹲的时候，我听见他的膝盖"咔"的一响，我担心他会站不起来了。可等他点燃了火，又很艰难地用手抚着膝盖站起来了。他站起的时候脸上的肌肉抽搐着，膝关节又是"咔"的一响，然后迈着步子又去取那几棵嫩嫩的羊角葱了。我心下想，他的膝关节里没准有一个挂钩，蹲下时就打开，站起时就合上。我试着蹲了几下，但我的腿没有一点响声。

"你要拉尿就到茅楼！"妈妈见我那一副捣蛋样子，不再哭了。她知道哭是没有用的，她仍然要干活。该是做午饭的时候了，她往锅里添上水，把发好的苞米面放上碱，掺了一些白面，就忙不迭地剁酸菜去了。她要往玉米饼子里夹上点菜馅。

爸爸已经在窗根下坐着，举着个二钱的酒盅喝起来了。他的脚下摆着一盘拌好的豆腐，他一边自言自语地说着"小葱拌豆腐，一清二白"，一边吃着这一清二白。几只鸡为这香味诱惑着，蹑着脚观望着。爸爸夹了一筷头的豆腐，扔过去让它们抢食。他一喝起酒来，神色就开朗了，额上泛着水萝卜一样新鲜的光泽，眼睛里洒满了温馨的阳光。我很愿意看他喝酒时的模样。

妈妈一边剁馅，一边骂："剁王八了，剁王八肉吃了。剁得成烂泥，剁得心肝肺都成肉酱！"

我知道，妈妈是在骂王爬子了。王爬子叫王标，是种子站的工人，爸爸受处分后，到火车站装车皮去了，就由他进驻学校代替爸爸。也正是从这以后，他才嗜酒如命，先前的儒雅斯文早就被苦力和酒洗淡了。听了妈妈的骂声，爸爸很不自然地皱皱眉头，咕咕哝哝地说："干什么？君子不与小人一般见识。"

"小凤，你过来学着剁菜！"锅里的水开了，妈妈要去铺帘子，所以唤我过去。我够不着菜墩，只好站在一个小板凳上。妈妈说："你边剁边骂'剁王八了'，把那些大姑娘养的都剁死！"

我不知道"大姑娘养的"是什么意思，但还是觉出来那话不很好听。我知道妈妈的脾气，她说要做的事，你若不从，就能把她气得直倒眼。所以，我一边剁馅一边放声地骂："剁——王八——肉了——"

阳光太热烈了，我觉得满院子都亮着光点。有的光点印在院中刚抽芽的山丁子树上，有的则亮在窗子上，还有的亮在鸡的翅膀上，我为着这许多亮点而高兴，剁得越发起劲了。

"骂得好。"妈妈铺好帘子，冲我笑了。她的青黄的脸上跑着汗珠，好像一片秋叶弥漫着清晨的露珠。

"还骂什么？"我来了兴致，觉得骂人是件很令人开心的事。

"什么也别骂了。"爸爸进屋了，他的口中冒着酒气，把酒盅放在碗柜里，将剩下的半瓶子酒藏在酸菜缸背后。我知道，他怕妈妈一旦和他吵起来，就会把他的酒全倒了。而家里很少有钱去给他买酒，他学会了珍惜。放好了酒盅，藏好了酒瓶，他搓了搓手，对妈妈说："淑芬，不要教孩子骂人，不要教孩子恨人。"

"灌了二两猪尿，你就装着人模狗样的了。"妈妈把帘子"啪"地摔锅里。

蒸汽呼呼地旋升着，妈妈的头发都被濡湿了。透过蒸汽，见阳光仍然妩媚，亮点如铜钱子，摔了满世界。无论如何，这顿饭也吃不消停。我把爸爸剩的那些下酒菜打扫干净，一抹嘴打算到外面去玩。腿还没迈出门槛，妈妈又大吼一声地喝住我："小凤！去哄你弟弟，别出去野！"看来，妈妈这一天都不会有好心情。我知道她的厉害，就吐了吐舌尖，乖乖地转身了。

"淑芬，孩子让我看，让小凤出去玩吧，今天天这么好。"爸爸替我说情，有点低三下四的味儿。我闻见他的腋下有一股酸臭气，他的衬衫已经好多天没有洗了。妈妈无暇注意清洁他也无心打扮自己，头发一点光泽都没有，灰突突的。我忽然很同情起爸爸来。妈妈听见爸爸这样说，更加火冒三丈："我说了，你一会儿就去砍点柳条子把漏洞的障子夹夹，你倒要看孩子了！你不能太惯着小凤，丫头片子的，不哄孩子干什么？"

"孩子是爱玩的年龄，何况，春天的日子这么好……"爸爸的舌头有些不听使唤，不知是酒喝多了，还是他觉得理由不充分而木讷。我望望窗外，春天的确这般好，不只是阳光，连空气都是新鲜的，山间草地一定有嫩嫩的芽苞绿着小巧的嘴巴，贪婪地吃着山野的清风。我忽然起了一阵委屈，鼻子又酸又痒。

"春天……你倒还有心情看春天！孩子又不是我要生的，都怨你……麻烦了，是不是？"妈妈的语气忽而软了下来，大概是说到伤心处了吧，所以她的眼泪落下来了。春天的屋子也会下泪。弟弟在摇车上"哇哇"地大哭起来，我赶紧抓了一块尿布，跑进里屋给他换，摇着他玩。

去年的一年，妈妈的肚子上像贴了一口大锅，衣服的扣子都系不上。她下地做活一点都不方便，脸上起了许多小疙瘩和褐色的斑痕。秋末的一天晚上，她肚子疼得直叫唤，爸爸顶着满天的星斗唤来了靖婆婆，两个小时过去后，屋子里响起一片清脆的哭声。靖婆婆满头大汗地提着剪刀、端着盆子出来了。我见靖婆婆的手上有血，盆子里也有血，可脸上却放着奇异的光彩。我知道，我有了一个弟弟了。爸爸给他起名"夜生"。

夜生很省心，他吃足了奶就睡，一天足足要睡十多个小时。他三个月时，得了一场脑膜炎，治好后，他的乌溜溜的黑眼珠就不爱转了，活像两粒玻璃球嵌在里面。他一天到晚地总要淌口水，脖子上整天湿着。你给他垫上一块手绢，不过半小时，拿下来就黏糊糊的一片。妈妈哭了，说夜生落下了后遗症——傻了。我知道靖婆婆家有个傻子叫二毛，整天走街串巷地闹，鼻涕拖得好长。所以，我就觉得是靖婆婆接生才接出了个傻子。因此，见了她，就忍不住要往她背后啐几口唾沫。

夜生尽管傻，我还是喜欢他。他的小手胖乎乎的，指关节上有圆圆的小坑，像酒窝一样。而且，他有时吃奶吃得意了，还会冲我"嘀嘀"地笑。我很怕妈妈把他摔死，因为他现在不讨妈妈的欢心。所以我就很尽心地去哄他。

夜生尿得摇车湿了半边，妈妈给他冲的羊奶太稀了。可恨的老山羊，下了两只小羊羔，奶却下得这般少。无论给它吃多少草都白搭。夜生饿了，他把手指头放到嘴里去啃，这时，我听见爸爸在外屋地大声地吼着："以后你再这样胡搅，我们就别过了！"

爸爸也会威胁妈妈了。妈妈不管怎么闹，一旦惹得爸爸真正发起脾气来，她就蔫了。我便想，她骨子里原来是惧怕父亲的。爸爸在这个家里毕竟是一家之主。果然，妈妈不吵了，不闹了，不哭了。爸爸拐着腿去院子中给车轱辘上了车棚，拴上棕绳，提把生锈的镰刀，去山上砍柳条了。爸爸一喝上酒，就很少吃饭。何况，锅里的饼子还没熟呢。

我有些累了、困了。哄着夜生，给他唱起软绵绵的儿歌：

夜生——夜生——你别闹，

靖婆婆——手里有把——大剪刀，

山羊吃饱了——就回家，

妈妈捋奶——给——夜生——吃。

我不知不觉地歪在夜生的摇车旁，在春天的气息中睡了。

二

天气是一天暖似一天了。正午时，妈妈就用背带把夜生捆在我的背上，让我站在院子中和他晒太阳。夜生虽然只有八个月，吃得也不甚好，但他的小身子于我来讲还是很沉的。我喘着粗气，摇摇晃晃地背着他，觉得自己细瘦的腿上的肌肉都绷得紧紧的。每走一步，都要花很大的力气。妈妈不让我背他远走，只让在院子里走来走去。院子的景致不但我看厌了，连夜生也看厌了。他开始哭闹，在我的背上挣来挣去，我累得直淌汗珠，就背他出院子。开始时，妈妈拦着不许，说怕我撞了马和牛，会被踩死，还说怕夜生着凉拉肚子。后来，她也就不管了。

出了院子就有很开阔的东西值得看了。大门前就有一条小巷，巷子两侧垛着柈子，堆着柴火和小碎柈子。巷口是垃圾堆，里面有破鞋烂袜、臭铜废铁、酸饭坏菜之类的脏东西。一股很难闻的气味从那里跑出来。几只乌鸦不知在上面发现了什么，安闲自得地吃着东西。我讨厌乌鸦，因为妈妈说"乌鸦叫，没好事"。不过，和煦的阳光照着它们，使它们黑黑的羽毛像打了一层蜡，亮闪闪的。加上它们走来走去的神气劲，倒觉得它们很好看。我朝着巷口去了。它们望着我，"呱呱"地大叫着飞起，向巷子的另一侧去了。乌鸦再凶恶，原来也怕人。虽然我是个小小的人，夜生也是个小小的人。

在巷口，横贯南北的是一条四米多宽的大道。所有的巷口都在道边。所以，最热闹的事往往在这里发生。这道上跑马车、走牛车，也碾手推车。婆婆伯伯、叔叔婶婶、没长大的孩伢子，大大小小、老老少少的总有在这道上的。我先是望见靖婆婆家的二毛怀里抱着一捧达子香花，一边玩一边吃着花。达子香花有甜味，他吃得津津有味。不过，我倒心疼那些花来。那么娇那么嫩那么好看的花，让一个大傻子给吃了，多可惜呀。可接下来我又想，夜生长大了也会像二毛一样，心里就很不好受了。二毛看见我背着夜生，就揩了一把清鼻涕，蹭到我身边，把一枝花插在夜生的脖子里。我生气了，那花秆多硬呀，夜生要被扎哭的。我回过头，见夜生正看着二毛傻傻地笑，我便背过手把那枝花拔出来扔掉，狠狠地白了二毛一眼。要不是怕他犯病，我一定要弯腰捡几块石子抛在他身上。

二毛走了。我沿着大道向公路上走。我知道公路旁的荒草地上有耗子花，我想采几朵，用叶片给夜生吹歌子听。走到二毛家门口时，我见了大门口摆的那口棺材，浑身就起了一层鸡皮疙瘩。靖伯伯去年时要死了，棺材打好了半年多了。据说，今春的病情又有了好转，能上园子翻地了。不过，见着靖伯伯，我就觉得他浑身都是棺材味。我倒希望他早点死，省得这棺材像幽灵似的在这儿吓唬人。

忽然，我听见屋子里传来一阵哭声，很凄切的哭，是靖婆婆的声儿。我停住了步子。一会儿，哭声就被喊声代替，一阵"乒乒乓乓"的声音传了过来，好像里面在摔什么东西。我心下想，他家打架了，又有热闹瞧了。是靖伯伯打靖婆婆呢，还是靖婆婆打靖伯伯？我说不清。他们的哭声吵声很厉害，所以他家的邻居已经出来了。我的心急得不得了，想进去看，又怕他们打失手时撞着夜生。这时，我便忍不住要恨背上的夜生了。如果没有他，我可以像小耗子一样灵巧地钻进去看个够。

正当我急切万分的时候，忽然看见靖伯伯像杀死狗一样地被大毛拖出来了。靖婆婆跟在后面哭。大毛回来了，怪不得要打架了呢。人家都说他们父子相克，碰在一起就要踢打没完。

大毛是县里工会的采购员，三十岁的样子，通身都长着毛。他的脸上还生着一些青紫的疙瘩，他时时从那里挤出一些白浆。

去年的夏天，他回家来把靖伯伯拖到院子，扒光了他的衣服，弄得靖伯伯鼻口蹿血。那时恰恰被爸爸看见了，他上去拉大毛，反倒被他一胳膊肘给杵到地上。后来，还是丑儿给拉开的。不知为什么，大毛见了丑儿就心虚的样子，好像他欠了她几百吊钱似的。从那后，靖伯伯落下了个"靖脱拉皮"的外号。今天，大毛又回来了，架怎么能不打呢。

围观者越来越多了。天上不知何时阴了几块云彩，恰恰地遮了太阳。孩子们远远地站在门外观望。几个男人到院子中七手八脚地把大毛拽到一边。靖婆婆气抽了，躺在地上直哼嗦。我心里恨透了大毛，所以就远远地骂一声："大毛不是人，是个小狗把大门！"

"小凤，别乱吵，快背夜生回家，你妈在大门口喊你呢。"

丑儿把我扳到一边，就径直朝大毛走去。

丑儿其实长得不丑，她的眉眼很好看，就是嘴稍大点，脸有些黑。她三十二岁了，还没成家，因为她是个石女。她不但力气大，而且还跟她过世的爷爷学过一些武功。她若是打谁，一定会把人打得直叫娘。我很高兴丑儿来了。我想看丑儿如何治大毛。

阴云散了，太阳又亮出了闪闪的秃脑袋。夜生哭了，因为他该喝羊奶了。我看见丑儿挽起袖子，露出浑圆的胳膊，很有力地左右一扇，大毛的脸就紫红了。大毛捂着脸，一边后退一边说着什么。丑儿飞脚一踢，大毛又开始嗷嗷地叫着捂着肚子蹲在地上。

太精彩了，我拍手叫好。这时，靖婆婆已经缓过气来，由人挽着进里屋了。靖伯伯掉了裤腰带，嘴里啃了湿泥，眼泪混混浊浊地往下淌。我怕妈妈着急，就颠颠地朝家奔。碰着二毛时，我很生气地冲他说："大毛要把你爹打死了，你还不回家！"

二毛显然是把花都吃了，所以他的嘴唇粉粉的。他听了我的话，忽然大哭起来，一边哭一边猫着腰往家里跑。

"哼，大傻瓜！"我刚骂完他，又想起了夜生，就有点后悔。妈妈常常说，笑话人，不如人，提起裤子撑不上人。这不是吗，我家也出了个傻子。

妈妈早就煮好了羊奶，站在巷口等着急了。她的嘴里冒出一股葱味，浓浓的，很冲人。她见了我，拉下脸，先把夜生从我背上解下去，而后狠狠地拧了一下我的耳朵，"操你妈的，以后看你还看不看热闹，看不看热闹？"

我疼得"啊"的一声哭了。我一哭，夜生也跟着哭。我家的山羊这时也"咩咩咩"地叫着过来了。我真想挠妈妈一把，我恨她，可我个子太矮，我哭得越发凶了。我边哭边骂她："不让爸爸吃羊角葱，小抠，小抠！"

"我拧烂你的耳朵，撕烂你的嘴！"妈妈很轻蔑地把我一脚踢到地上，就抱着夜生回家了。

我不争气地瘫在地上，我的身子简直太弱了，我简直连个毛毛虫都不如！

山羊刚刚拉过粪蛋，妈妈就把我踢在粪上，我的屁股沾上了好多。妈妈她现在怎么这个样子，我成了她的出气口袋，她不顺心，我就遭殃了。我想，我得气气她。我揩干了眼泪，抓了一把羊粪蛋，塞到兜里，回到家后，到园子里把粪蛋扔进酱缸里。反正，酱豆还没捣碎，也没发好，羊粪蛋在里面沉淀后，谁也别指望能看出来。我不会吃那酱的，一年都不吃。我还要阻止爸爸吃，当然也不能叫夜生吃。让妈妈一个人吃羊粪蛋沤成的臭酱吧。做完这一切，我望着天空"嘻嘻"地笑了。

三

由于前一夜多贪了半碗粥，所以早晨四点多钟我就被尿憋醒了。我从小炕上跳下地，顾不得穿鞋，赶紧跑到院子中。尿桶还在山丁子树下，来不及再多走几步，所以，就蹲在屋门口哗哗地尿起来。尿完，打了个冷战，身上竟出了一些鸡皮疙瘩。看看天，已经灰蒙蒙的发白了。太阳一定还没有出，远处飞着薄薄的晨雾。我发现大门的闩已经被卸下来，谁这么早出去了呢？

我跑到大屋，看见妈妈睡得很香，她的嘴角还挂着很甜的笑，一点也不像她白天的样子，大概她是在做好梦吧。夜生自己睡在摇车上，脸蛋红扑扑的。我很想亲他一口，又怕把他弄醒，所以就轻轻地呵了一口热气，撩在他的脸上。爸爸的被窝空了，他赶大早出去了。他干什么去了呢？我想他一定是上山砍柳条去了。那天，他费了好大的劲才弄回一捆柳条，他说柳条在春天是不好砍的，皮发艮，很拗。昨晚妈妈吃饭时跟他说，柳条子早晨砍是很容易的。春天的早上下着小冻，枝条比较脆，好砍得多。我见爸爸一边喝酒一边点头。这不，一大早，他人就没了。我很为爸爸难过，没睡足觉，他就得出去干活，山林里冷着呢，他的风湿腿不又得疼了吗？干完活回来，他还要骑四十多分钟的自行车到车站去装车皮，我想他终究有一天会累死的。

我飞快地跑回小屋，穿上衣裳和鞋子，打算到山道上去迎迎爸爸。经过外屋地时，我忽然想，妈妈凭什么要睡懒觉？她现在该起来给爸爸做早饭了。哼，光知道叫别人干活。我故意把着脸盆的边缘，在地上蹭来蹭去，"吱吱"的响声非常刺人。我料想她会醒过来了，就关了屋门，从院子跑出去。我听见身后传来夜生的哭声和妈妈的骂声，我才不管呢。

出了大门，跌跌撞撞地到了巷口，我把两只乌鸦吓飞了。刚上了大道，就看见王标神神气气地遛狗呢。他家有一条狼狗，眼珠发蓝，毛色全是黑的，非常的厉害，我家的山羊就曾被它咬过。它不但咬羊，还敢冒犯那些庞然大物，如猪、牛、马。它总是胜利者。后来，居然连人也咬。是丑儿把它打瘸了一条腿，王标家才把它拴起来。虽然如此，这条狗还是主人的一种骄傲，他常常早晨起来拉着铁链子牵着它到道上溜达。爸爸说，这是国外遗风。

"小凤，你起来这么早干啥去？"他倒是挺没脸皮，跟我说话了。

"你管不着。"我瞪了他一眼，边跑边喊，"剁——王八——肉——了——"

我想他一定会气得鼓起大肚气，那才叫人高兴呢。

太阳就要出来，东方出现了嫣红的早霞。那早霞像夜生熟睡的脸庞，十分可爱。快到靖婆婆家的时候，我忽然听到里面传出一阵撕心裂肺的哭声，吓得人头皮直麻。这时，爸爸刚好汗流满面地驾着手推车下来了，我喊住他。他擤了把鼻涕，用木棒把车轱辘挡死，不至于让它下滑，就进靖婆婆家去了。爸爸进去了有十多分钟，他家还没有人出来。一会儿的工夫，王标就牵着狗走上来了。他也听见了哭声。他把狗拴在靖婆婆家的大门柱子上，也进去了。我趁此机会，抓起好多块石子，报复地往狼狗的身上砸去。反正它被拴得紧紧的，不会挣开来咬我。我一边打一边骂："看你还咬不咬我家的山羊，看你还咬不咬。再咬，我就叫丑儿打折你的那三条腿，让你窝吃窝拉，走不了路！"

狼狗被我打得嗷嗷直叫。最后的一块石头大了些，所以它尽管跳来跳去地躲，脑门还是重重地挨了一下子。我看见它张着血淋淋的口，瞪着那双凶狠的眼睛望着我。它那样子，好像要一口把我吃下去才好受。可是它被拴着呢，哼。

爸爸一脸悲哀地垂着头出来了。他的眼睛里雾蒙蒙的，他抱了抱我，悄声对我说："快跑回家叫你妈妈起来，靖伯伯老了，让她来帮着做点事。"

"靖伯伯老了？"我以为爸爸是在说胡话，"靖伯伯早就老了，他的胡子不是早就白了吗？"

"这次是真的老了——死了。"爸爸很艰难地吐出最后两个字。

我望了一眼门口的棺材，心想，它不会再在这儿吓唬人了。原来靖伯伯死了。我不知道人会在早晨死去。而且，太阳就要出来了，那活泼妩媚的笑脸就要从山间亮出来了。

"靖伯伯为什么不半夜死呢？"我对这事一点都不理解。

"半夜？因为……夜长……天亮了……怎么……"爸爸回答得含糊其词。

"大早晨就死了，多不好啊。"我朝家跑去，我觉得心里有一股说不出的滋味。妈妈正牵着山羊往草甸子里走，听见我说靖伯伯死了，慌得把手中的铁钎子坠到了脚上。我见她并没有疼得大叫，腿只是抖了抖，脸色有点灰，眼泪倒是很快下来了，"怎么会死呢？"

"是大毛把他揍的！"我比比画画地告诉她。她摇摇头，拧了一下子鼻子，让我把山羊领到甸子上，然后用铁钎子把绳子插在地上。她说我若力气小插不进去，就用石头去捶。说着，她弯腰捡起一块石头给我。我迎着流金溢彩的阳光，捧着铁钎子和石头，牵着山羊往甸子上走。走了没多远，妈妈又喊住我："回家后看夜生！"

我点点头。不知怎的，眼泪吧嗒吧嗒地就落下来了。我不知道自己怎么会哭。只是觉得这么可爱的早晨靖伯伯死了，让人可怜。山羊也许是老了，它走得慢吞吞的，我赌气地踢了一下它的屁股，不承想却踢下好多粪蛋蛋。我便又想起自己做在酱缸里的游戏。妈妈一直还没有发现。她忙极了，顾不上它。我联想到今天早晨妈妈眼里的泪水，忽然又很同情起她来。我觉得把粪蛋扔进酱缸里很对不起她。我打算放完山羊就趁爸爸妈妈都不在家的空儿，到园子里把它们掏出来。掏出来不扔掉，我还要把它们投到王标家的酱缸里去。对，光骂他有什么用，打他家的狼狗有什么用？他身上一点都不疼。我想，我得让他吃了酱拉稀、呕吐、不能上班才好。因为有了这种想法，顿时觉得精神抖擞起来，眼前的阳光也格外明朗起来。靖伯伯的死，也暂时忘了。

放好山羊，回到家时，见门口停着装柳条的手推车。车还没卸，看来爸爸来不及卸它。进了屋，见灶火着得很旺，锅里"咝咝"地往外冒蒸汽。我掀开锅盖，见里面馏着玉米饼和土豆丝。这些都是昨天晚上剩下的，一点也勾不起人的食欲来。我便奔到里屋去哄夜生。

夜生醒了，他正呆呆地盯着摇车上的小红花。我动一下小红花，他的眼睛就眨一下。我挠一下他的胳肢窝，他就"嗬嗬"地笑一声，这让我心里很高兴。我想夜生长大了一定是个孝顺爹娘的，因为他很怕痒。

屋子里空气不太好，我就打开窗户，让清爽的风赶走污浊的气息。然后，我把妈妈煮好的奶倒在奶瓶子里，试了试冷热，让夜生吮着吃。之后，就叠被、扫炕，把屋子打扫一遍。做完这些，觉得肚子"咕咕"直叫了。我就到锅里抓起一块玉米饼，很香地吃起来。

天地分外地亮堂了。外面传来女人们叽叽喳喳的讲话声。她们一定是在相约着去靖伯伯家帮忙了。这里有个风俗，凡是谁家有喜事要办，亲朋好友的都要去凑份子、送点什么，家里穷的就可以不去。而如果出了丧事，那无论谁家的都要去，尽管是平日有过怨仇的，也会头上一些烧纸，祭祭亡灵。

我很想出去瞧一瞧，可又怕夜生一个人在家不行。我跑到园子里，把盖在酱缸上的白纱布扯下来，将手探到里面摸着。谢天谢地！羊粪蛋还在里面，我忘记自己扔进了多少，好像是有十多粒吧。我掏一粒放到地上一粒，累极了，胳膊也被酱水浸得通红。不巧，妈妈忽然间开大门回来了。不过，她没有发现我，径直进屋子。我赶忙把胳膊从里面抽出来，稀里糊涂地将白纱布罩在缸上，慌里慌张地把衣裳袖子放下来，以免让她看到湿乎乎的胳膊而心里生疑。妈妈从里屋出来了，她一边吃着饼子一边站在院子里喊："小凤——小凤——"

我吓得后退了好几步，半晌，才从园子里走出来。

"小凤，你干啥呢？"妈妈的语气真温和。

"我在园子里撒尿呢。"

"屋子是你拾掇的？"

"嗯，是我。"我努力点点头。

"真能干，是妈妈的好闺女。"妈妈俯身亲了一下我的额头。我觉得脸发烧。

"妈妈，我要出去玩，背着夜生出去，行吗？"

"行。你先把辫子梳好。脸也没洗呢，是吧？"

我快活地"嗯"了一声，就进里屋梳洗去了。这真是一个很有意思的早晨，发生这么多的事，我觉得眼前色彩迷乱起来。一会儿是黑的，靖伯伯在黑蒙蒙的颜色中一声一声地干笑；一会儿又是黄的，妈妈在阳光下向我伸过来温柔的脸；一会儿又是红的，夜生在一片野百合花丛中傻乎乎地笑。

在妈妈的帮助下，夜生又匍匐在我背上了。我和妈妈锁上大门，就往靖伯伯家去了。妈妈挖了半垄的羊角葱，足足有十多斤，她说要拿去做菜吃。她还说春天里死人是很糟心的，没有菜给帮忙的人吃，愁坏了靖婆婆。说完，她还重重地叹了一口气。

四

也许是死了人的缘故，天不知不觉地阴下来了。平日冷清的靖伯伯家里一下子热闹起来了。说热闹，就是男男女女、老老少少的人多了。

大门口用帆布支着灵棚，上面挂着亚麻的白布。棺材已经起了盖，停在灵棚下，几个女人正往里面糊黄纸。棺材前摆着一个方桌，桌子正中的一只小花碗里装着五谷粮，上面插着三炷香。桌子的左侧是一个小碟子，上面横着棉绒线做成的灯芯，里面浸着黄乎乎的豆油，我想足够炒一盘很香很香的菜了。人们把它称为"长明灯"。桌子的右角放着一个碗，碗里装着六个小馒头。等到靖伯伯一入殓，天黑了就要点起长明灯，为他归向黄泉的漫漫长路照亮。香也要点着的。在棺材前还摆着一个大瓦盆，里面黑乎乎的是专为烧纸用的。一旦棺材起灵，长子就要把它摔碎，而且摔得越碎越好。

靖伯伯死在早晨，早饭都没吃，属于"大三天"。这样，死者家属就要多破费两三顿饭。对于一个贫苦的家庭来讲，这往往要使人背上几十元的债。而且，一般的娶亲可以将就，而发丧一定马虎不得，该做的都要做，否则，就像对不起死了的人似的，遭人耻笑。所以，老辈人深知此情，往往都把自己大半辈子或一生的积蓄用在告别人间上。有心计的人早早就会备好寿衣，打好棺材，攒足给帮忙的人用的饭菜钱。

妈妈扎着花布围裙在切土豆丝。几个女人红着眼圈围在一起，有的铰纸钱，有的做干粮，还有的择菜。院子的南边起了一个小炉灶，是专为炒菜的。

大毛二毛的身上都披着孝。大毛见着来人就要磕头，他的眼里没有泪水，可声音却呜呜噜噜的，仿佛很痛苦的样子。人们瞅见他就没有好脸色，也没有好声气。靖婆婆歪在里屋的火炕上，由一个老女人陪着说宽心的话。

风好凉哟，我觉得身上冷了。靖伯伯家的菜园中的小菠菜已经疏疏地绿了一层，我看见靖伯伯播的种呢。他怕鸡进了园子刨地，还特意在池子上摊了一层柳牛子。现在，他吃不着了，连一个叶也吃不着了。他死了。人死了就是永远睡觉了。我忽然觉得人躺在棺材里是很让人害怕的事情，那么冷清，那么寂寞，最后烂得只剩一堆白骨。原先总以为死是很遥远的事情，而且还以为凡是死的人都是因为作了什么恶。现在，知道了人人要死的道理，知道了人不一定会在什么时候死去，心里就很酸了。我想也许有一天我到山上去玩，就会被蛇咬死，被熊瞎子给舔了。我还想也许是我到井台上往鞋跟沾冰玩，就会一下子滑进井里淹死。或许是背着夜生到公路上玩，让来不及刹车的运材车把我们都轧死。我越想越害怕，身上都直打哆嗦。我的眼前好像就站着靖伯伯，他招着手仿佛要搂抱我。

"妈妈，靖伯伯为什么死了？"为了解除恐惧感，我很想用声音来给自己壮壮胆。

"到寿了。"妈妈捋了一下刘海，很平淡地说，"你靖伯伯六十多岁了，活够了，就不活了。"

"谁到了六十多岁都活够了吗？"我觉得这是一个十分有趣的话题。

"嗯，妈妈爸爸能活到六十多岁，你和夜生都成家立业，也就活够了。"

妈妈沉吟了一下，切菜刀又在菜墩上"嚓嚓"地响起来。我看着妈妈切好的那一盆白白花花的土豆丝，心里更加不安。

"妈妈，人死了，别人还能吃进饭吗？"

"吃不进也得吃。"妈妈轻轻地叹了一口气，忽然想起了什么似的，问我，"你是不是心里害怕了？你是不是怕靖伯伯了？"

"我不怕，我就是有点冷。妈妈，我的鼻子好像不太通气。"

"那你快背夜生回家去吧，一会儿你爸爸打酒回来，就让他回家给夜生煮羊奶。"

我答应着，回家去了。路上碰见丑儿，她的两只胳膊足足挎了八个长条凳子，她说靖伯伯家开饭时要用。我觉得她穿这件灰格子的上衣很好看，就冲她笑笑。她也冲我笑笑，管我叫"小嘎豆子"。我想，她既是大人，懂的便就多了。我就问她："你活到六十多岁就能活够吗？"

她吃了一惊，眼睛盯着我看了好一阵子。如果手中有面小圆镜子就好了，我可以看看自己的脸上出了什么毛病，是长疖子了，还是生疮了？她为什么这样看我？是我长得太难看了，是吗？我想她不会回答了，就接着走路。可我走了没几步，丑儿突然喊住了我。

我转过身，望着她。

"小凤，你是不是害怕了，靖伯伯死了你就害怕了？"奇怪，她和妈妈问的话是一样的。

"我不怕，我就是有点冷。"我像回答妈妈的问话一样回答她。

"你可能是伤风了，着凉了。"

"我鼻子不太通气。"我紧紧鼻子，觉得里面的确有点堵得慌。

"你家有药片吗？"

"我不吃药，我吃不进药，一吃药就要掉眼泪。药都太苦了。"

"那你就多喝点开水吧。你家有姜吗？"

"我家有羊角葱。可是不多了，妈妈挖了它好多。"我这样说着，想起了爸爸少了下酒菜，就不着边不着沿地说起来，"我爸可爱喝酒呢。他一天要喝三顿。妈妈说他一个月要喝进三四十元钱。"

"酒还是少喝点好。你爸爸前两年是不喝酒的。"

丑儿可能还想说下去，但又觉得靖伯伯家急着用凳子，所以就急急忙忙地走了。

乌云散了，我还以为会落下一场小雨呢。太阳露脸了，阳光依然那般好，好像山兔子的绒毛，让人感到柔和又温暖。世界经阳光一照，马上新鲜了一层。园田泛着一层微微的红光，那么富有生气。

我用钥匙打开大门上的锁，穿过院子，打开房门，进了里屋。

由于走的时候忘记关窗，所以屋子里空气很新鲜。我先坐在炕沿，解下背带，把夜生放倒在炕上。他受了惊吓，"哇哇"地大哭起来。他的小裤子都湿了，毯子也湿了，他可能尿了好几次了。我一边给他换尿布一边叫他别哭，可他仍是哭个不休。我拿条干爽的薄棉裤，替他换上，可刚刚系好扣子，他又"扑啦"一声拉屎了。毯子上又有屎又有尿，一股很难闻的臭气直蹿入我的鼻孔。我真不知该怎样对付他了。为什么夜生一定要由我来看？我哭了，我和夜生比着哭，哭声很凶，这时爸爸回来了。

爸爸先替夜生换好了衣裳，把他放到摇车里，然后就给我擦眼泪。他的身上散发着一股汗酸味，他的胡子因为好久不刮，像麦茬一样坚硬地竖着。我拉住他那双大手，抽抽搭搭地哭个不停。

驴在田野上叫正午了。我家的山羊也许吃饱了，正趴在那儿晒太阳呢。爸爸做好饭，看着我吃完，又把夜生哄睡。他把我抱到炕上，用手心试了试我的额头，叫我好好睡一大觉。说完，他关了窗子，他怕邪风进来会使我斜眼歪嘴。之后，他又去靖伯伯家了。

我怎么也睡不着，夜生倒是吃饱了睡得香甜。我看着火墙，突然发现一只蟑螂从墙缝中钻出头来，很快就抽出了令人作呕的身子，飞快地爬上棚顶了。不知怎的，我的心麻麻营营的，极不舒服。我真担心它会从棚顶摔下来，掉到夜生的脸上，啃他的肉皮。所以，我又起来把妈妈下地时挡蚊子用的纱布蒙在他的头上。做完，再躺到炕上，仰头望那蟑螂，已经没了去向。我忽然觉得它是一个很机灵的小生灵。

既睡不着，我就要想点什么。我就想丑儿的事。

据说丑儿的爷爷是个人物呢。清朝的慈禧太后从嫩江开始启程，到极北的漠河胭脂沟去探金。几千里的路程，峰回路转，沿途共设下三十一个站。每当一天的路程行完，不管是在哪里，都要打下驿站下榻。丑儿的爷爷当时是慈禧太后的马童，他机灵敏捷，一身的武功，很受赏识。到了胭脂沟，他被丰厚的黄金富矿所诱惑，再也不想做慈禧的一个小马僮了。后来，他就悄悄地逃到别处，待慈禧的一队人马返程时，他又回到了胭脂沟。数十年的淘金者生活，使他尝遍了人世辛酸。

丑儿的爷爷八十多岁高龄过世后，丑儿的爸和妈就为着老人留下的那些金子而忧虑。因为谁都知道老爷子死后留下了一笔可观的财富。他们整天提心吊胆地过日子。他们把金子藏到柜子里，觉得不妥，又放在房梁上，这样折折腾腾地过了好多年。挨饿的时候，他们家的金子忽然被人盗了。金子就埋在门槛下，有一天他们下地回来，发现被挖得空空的。丑儿的妈妈一气之下喝了农药死了。丑儿的爸爸忧心如焚，肺病复发，一天天地神色恍惚，不久也吐血死了。

丑儿的命真苦哇。爸爸说她是在寻找偷了她家金子的人，好为她爸妈报仇。可村子里谁会干这种缺德事呢？

想着丑儿，心里更加闷气。不知不觉，眼睛就涩了，重重地打了一声呵欠后，我迷迷糊糊地睡了。

一觉醒来，日头竟偏西了。夜生还在睡，摸摸他的屁股，湿漉漉的，一定又尿了好几次。我打开窗子，很响地打了个喷嚏。我想爸爸妈妈恐怕晚间都不会回来了。我走出屋门，站在院子，隐约听见几个女人在巷口很热闹地说着什么。我连忙出大门奔过去。只见丑儿正和几个人起劲地讲着。

"小凤，你出来干啥？快回家吧，靖伯伯诈尸了！"丑儿瞪着眼望我。

"诈尸？"我知道这个词的意思，只有我听鬼和神的故事时才听到这类词。靖伯伯怎么会又活过来了呢？活过来后不就变成鬼了吗？

"对，大毛就那么用湿毛巾擦了一下他的脸，他就呷着嘴缓过气来了，神不神？"一个妇女的嘴角冒着银白的唾沫星子，正在比比画画地说着。

这怎么可能？这太让人害怕了。死了还可以活，他是没活够吗？他是不是要出来到处抓人了？他可别把夜生抓去呀。我吓慌了神，"噔噔"地跑回家，紧紧地闩上大门。这时，夜生在屋子里挣命似的大哭起来。

"夜生，你别怕，夜生……"

我端着胳膊跑进屋子，原来夜生从摇车翻到炕上了，他的本领可真不小。我用小身子护着他，大气都不敢出。

爸爸妈妈怎么还不回来呢？

五

靖伯伯真的活过来了。大家都说靖伯伯还没遭完人世的罪。没有一个人说他活过来是为着享福的。他的棺材又停在了大门口，上面重重地压了一堆木杆，大概是想靖伯伯今生今世不再会用这棺材了。

人们对他的复活先是惊叹，后来就觉得索然无味，甚而觉得很遗憾和不平。好像大家白白为他悲了一场，他又鬼使神差地哼哈地过日子了，就大大嬉弄了别人的情感。

靖伯伯活过来后，打了整整两个小时的呵欠，一口接一口地，弄得眼泪眼屎一起往外滴。后来，他清醒过来了，就唤来二毛，抱着他的脑袋亲了一个响嘴。他说他就是做了一个梦，这个梦很长很长。他梦见了自己一生做过的事。

大家一致认为他已经见过了阎王和小鬼，就向他打听阎王和小鬼是否真的可怕。他怪神秘地猫猫腰，"嘻嘻"地笑着，什么也不说。靖婆婆并不为此显得怎样的高兴，因为她知道，老头子活着，就和大毛有打不完的架。她已经为他们爷俩流够了眼泪。但她还必须装出非常高兴的样子来。所以，她见了来人，就要咧着嘴笑，不是朝左咧，就是往右偏，弄得脸很难看。往往是笑得大发了的时候就掉下了眼泪，说是为着高兴，谁知道呢……

靖伯伯一活过来，大毛就回县城去了。临走，他怪凶恶地冲靖伯伯说："不是你修行好了没死了，而是你欠的人间债还没还清！"

天哪，鬼知道他们之间到底是怎么回事。

日影扯得越来越长，几天来空气都燥热不堪。高脚蚊子在黄昏时分怪殷勤地往人们的脸上咬。爸爸喝过酒，跷着脚要去靖伯伯家。自从靖伯伯复活后，爸爸常常去他家里。靖伯伯给爸爸讲他死后梦幻到的一些奇异景事和他的一生经历，由爸爸记录整理出来。每天晚上他们都在院子里一人一杯清茶，娓娓地谈上一两个小时。回来后，爸爸就趴在桌子上，一心一意地加以删改。别人讲，爸爸是在写书。

我以为爸爸很了不起，写书的人怎么会简单呢？可妈妈不愿意让他去，她说靖伯伯现在半人半鬼，是阎王爷让他回来再抓几个替身的。她还说爸爸现在处于运气最低潮，情绪不好，容易被鬼迷住。然后妈妈就举出许多例子来说明这个问题。爸爸不以为然。因此，他们常常要在晚饭之后吵嘴。

"你又往哪去？"爸爸还没走出院子，妈妈就迎上来拦住他，"我不是跟你说过了吗？你今天在家写份报告，你那三个月的工资就算黄了？"

"晚上回来我就写，还不行吗？"星光下，看不清爸爸的脸，但听得出他温和的声音。

"晚上，哼，回来就知道写你那天书，然后半夜三更才上炕，跟死猪似的一躺。"

妈妈的话语中含着深深的忧怨。

"淑芬，你看你，我不是说今天就写吗？工资，三个月，黄了就黄了。钱不过是……"

"不过是粪土，对吧？哼，没有这粪土，你就吃不上，穿不上，喝不上！"妈妈分明就要哭了。我连忙掐了夜生一把，让他拼命地哭起来，然后高声地叫喊："妈妈，快来呀，夜生掉到地上去了！"

这一招果然灵，不只是妈妈回来了，连爸爸也把酒吓醒了大半回来了。他们冲进屋子，奔向夜生。夜生的痛感也许减轻了，所以他见了爸爸妈妈不但不哭了，居然还美美地送过去一个笑。该死的、不争气的夜生！我预知到自己闯祸了。

妈妈一把扯过我，先是打了我一个嘴巴。我咬咬牙，想哭，但还是忍住了。妈妈有个习惯，她揍孩子的时候，一定要听到孩子拼死拼活的哭喊后，才能解恨似的边住手边说："疼了吧，疼了吧，看你以后还听话不听话，记疼了吧？"

见我不哭，她的怒气就更冲了，她把我按到墙角，像大狗欺负小狗一样地骑到我身上，用她那十根尖铁挠子一样的手指来掐我的大腿。她很懂得打小孩子的方法,她不打脑袋,怕打得孩子不聪明。她也不拧胳膊,怕别人看见青迹而背上"狠心婆"的罪名。她善于掐孩子的大腿根,因为无论什么季节,那都是一块永远不肯暴露本色的地方。我最恨的,莫过于她的这种打法了。所以,无论她怎样吵、怎样嚷、怎样骂,动作又怎样的凶,怎样的狠,我依然咬紧牙,就是不哭。凭什么,凭什么总把气撒在我身上?

爸爸来帮忙了。他一边扯着妈妈,一边说:"淑芬,你干什么?"我此时也恨爸爸了。一个堂堂的大老爷们儿,为什么要低三下四?为什么他不像别人家的当家人一样,把老婆揍得服服帖帖的?

"我让你撒谎,说夜生掉地上了,你怎么不说夜生死了呢!"妈妈因为不平和激动,脸颊红了。就连胸脯那两个干瘪的奶团子,也因着胸中澎湃不休的怒气,而被冲撞得弹跳起来,好像那里面扣住了两只小老鼠一样。

我忍着,一再地忍着。我迫切地希望爸爸坚强起来,给妈妈几个耳光,否则,从今以后,我也会恨他的。因为我是为着他才撒谎的。

"淑芬,你再不住手——"爸爸的嗓音紧了,他用两只大手钳住妈妈瘦削的肩头,猛地把她推到柜子下。她趔趔趄趄地像个皮球一样蹦跶了几下,就倒下了。她撞着了地上的一只水瓶。水瓶倒了,"砰"的一声爆了。热水弥漫在地上,水蒸气徐徐地旋升起来。

"打得好!"我也不知道自己怎么会喊出这样一句话来。我用手背蹭了蹭额上的汗,觉得腿根一点都不疼了,我接着说:"都死了吧,活着干啥,都死了吧。"

"小凤，你别胡说。"爸爸到底还是心疼妈妈的，他狠狠地瞪了我一眼。妈妈倒在地上，气得直翻白眼，脸色都灰了。爸爸连忙上前扶她。她猛地抓过爸爸的手，在上面狠狠地咬了一口。之后，她挣扎起来，把窗台下剩的半瓶酒顺窗户扔到院子里。"啪"的一声脆响后，我知道酒全飞了。爸爸的嘴角抽搐着，腿像电钻一样地在裤管里抖来抖去。完了，爸爸的命根子，完了。

我忽然哭起来了。我只是觉得胸中涌着一种非常强烈的东西，它们像一群蚯蚓一样在那里面钻来钻去，让我难过。我非哭不可。反正肚子也饱了，夜也来了，没什么好让人高兴的，哭哭也是顶开心的事。何况，窗外的小风送进来那丝丝缕缕的酒气，又像细沙子一样眯了我的眼睛，呛了我的嗓子眼，我怎能不哭？明天早晨，爸爸喝什么呢？

我跑出屋子，掠过院子，出了大门。呀，巷口的那条路像条河一样，白晃晃地躺着。那上面没有任何的生灵，月光把它铺展得光华洁净，白日所见的一切肮脏都寻不见了。原来月光下的小路竟这么美。

我惊喜地踩上她，浑身都酥了。我再踩她，她柔柔软软的肢体毫不保留地向我洞开着。她安恬地隐忍着，像一位宽厚慈祥的母亲。我仿佛闻到了她身上那股温存而香甜的味儿，我沿着她走下去。

月光变幻成千万条的小银鱼，在大地上忙忙碌碌地穿梭着、悠游着。

六

这条白色的月光下的小路一直把我诱惑到小树林。我轻轻地走到它的怀抱里。我穿着那双顶破了洞的白网鞋,我的不安分的脚趾在一天天地长大。这简直是另一个天地。

怎么会有这么好的夜。风儿柔柔地拂动着,湿润润的,犹如小花猫那可爱的舌头。草儿花儿的茎里和蕊里怪动人地游出那独特的清爽的芬芳,从你的脚跟往上升起,一直缓缓地流过大腿、心脏、脖颈,至脑子,最后,觉得头发里有丝丝的凉意让人陶醉地震颤。那风儿挟带着花草香气从每一根发尖上流过,快意地离去。树林里很少有荆棘,一株株孤独的小松树融会成一片狂放热烈的林带,蓬勃地生长在夏日的月光下。也没有低洼处水池边的蛙鸣,更没有夜半猫头鹰不祥的叫声。天空被月光洗淡了夜色,天边的一些稀稀的亮晶晶的小星星,拼命地鼓起眼睛,企图把宇宙望穿。每一片树叶都印着月光那温情的亲吻。这天,这地,都醉了。

我觉得自己浑身软绵绵的,一点力气都没有了,好像体内的血液都被贪婪而灵性的风吮吸光了。我躺在树丛下,仰头望着夜空,望着月亮。

没有争吵声,没有烦闷的令人窒息的空气,也没有夜生的哭声,鸟儿歇了。我觉得地上有一股湿气从脊梁骨流入体内,流入眼底,我就哭了。我想我今天不会回家了,真的不会回去了。爸爸和妈妈会找我吗?他们的架打完了吗?

我胡想乱想着。毕竟我穿得太单薄，热力又小，风儿也挺硬，所以，我开始筛糠似的抖来抖去。我缩手缩脚地蜷成个小团，像刺猬一样。我还想抱着头翻几个跟斗，可我身上力气都没有了。我便想起了冬天。人们冒着严寒去山里拉柴之前，总要喝上点白酒，抵御风寒。我想那酒不见得人人喝了都如意，捏着嗓葫芦充英雄似的灌的人也不少。不过，喝过酒之后的人，脸色都很红润，话也极多，不会唱歌的能哼唧，会唱歌的就要喊个不休了。此时，我真想沾一点酒，不塞进牙缝里，而是把它吸进肚子里，让它在里面把我烧得暖洋洋的。

可哪里会有酒呢？我想起了丑儿。

丑儿一个人住在供销社旁边的小偏厦子里，离这儿不很远。因为她独身，力气大，胆量大，功力好，所以，就有意无意地成了打更的。

丑儿能喝酒，连男人们都说她海量，不过她一般是不沾它的，我想她的屋子里一定有很多的酒。可我怎么张口要呢？我说爸爸要喝，借点，偷着出去喝，还是说我自己馋嘴了？丑儿不会骂我吧？不会打我吧？她不是跟我说过，酒不是个好东西，什么事都伤在酒上吗？我接着又想起了靖伯伯和大毛。心不由抽紧了。靖伯伯的影子好像又飘在眼前了。我真害怕他那副怪样子，红眼吧唧的，眼角总是糊着眼屎，说话阴阳怪气，瞅人时要揉上七八分钟的眼睛才能看清人家。还有，他有个坏习惯，常常是出了什么事他就要撒尿，而且不分场合和地点，到处都尿，有时来不及就尿在裤子里，像小孩子一样的没出息。妈妈说只有受过惊吓的人才这样。我恨大毛，因为他对靖伯伯一点都不孝顺，可我又不知自己恨不恨靖伯伯，因为他实在不太可爱，好像连夜生都不如。可是爸爸为什么要天天去为他写书呢？不然，爸爸妈妈怎么会争吵起来，我又怎么会跑出来？这都应该怪那个老不死的"靖脱拉皮"。他诈尸后，一天天地胡诌八扯，装神弄鬼，非要把全村子的人都弄死才好。这样一想，反倒觉得大毛是正确的了，反倒觉得大骂大毛是伤天害理的事了。可好多事都让人闹不明白，让人迷迷糊糊，就像巷口的那条路，白天是土黄色的，肮脏不堪，可月夜下，却分明是一条挺迷人的白色小路。

我从树丛中爬起来，很快地出了树林，沿着公路到丑儿那里去。路上一个人影都没有，我忽然害怕起来，脑门也有些疼，好像里面爬进了大毛毛虫。哼哼鼻子，的确是不太通气了，鼻孔发痒，我就把小拇指伸进去，用指甲去抠。可我留的那个很长的尖指甲在昨天泡完了。妈妈洗衣服，我就伸出一双手去玩水，把肥皂泡吹得满院子飞。我的指甲却泡软了，一摆弄，它就软了，折了一道白痕，后来就掉了。真让人心疼。我还想用烟粉豆花去涂指甲呢。现在，鼻孔里堵着那么多脏东西，我一星点也抠不出来，多让人来气。我抽出手指，感觉脑门更疼了。

我走到丑儿的偏厦子前。偏厦子的前面圈着栅栏，半圆形，有一条狗在上面一颠一颠的，那样子好像是在发冷。待我细看，发现它就是王标家的那条狼狗。这家伙的记性一定是糟透了，嗅觉也太迟钝，它没有认出我，一声也不叫，我想靖伯伯死的那天早晨我是把它打得够苦的了。他家的狗怎么会跑到这儿来呢？

月光清清冷冷地洒在这矮小的偏厦子上，屋顶像下了一层白霜。我踮着脚，扒着窗台朝屋子里张望。窗帘挡得太严实了，我一点都看不清里面，只隐隐约约地感觉到有两团影子在晃。她的屋子里有另外的人，这个人是谁呢？丑儿是不大招客人的，怪了。我正寻思着，听见一阵脚步声。我慌忙躲到柴火垛后面。我听见丑儿正在说话："明天我就去他家，你放心吧。"

"好，好。"另一个人回答着。我听出那是王标的声音。我真想破口骂一句："剁、王八、肉了！"

"丑儿——"他还真够啰唆，快出屋门了，还在唠叨不休。我真恨自己没有把羊粪蛋扔进他家的酱缸里。

"你不该总这样下去。听说上海能动这种手术，我们凑些路费钱，你去做一做，还是找个人过日子吧。"

"没事，我习惯了。挺好挺好的。"丑儿在笑，笑声不很响。

屋门开了，王标去牵狗了，丑儿笑微微地说着"慢走啊"，然后带上门回去了。

黑更半夜的，他来干什么？还牵着这条瘌狗，肯定是来搞破鞋的。那么，丑儿的脸一定被他抱着啃过了，那脸蛋上说不定还有牙印呢。真不要脸！我恨得牙根直酸。假如我手中牵着一条狗的话，我一定训练它去咬他的腿肚子，让他的血像小溪一样地流，然后看他死去。这个王八蛋，给我们家和别人带来了多大的灾难啊。丑儿真是的，怎么跟这样的人胡来！我的眼前闪现出了靖伯伯死的那天早晨的一幕：丑儿挎着好几条长凳，气喘吁吁的，上身穿一件灰格子的上衣，那般的好看，就像一朵在草甸子中刚刚开放的黄花。这样的人是不该和他搅在一块的。不知怎的，我忽然对丑儿不满起来，就弯腰捡起一块石子，朝她的玻璃打过去。清脆的一个响声后，我知道玻璃被砸了个窟窿，心里痛快极了。

"谁？"丑儿喊着，手里提着木棍，像个母夜叉一样地踢门出来了。

我站着一动也不动。我望着丑儿。丑儿也惊诧地望着我。她认出我来了，她丢了木棍，飞快地走过来，一把将我抱起来，"小凤，你怎么了？"

"我没怎么的，我没怎么的，你放开我！"我挣扎着，泪水唰地涌了出来。我呜呜地哭起来。

"是不是你妈又打你了？"

"没有，没有！"

"那你怎么一个人跑出来了？是你爸爸和妈妈打仗了吗？"

"没有，就是没有！"我不想跟她说真话，所以就执拗地一口一个"没有"。丑儿嘻嘻地笑了。我想她是被气笑的。

"你凭什么要笑？你凭什么要笑？"我哭得更凶了。丑儿却笑得更响。她一心一意地和我对抗。我挣不脱她臂膀的包围，就抽出手往她的脸上蹭去。其实，我本意是想摸摸她的脸蛋上有没有牙印，可不料手一上去，就尖尖地立了起来，虽然指甲发秃，却也热辣辣地挠了她一把。丑儿向后仰着头，"哎哟哎哟"地躲闪着。

"小凤，你再不老实，我就把你的肋条弄折了。让你天天猫弓着腰，跟小老头一样！"

"你敢。"我开始很强硬，我想丑儿是说着玩的，她不会那样做的，她毕竟是大人，大人是不该欺负小孩的。转而一想，我挠了她，她脾气倔，受了屈，是不管大人还是小孩的。所以，我又说："你不敢，你是不欺负小孩的。"

丑儿终于笑得浑身直抖，她放下我，扯着我的手，要送我回家。我说什么也不肯。那个家整天骂声哭声不绝，我算是待够了，不想再待了。我宁愿像条夜游的小狗一样在外面晃，也不愿回家。我又想起了那条狼狗，丑儿打瘸了它的一条腿，可怎么还跟狗的主人好呢？

"丑儿姑姑，给我点酒，行吗？"

"是你爸爸要喝，对吧？你爸爸没有酒了，是不是？"

"不是，是我自己要喝，就喝一口，抿一点。"

"小凤，你又说胡话了。小姑娘家家的，怎么好喝酒？你是不是又吓着了？"丑儿把手放在我的额头上。

"不是，我就是，有点冷。"我说完，便打了个寒战。星星一点都不多，我记得别人说过星星比月亮大，可在我看来，它们不过是月亮生出的一些小崽而已。那么弱小的身子，那一点点的光，怎么能和月亮比呢？我这般冷，想必星星也会冻出鼻涕的。星星若是感冒了，一定要病好几天才会出来吧？那么由谁来给它们治病呢？明天的夜里恐怕连星光都不会有了吧？

丑儿没有和我争执下去，她反身进屋，取出一瓶子酒来，不由分说地拽我回家。我又哭又喊地挣着。

"你再闹，我就踢你了！"丑儿急眼了。我知道她发了脾气是什么事都会干出来的。我真希望天上落下来几颗小星星，落在丑儿的脑袋上，把她砸得哇哇叫。

终于又走到了家门。终于又回来了。屋子里有昏黄的灯光，这么安静，一点声息都没有。爸爸妈妈一定是休战了，说不定都钻进被窝了呢。我为着这揪心的安静而难过。想想看，我丢了，都没有人去找，看来他们是不想要我了。我是个没人稀罕的孩子了。我浑身上下都在发抖，连牙齿都打战，嗓子眼也疼，我想我是害病了。

星星害病了或许有月亮去医，我病了谁来照顾我呢？爸爸要上班，要去劳动锻炼；妈妈整天地忙，没人会顾得上我。只有夜生会看我顺眼些，可他现在还在尿炕呢。我站在屋门前，怎么也不想踏进屋子。丑儿却飞快地推开屋门，将我拉进去。我靠在墙角，一副受气的可怜虫的样子。

"小凤！你跑哪去了？"妈妈忧心忡忡地坐在炕沿上，见了我，她忽地奔过来，所有的头发都在跟着跑。

"她上我那儿去了，她说要一瓶酒。"丑儿笑着，把酒瓶放在柜上。

"啊，你也知道要酒了是不是？"妈妈"嗷"的一声大叫起来，"老酒鬼生了个小酒鬼，老疯子养了个小疯子，操他个血祖奶奶的！"她那架势，好像我不是从她的肚子中爬出来似的。

我气得也跟着大叫大吵大闹："你是老老酒鬼，你是老老疯子！"

"操你个妈的，你还来了章程是不是？"妈妈像只要吃人的老虎一样向我扑过来，手指在我的腿上不停地掐着、拧着。她用劲用得也太狠了，你想想，我当着丑儿骂她，她知道寒碜了，她能不狠下心揍我吗？她用力的时候，胳膊肘上的青筋都鼓起来了，嘴角也有些斜，样子很狰狞可怖。开始，我还可以忍着，后来，我实在耐不住了，而丑儿却在一旁跟根木桩子一样死戳着。我孤独无援，放声大哭起来。我仿佛是要把自己哭死似的，毫无节制地放大音量，宣泄心中的不平。夜生接着哭了，他哭得也不甘示弱。妈妈最后也哭了，她哭得眼泪鼻涕满袖子。丑儿红了眼圈，叹了一口气，抱着夜生摇晃着，跟妈妈说："小凤到底是小。孩子嘛，打她几次她就记疼了，你不要总打，会打疲的。"

"这日子，太糟心了。"妈妈收敛了一些，哭声不很厉害了。我心下更加不平，日子糟心是因为我吗？我从不偷懒，从不偷嘴，才七岁就要看夜生，心下一想，委屈得恨不能挠炕土。这时，爸爸回来了。他一进屋，见我在里面，长长地出了一口大气。

"小凤，你干什么去了？天黑，爸爸多不放心啊。"

爸爸一定是出去找我了。我心下一激动，呜呜咽咽地扑到他怀里，悲悲戚戚地说："我去林子里了。我出了大门，看见巷口的小路在黑夜变成了白的，我就走了。后来我冷，就找丑儿姑姑要酒去了。我还看见了狼狗，它没咬我。"

爸爸用手抚弄着我的头发，眼睛湿了。妈妈已经把干瘪的乳头塞到夜生的嘴里任他去咬。丑儿看到我们一家和好如初，悄悄地道了别，出了院子，一个灰影子很快也消失了。

那晚上爸爸没有去成靖伯伯家。那一宿我都在做些乱七八糟的噩梦，醒来时一身都是冷汗。

七

丑儿、王标、狼狗，这些发生在那个月夜的事情，我很快也就淡忘了。被妈妈掐过的大腿上，留下了几块灰云似的青迹。灰云里面，还杂有一条条的红丝，像几道嫣红的霞光似的，那样的地方总是妈妈下力最大的。

夜生一天天地长胖起来，老山羊的肚子已经被他弄得松松垮垮的，好像一个跑了气的皮球，一走起路来那肚子就左右摇摆，单调得犹如大挂钟里面吊着的摆。园子里的酱缸，因为天气炎热，已经发好了，所以，饭桌上常常摆着一盘黄澄澄的酱汁，爸爸妈妈毫不犹豫地用小白菜和小菠菜去蘸，然后填进嘴里，很香地吃着。若是这个时候来了串门子的人，妈妈也会连拉带扯地塞给人家一棵菜，叫人家尝尝她做的酱，如何如何地香。每个人都吃得津津有味，赞不绝口。独有我，无论如何也下不了决心去尝一点，虽然说今年的酱的确比往年的味儿好，但我也只是闻闻而已。

爸爸那三个月的工资虽然是打了报告，但一点音讯也没有，妈妈为此嘟哝不休。可不是嘛，三个月的工资，二百来块，能干多少事啊。在我家发生争吵的第二天，丑儿又来了一次。我听见她压着嗓门在外屋地的柴火堆旁和妈妈嘀嘀咕咕地咬了好半天的耳朵。妈妈又叹气又埋怨，后来还小声地哭了一阵子。送丑儿出大门的时候，妈妈愣是把几个刚做下纽的小黄瓜摘下来，让丑儿拿回去蘸酱吃。她还说回头让我给丑儿送去一碗酱。妈妈真是胳膊肘朝外拐，我想吃一根小黄瓜她都不让，而给丑儿她竟是那般的大方！想一想自己还不如丑儿受宠，心里就气愤异常。等着我去给她送酱吧，可恶的不会结婚的石女丑儿！即使去送，也要朝酱碗里撒上一点尿。我所能报复的，只能如此了。

我开始发现我渐渐地恨起人来，恨起许许多多的人来。我把园子中的黄瓜花一朵一朵地揪下来，塞到衣袋里，跑到巷口去撒花玩。那些花又娇又嫩，我把它们丢到垃圾上，让乌鸦来啄食。妈妈为此大动肝火，说有小人要算计我家，还说"越是倒霉，越有人踩你一脚"之类的话。她绝不会想到这一切都是我干的。我不希望黄瓜结果。

我还不愿意看夜生了。我不愿意背他出去玩。虽然妈妈常常用"啊，你七岁了，你只知道吃"这样的话来敲打我，我也不愿意帮她干一点什么。想想看，傻子也比我日子好过。尿布湿了有人给换，而我的裤子破了却没人给补；鞋子出洞了，蚂蚁直往里面钻，也没人说给买双新的。我整天都感觉到神经绷得紧紧的，一有机会，就想搞点恶作剧，气气谁。

爸爸写的那些东西突然失踪了。我知道是妈妈把它藏起来了。那天送走丑儿，她就慌慌张张地把它用一张塑料布包好，鬼鬼祟祟地压在外屋地的水缸底下。我家的水缸一年也不挪一次，每次刷缸也都是妈妈一个人干。所以，谁也别指望找出它来。爸爸丢了那东西，气得暴跳如雷，好像肚子都被气给憋圆了。他把家里折腾得天翻地覆，然而，他笨得就是没有想到水缸。

"丢了就别找了。这是天意，写这东西是讲究迷信，咱们一家子人都要遭难的。丢了倒好。"妈妈劝他。看妈妈多会装洋相！她一定是因为理亏，说这样的话时虽然脸色不红不白，但声音却很柔和，近乎讨好。这样的语音，只有在靖伯伯死的那天早晨她对我说过。爸爸问我是否知道那东西的下落。我明明知道，也明明知道妈妈以为我不知道，所以就用很轻蔑的口气说："让谁给拎到厕所揩屁眼儿用了吧。"

傻爸爸真的到绿头苍蝇嗡嗡闹、臭气弥漫的厕所去探查。他当然是一无所获，回来时垂头丧气，喝了半斤的散酒，呼噜打得满院子都能听得见。

我为此开心极了，多吃了半个玉米面饼子。

日月总是那么悠闲，说来就来，说走就走。星星也懒懒散散的，好久不集体出现了。天空中的太阳和月亮都那么圆。蓝蓝的天晴朗得很少有白云。

"喝，喝，喝死拉倒！"妈妈在饭桌上抢过爸爸的酒杯，仰脖一饮而尽，她的脸马上红了，"钱都让你喝完了，这日子是没法过了。我一天天地不吃不喝地苦熬，我图的是什么？"

"淑芬。"爸爸醉意朦胧地拧拧红肿的鼻头，两只眼睛像水泡儿似的。妈妈不理睬他，眼睛湿乎乎的。我知道这个晚上又是不愉快的日子。接着，妈妈开始鼻涕一把眼泪一把的了。她说的净是那些我听腻了的话。什么她嫁给爸爸时爸爸家里穷得叮当乱响，连成亲的被子都是娘家做的。结婚那天下着小清雪，她坐在马爬犁上去的洞房。结婚后她如何孝敬公公，公公得了脑血栓偏瘫时她怎样端屎端尿地伺候，直至老人家离开这个世界。

"老的我给你送终了，小的我给你养大了。你还不知足哇。你心里不痛快，可谁心里好过呢？一天到晚地灌马尿，非要把一家子人都喝死不可了。"

"淑芬，你不要吵。小凤也已经不小了，懂事了，成什么体统。"爸爸的语音带着一种深深的感慨。而妈妈，仍在借着酒劲说牢骚话，好像她嫁给爸爸是爸爸多么大的荣耀。爸爸呢，除了那么软软地来几句之外，大有捡了媳妇得个便宜的那种架势，拐着腿上炕倒下了。他躺在炕上，两只脚伸到炕沿外，脚底脏脏的，他已经好多天没洗脚了。一股呛人的臭气在屋子里面跑，噎得人直气短。

妈妈没了发泄的对象，而她的火气还没有消尽。她把盘底的那些剩菜划拉成一小堆，操起筷子继续喝酒。她一边喝一边自言自语地说："喝死拉倒，喝死拉倒。不喝白不喝。"

我倒希望她真的醉死。一家人都醉死才好呢。太阳也醉死。月亮也醉死。让雨全都变成酒，把大地也灌醉了。

这么闷的空气，这么难闻的酒气，能闻到点香味有多么好。我记得妈妈在靖伯伯家办丧事时，曾拿回家一包卫生香。摸来摸去，只找到几片扎窗花用的彩纸，并不见香。

"小凤，你乱翻什么？"妈妈那双红肿的眼睛狠狠地瞪着我。

"我找香，我要烧香。"

"我操你个妈的！"妈妈用筷子重重地敲打着盘子，鼻孔向两面扩张着，"我还没死呢，用不着你来烧香！"

"屋子臭！"

"臭？臭你就给我走，你看谁家香，你就上谁家去！"

妈妈在撵我了，她不要我了。我算什么？连山羊也有个窝，连山羊也有片草甸子。我忽然哭泣起来。我的眼泪流得并不太多，哭的声音也不响亮，但我却实实在在地觉得像我这样的孩子太没意思了。我下了板凳，穿上衣服，一直地朝外走。天黑有什么，我不怕。树不会打我，星星也不会骂我，我真的要走了。

"你给我回家捡碗！"

捡碗？等着我去捡碗吧。我没有理睬她，还是往外走。出了大门，路过羊圈时，老山羊咩咩地叫着过来了。也不知它是吃饱了撑的，还是得了什么疯病，它一头朝我撞来。它尖尖硬硬的脑袋把我顶了一个跟头，我浑身都疼痛起来。我哭得更委屈了。连山羊也欺负我，山羊凭什么？不过是能给傻子夜生造点奶喝吧。我从地上爬起来，揩了一把眼泪，还没等我站定，它又一头朝我撞来，而且把屁股坐在我的身上。

我又哭又喊，它却一点放开我的意思也没有。爸爸在睡觉，妈妈在喝酒，没有人来救我，山羊会把我吃掉吧？像吃一片青草似的。不过，我可没有草那么好看，也没有草那么水灵。它不会吃掉我吧？我长了这么大，还没有听说过有吃人的山羊呢。是靖伯伯说过的，小孩子的肉都甜兮兮的，山羊是不是想尝一尝甜味？我所闻到的，全是一股又膻又臭的气味。

山羊在喘气，它那令人烦躁的声音传遍了我的全身。我不由自主地抽搐起来。我翻腾，我乱扭着四肢，我觉得嗓子干哑。我仰望着没有月亮也没有星星的阴雨前的天空。风也没有。假若来一场大风就好了，可以刮走天上的乌云，让星星为我掉几滴泪。让大风刮得山羊里倒歪斜，从我身上栽下去。可什么也没有，天太静了，地也太静了。

终于，它似乎是得了什么满足似的，放开我走了。我好久好久都瘫在地上，一点都不能动，浑身一点力气都没了。分不清脸上淌的是泪水还是汗水。总之，那上面黏糊糊的一片，湿淋淋的。它没有吃掉我，因为我没有草好吃。草儿也比我强。山羊连吃我的胃口都没有。

可恨的山羊！它赢了，我输了。我得杀了它。我不能让它今后继续地欺负我。我如果连一只山羊都治不住，我就更完了。我终于从地上爬起来，紧了紧裤腰带，攒了一点力气，到院子中去找家把什。门后就放着一把大斧，那是爸爸用来劈桦子的。我扛起它，慢慢地走出院子。

山羊好像是玩累了。它卧在圈里正甜蜜蜜地歇息呢。要是有月光该多好，我可以查查它长了多少根胡子。它要死了，它活了几岁？鸡的寿命才几年，羊的寿命呢？我的寿命呢？我握着斧头的手开始颤抖，腿也软软的，像棉絮一样，直想往地上飘。我向它靠近一步，它一点察觉也没有。

它是不是在做梦？它会梦见什么？它要是梦见天坍的话，就会感觉有人要压它，那么我就一斧子砸过去。要是它做美梦呢？比如说它梦见了一片青草地，草里面有小黄花，还有五彩斑斓的蝴蝶，它正得意扬扬地站在里面，天也是蓝蓝的，那么，我还会杀掉它吗？我觉得胸里发闷，气也有些短。谁家的大门"呀"的一声怪叫，接着是一阵揪心的狗吠声。想必是谁家的狗偷吃了主人家的吃货而遭打了。我真的看不清它，它只是一团黑影子，很安详地卧在那里。我真的不想砍它了，可被它压过的地方，却隐隐地疼。我想起刚才自己那副样子，那可怜相，又朝它挪了一步。

我举起斧子。我举不高它，我的胳膊一点劲都没有。我咬着牙，腿在打颤，再过几秒钟，我就坚持不了了。我闭起眼睛，把斧子扔出去。我听见它的呻吟声了。不管是噩梦还是美梦，都要过去了。我一屁股坐在羊圈里，呜呜地哭起来。

山那边有雷声了，不很响的雷声。偶尔也有闪电，一道一道的，又明又亮。闪电划破黑暗的那一刹那间，我觑见山羊的头上血肉模糊，它干瘪的肚子却在艰难地一鼓一鼓。

我杀了山羊了！天要下雨了！我到哪去呀？山羊死了夜生可怎么办呢？他吃什么呢？我狠命地咬着自己的手指头。我想起了很多的清晨，我牵着它，在小路上慢慢地走着，我们因为踩露水而湿了脚。到了草甸子，它就乖乖地任我抚摸，等我觉得肚子饿的时候就扔下它，一个人恋恋不舍地回家吃早饭。它不会死吧？一斧子怎么就会死呢？它不过是流了一些血，没什么的。可还要止血才好呀。要用纱布包一包，最好再撒上点药粉。我跑回屋子。妈妈倚着墙壁，坐在地上，双手搭在膝上，衣裳的扣子全松着，合着眼睛打瞌睡。我就去挠爸爸的脚心。我挠一下，他就抽一下腿，呼噜也暂停一次，我便更快地挠他。他终于哽住了呼噜，嗯嗯着睁开了眼睛。我跪在炕上，跪在他的脑袋旁，把头伸过去，哭哭啼啼地说："爸爸，快去救救山羊，它要死了。"

"山羊？山羊有什么。死什么？小凤，你妈呢？"

"爸爸，快去哇，它真的要死了。"我伏在他的胸脯上，呜呜地哭叫着。

"他妈的。"他骂着坐了起来，清了清嗓子，见桌子还没撤，妈妈在那儿瞌睡着，他不满地骂了一句："这老娘儿们，不像话。"

他没有叫她"淑芬"。我替他穿上鞋子，就拉他往外走。出了屋门，他就解裤扣要小便。

"等爸爸撒个尿。"他说。

"一会儿再撒，爸爸，山羊要死了。"

然而他还是尿了起来。他那泡尿也不知憋了多长时间，竟然尿得满院子都是臊气。

"别尿了，山羊要死了。"我打开手电，替他照着路，来到羊圈。我没有跳进去，我只远远地把手电那束昏黄的光投在它身上。爸爸触它一下，惊叫了一声问我："你看见是谁干的了吗？"

"没有。"我浑身都为之一抖。

爸爸不再吱声。他抱起它，慢慢地出了羊圈，从院子进了屋子。我不敢进去。我听见妈妈在喊："我的羊，我的羊怎么了？"

"小凤，你给我进来！"爸爸在里面喊我。我料知躲不过去，就进屋了。

"你怎么知道山羊要死了？"

"我拿斧子砍它来着。"我低下脑袋。

"你要杀它？"

"嗯。"

"你要找死！"妈妈一下子扑上来，飞快地给了我两耳光，"你这个小害人精，我今天不要你活了！"

爸爸没有拦她，大概他认为我是该打的了。她尽情地打，我却不觉得疼。后来，我的鼻子出血了，她就像见了什么信号似的住手了。

"孽障！"住手时，她还在愤愤地骂。

那山羊真的要死了，它的肚子瘪瘪的，好久好久才动一动。妈妈为此悲痛欲绝。

"你别死啊，山羊，我再也不打你了。"我蹲在它旁边，细声地对它说。

然而，它终究还是没有活下来。那个夜晚，它死了。

夜生在摇车上拼命地哭，好像在为山羊永远瘪了的肚子而哭泣。我跟爸爸讲了我要杀山羊的经过，爸爸说山羊不是欺负我，它是因为喜欢我才把我坐在屁股下，这可真是一派谎言。

那天晚上除了夜生外，谁也没有睡安稳。那么激烈的电闪雷鸣之后，奇怪的是没有击下一滴雨来。后半夜，天竟然悄悄地晴了，一弯瘦瘦的月牙儿也出来了。

我的泪水流向枕边。枕头的一左一右匀匀地湿了一小片,像两个模糊了的月牙儿。我忍不住恶心起来,跑到院子大吐不止。

八

虽然家里是那样的穷困,妈妈还是打消了卖羊肉的念头。锅里煮着羊骨头,连锅盖都迸上好多油星,亮晶晶的诱人。屋子和院子都张扬着香味。

人们很快就知道我杀山羊的事了。大家对此议论纷纷。有人说我被鬼迷住了,才有那么大的力气和胆量去砍死一只羊。也有人说我是馋羊肉了,想开开荤。还有人说我天生就是一个坏孩子,现在敢杀羊,将来就会杀人。当然,也有人说像我这样的小孩子现在就这么有气魄,将来一定错不了。

然而还是好听的少,难听的多。

我们这里有个习俗。逢年过节,谁家杀猪宰羊了,一定要剔下一些肉和骨头来,分给邻居和亲朋好友。亲戚家照例要送的,邻居家里的人也要一个不漏地请来。同时,一定要买上几斤烧酒,敞开肚子尽管吃喝。喝醉了也不算丢人。吃完,女主人就要流着汗水,用上一两碱才能把碗盘杯筷上的油星除掉,一次农家宴也告结束。所以,每每都有人盼谁家会杀猪宰羊。为着这香味所诱惑的人们,早早就从田地里回来,唱起欢乐的歌子。

妈妈把一半的精肉切成小块,放在一个大坛子里用盐腌上。剩下的除了羊头羊腿之外,骨头和肉都一股脑地被扔进锅里煮。羊皮铺在窗台前的空地上，四角用钉子钉住，上面均匀地撒了一层小灰。妈妈说要用它做一条羊皮裤。

那真是太热的一天，虽然临近傍晚，风还黏糊糊的直让人淌汗。太阳已经蹦下山了，晚霞并不绚丽，几片淡粉像刚洗出的衣服一样挂在那里晾晒。山色空蒙起来。炊烟垂直地旋升着。鸡上架了，鸭子和鹅也都进屋了。猪吃饱了食，慢吞吞地趴在草上打呼噜了。

一锅又鲜又香的羊汤做好了。院子中放上一张八仙桌，桌子上有一把筷子。桌子正中放着一只老海碗，碗里盛着满满的汤料。汤料主要是由蒜、辣椒面和香菜末加少许的材料油和很多的酱油调和而成的。碗里红红绿绿的，煞是好看。只要你用小匙盛起一点，从碗边磕进羊汤里，轻轻地调匀，慢慢地将碗递到唇边，提着气喝上一口，保证会把你香出一个跟斗来。

人已经来了许多。男男女女，老老少少，多是请来的。妈妈一碗一碗地盛，丑儿帮着一碗一碗地分给大家。有喝得快的，一会儿碗就空了，额头上弥漫着雨珠似的汗。有喝得慢的，席地而坐，一边望天观景，听人谈天说地，一边慢条斯理地呷。小孩子们每人得了一块羊骨头，用手抓着，边吃边跑到巷口去玩耍。几个中年男人同爸爸一起围在八仙桌的四周，盘着腿，吃着羊肠羊肚羊肝羊心这些杂碎，两手油乎乎的，把酒杯都弄脏了，俨然一副阔主的样子。

他们在吃它，我却在我的小屋子里淌泪。妈妈喊我，我也不肯答应。后来，她送过来两块精肉和几根蒜苗让我吃，我仍是不肯。她便生气了，"敬酒不吃吃罚酒，我看你的皮又紧了不是？"

"我不想吃！"

"你想吃什么？羊肉都不吃，惯的你！"

"我就是不想吃。老山羊死了，怎么还吃它？"

"它不死还不吃它了呢。"妈妈很蔑视地冲我一笑，"你倒是心善了，可你怎么还砍死它？"

"我没想砍死它！"我恨不能抓起一大把死苍蝇塞到妈妈的嘴里。

"你还犟嘴！"妈妈冷冷地把给我的那两块精肉和蒜苗又拿走了。她边走边说："不吃省下了。不吃，哼，连羊肉也不吃了。"

筵席就要散了。天黑了，月牙儿俏皮地斜着弧形的身子。星星出得密密麻麻的，这可真是一个晴好的夏夜。院子的人渐渐少了，锅里的肉汤被勺舀到最后，只剩下一片油晃晃的亮色。八仙桌旁的几个人发着什么牢骚，骂骂咧咧地走了。有一个吃醉了酒的木匠，硬说妈妈的衬衫扣子是一只贼贼发亮的眼睛，不怀好意地望着她。说完，他还又哭又叫的。他哭他死去的儿子，他叫着他心肝宝贝的名字。他儿子去年掉在水泡子里面淹死了。他爱喝酒，没有下酒菜，他的儿子就到水泡子上去给他砸蛤蟆。那是十一月初，河水封冻不久，他刚凿开一个冰窟窿，还没来得及把大铁笊篱伸进去，冰层就剧烈地碎裂起来。他吓傻了，呆呆地站在那儿。如果当时他反应快，快些跑，就什么事也不会发生了。可他一点反应也没有，直到银白的冰块四散而去，他摇摇晃晃地溺入水底。

借酒耍疯，尤其是对一个男人来讲，绝对不是一件光彩的事情。所以，妈妈就去把他的老婆叫来，将他拖回家去。他一边走出我家的院子，一边撕心裂肺地喊着："我那宝贝——我那儿子——孩子哇——癞蛤蟆呀——"

"蛤蟆孩子——可怜！"爸爸望着他的背影，嘀咕了一句。妈妈从鼻子里哼了一声："疯子！"

妈妈开始收拾桌子。大碗小碗大盘小碟，可真不少。先用碱水放在锅里煮，然后再用清水涮。爸爸自顾去睡觉了。我不理解山羊的死竟会给他们带来这么大的乐趣，可我的肚子却在叽里咕噜地叫了。我到饭盆里拿出一整个菜饼子来，打着干嗝吃起来。

妈妈很快就收拾好了东西。之后，她又收拾屋子：抹炕，擦箱子、柜子，好像不把什么都弄干净，她就会死去似的。爸爸在炕上依旧响起呼噜。一会儿声音高亢，突突突的好像拖拉机在原野上呼啸；一会儿声音压抑而低沉，犹如一个有生命的东西沉入一片死海。我觉得他打呼噜的时候简直是太幸福了。他的喉结很活泼地耸起又落下，好像一颗没有被咽进去的果子一样卡在那儿，太带劲了！

妈妈终于做完了所有她想干的活。她开始在外屋洗脸、搽雪花膏，之后到屋子里梳头发。木梳的尖尖齿很快就把她蓬乱的头发犁得光滑滑的。离睡觉还早着呢，我猜想她一定是要出去串门。果然，她叫我在家看门，扭扭摆摆地出去了。

她要去哪里呢？人家都说老娘儿们半夜三更地朝外跑，总是不太地道。我想她或许是去丑儿那里。我便跟她出去了，她进了仓房，拿出一块羊肉，用绳子系好，提在手里朝外走了，我不知道她这是给谁家送去。

巷子里黑漆漆的，一声狗叫都没有。妈妈的脚步放得轻轻的，我也把脚步放得轻轻的，我不敢大声喘气。我这样走了一阵子，她的影子晃进一家大门。我认出那是王标家。妈妈抽风了？羊肉送给一个王八蛋吃！老山羊的死够可怜的了，更可怜的是它的肉还要被这个人吃掉。我想起春天时妈妈教我如何地骂他，而如今却巴结起他来，妈妈多不要脸，她还背着爸爸。

我泪眼蒙蒙地站在那儿，妈妈进屋子了。我觉得身上冷，头也疼起来。我蹲在地上，摸索到一块比较大的石子。我想，我得报复他们一下。我又开腿、运足劲，把石子悠过去。糟糕，窗前的木杆子把它挡住了。不行，还要再来一次。我又蹲在地上摸索，这回找到了块不大不小的，非常圆润，想必是一块鹅卵石吧。我暗自"嗨"了一声，憋足气把它扔出去。太妙了，玻璃的脆响真让人过瘾，石子肯定像子弹一样地穿进去了。我咯咯地笑着，一路小跑回家。

回到家，一身都是轻松与快活。夜生睡醒了，我就抱着他玩。我亲他的脸蛋，把舌尖伸在他的嘴唇上舔来舔去。他冲我美美地笑。

夜生夜生——你别怕，

老山羊死了——还有小羊羔。

小羊羔给你——造羊奶！

越吃越像个——大绣球！

爸爸醒了一小觉，打着呵欠搓脚丫。他问我："你妈呢？"

"我不知道。"我说。

"这鸡巴老娘儿们。"爸爸骂了一句很寒碜的话。别说，从爸爸到车站当工人后，他的粗话也跟着发了。我笑笑，他没趣地叹了口气，挺起身子又吹出了呼噜声。

夜生和我玩了一气，又呼呼地睡去了。天更加黑了，妈妈还不回来，我丝毫睡意都没有了。我想起了靖伯伯，今天他没来吃肉，妈妈说他走不了路。靖婆婆带着二毛只来站了一小会儿。不知怎的，我忽然想起他来，自从他活过来后，我还没有跟他谈过话呢。我便想起了妈妈藏在水缸底下的那"天书"。我把夜生放在摇车里，匆匆忙忙地走到外屋地。真是巧极了，今天用水量大，水缸就要见底了，我很轻易地就把缸底掀了起来，将那个用塑料布包着的东西拿到手中。

此刻最担心的，莫过于妈妈会突然闯进来了。如果那样，免不了又要挨一顿好揍。所以，我小心翼翼地飞快地回了我的小屋子。我把我的屋门挂上，把与外屋地隔着的玻璃窗拉上窗帘，出口长气，然后"嗨"的一声坐在炕上。我一页一页地翻起来。可惜，我还不识字，我不知道里面都写了些什么。我很想找一个能识文断字的人给我念念，可我不知找谁好。叫丑儿吗？我讨厌她。叫大毛吗？他又有好长时间不回家了。我失望地把它撇到一边，不知该干点什么好。这时外屋地的门响了，妈妈回来了。我吓得只差没把心吐出来，小老鼠似的飞快地把那"天书"掖在枕头下。

我以为妈妈会来找我的麻烦，可是一点也没有。她回了屋子，一会儿就熄灯了。

我庆幸得差点把火墙子上的砖蹬掉几块。

第二天，就见王标的左眼上贴着一块药布，加上他牵着那条狼狗，真有点"一瞎一瘸"的味道，看了忍不住让人发笑。我回家跟妈妈说："王标的眼睛瞎了。"末了，还加上几声笑。

"笑什么？"妈妈瞪我一眼，说，"还不知谁给打的。"

"是石头给打的！"我骄傲地挺起胸脯，笑眯眯地说，"用的是又光又圆的鹅卵石。"

妈妈的眼睛立即变成了鹅卵石,她的瞳孔在扩大。我吓得捂住双眼,我都说了些什么?

她的手指很快又在我的腿上做掐捏运动了。

九

我每天都盼望着有稀奇事发生。我盼有人死,盼望着谁家的吵架声顶得房盖直颤悠,盼望着谁家的屋子会在一夜间突然塌了,或者来一群大虫子,把所有人的脸都蛀出大麻坑,然后让人像糟蘑菇一样地烂掉。

可这生活还是平平静静的。该生长的绿叶一丝不苟地生长着,该开放的野花在甸子上规规矩矩地开放着,该割刈的野草也依旧割刈着。还有什么呢?夜生瘦了,因为他结束了喝羊奶的幸福生活。他经常的大便干燥,小肚子胀得又圆又硬,一到夜晚就把嗓子扯得像风筝线一样长,哭得人昏天昏地的。

我自然是无人看管的野孩子了。有一天,我把妈妈的镜子拿到我的屋子里,挂上窗帘,插上门,一个人对着自己打量起来。

我先看我的脑袋。我的额头像半个玉米面窝头吊在刘海下,在这窝头下缘的左右两侧,悬挂着两道弯弯细细的眉毛,它们像两条船静静地泊在那里。在小船的下面,有两个圆圆的小水泡子,泡子的水都是白的,白白的水上嵌着两颗黑黑的太阳,这两枚太阳曾经燃烧过很多的星星和树叶。从这两个水泡子中间的一块空白地带垂直向下，兀地出现一个缓慢隆起的小山。在小山的底部，又有两个圆润的出气孔，它们像隧道一样幽深地探进我的脑子。再向下，经过一小块扇形的、毛茸茸的草地，便是一个能启能合能说话能进食的口了。这口中，生长着上下两排牙齿。这些牙齿一律是从一片红润的土地上顶土而出的。它们相依相偎，极像是两堵坚实的围墙。就在眼睛下，鼻子和嘴巴的左右两侧，对称地铺展着两片光滑的叶子，初秋的微黄的叶子，那是我的不太生动的脸颊。我的头发不那么黑，更谈不上亮度，它们很潦草地稀稀地犹如杂草一样地倾伏着，像是花了很多农人汗水却收获微薄的一撮青麦。正因如此，我那两只肥肥大大的耳朵才骄傲地被衬托得如两轮金黄的月亮，来照耀着我的瘦弱的脖颈和肋条清晰可辨的肢体。

长得多么奇妙。我觉得一个人的长相真是太有意思了。那上面有好多好玩的地方。我想笑，可以站在那个山头上；我想划船，就驶向那两个小水泡子。春天过去了，我可以用金纸在牙齿上裹上一层，让那两堵坚实的白色围墙灿然地亮出一些花来，重温春天的气息。哦，这就是我，我竟拥有这么丰富的东西。我吃惊地放下镜子，趴在炕上，痴痴地向往着。窗外是一派晴好的夏天，燕子斜斜地飞着。

有好多天我都沉浸在这种气氛中。这时，妈妈也在酝酿着一项重大决策，因为家里的确是不宽绰，而爸爸肚子的饮酒量却日益增加。有一天晚饭后，爸爸刚要离开饭桌去炕上打呼噜，妈妈一把扯住他，说："明天中午，我多做几样菜，你骑车子回家吃饭，吃了饭我们一起出去逛逛。"

爸爸显然是受宠若惊，他惊骇地打了一个极响的喷嚏，把震出的鼻涕往手心上抹，反反复复地说着："淑芬、淑芬，到底是……"他激动得睡意全消，竟然弯下腿帮妈妈去捡桌子。妈妈狡黠地笑笑，那神情，好像是她刚刚发现了一窝野鸭蛋，又不肯告诉别人野鸭子蛋所在的地方。我不理会他们。虽然我听见爸爸的腿在下蹲时那"咔"的一声响，我也毫不动心。爸爸的殷勤并没有换来好结果，他打破了一只碗，碗碎得像一朵乍开的花，非常好看，让我想到野花开时花蕊里应该有鸟鸣。

"让你干你不干，不让你干你倒逞能耐！"妈妈固然是为一只碗而惋惜，更重要的是因为打碎了碗会不吉利而恼火。爸爸讨个没趣，慢吞吞地找笤帚，乖乖地打扫那些碎瓷和碎瓷上流溢的黄昏，一脸都是愧疚的神色，让我不忍心去看。

第二天中午，妈妈果然做了好几个菜，还破例买了瓶装的酒。在我们家，只有过年过节和来了客人时才这样子。

桌子放好了，妈妈给我夹了些菜，让我先吃，完后好背夜生出去玩。先吃是可以的，背夜生可不是我乐意干的事。我很快就把碗里的菜都吃进去了，吃到最后一口时，才痉挛地觉得菜做得是如此的香，可惜碗底已经空空的了。所以，我就毫不害羞地伸出舌头，去舔那碗底的油星。妈妈见了，不但没拧我的嘴，反倒叹了口气。于是，我又有了小半碗菜。我一点也不感激她，毫不客气地吃完后，用袄袖子一抹嘴，撒腿就走。

"小凤，你今天下午背着夜生出去玩，好不好？"

"我腿疼。"

"妈妈给你三毛钱的钢镚，你去供销社买糖块吃。"

"我牙疼。"

"就一下午，一会儿爸爸和妈妈要出去办事，回来时给你买花裙子穿。"

提到花裙子，我的鼻子就酸了。我多么希望自己有一条美丽的花裙子啊，一跑起来，裙子里面鼓着风，像伞一样，小腿凉丝丝的，多美啊。想到这，我哽噎着答应了妈妈。

于是夜生又到了我的背上。太阳底下，我低着头走路，发现我的影子是那么的短。我想用脚去踩自己的影子，可无论如何也踩不到。就在我顾影自怜到路口时，突然看见了丑儿。丑儿不知要去哪里走不动了，她正猫着腰用手扶着路口的样子垛，哼哼啊啊地叫着。我心里觉得很开心，丑儿也有不强硬的时候。你看，她不是开始吐了吗！她那件好看的灰格子上衣不也让她给吐上了吗？

我不敢笑，因为我看见二毛过来了。二毛只穿条裤衩，他一边跑一边哭。靖婆婆在后面撵他，腋下夹着一根木棍，那样子像老板子在调驯一匹马。我心下更加高兴了。这是一个多么美好的中午，有这么多的热闹事可以看。更热闹的还在后头呢。瞧，靖伯伯过来了，他穿着一件大灰袍，不知是从哪个朝代的垃圾堆中拾来的破烂，手中还挂着一个拐杖。那个拐杖是一段杨树，上面有一个小枝子还闪耀着几片碧绿的叶子。靖婆婆一边追一边骂："孽障！混虫！"靖伯伯呢，却唔唔噜噜地不知说些什么。他真像一只大灰瓢虫。丑儿被这事惊吓了，她不再吐了，腰也挺直了，反身去撵二毛。

"二毛，快跑！往泡子里跑！"我提醒他，因为淘气的小孩子往往都愿意在甸子上的水泡子里打水仗。而那个地方，一般是为大人所不知的。不过，我忘了这傻子是不会水的，可是晚了，二毛偏偏很灵敏地听清了我的话，而且他一定是把水泡子和水井画了等号了。所以，他拼命地往井台上跑。大正午，没有人在井上担水，井台下的浅水洼中，只有王标家的那条狼狗在打转转。二毛一跑过去，丑儿就大叫一声，靖婆婆干脆就吓得一屁股瘫在地上屁滚尿流。我也因为跟着小跑了一段路，累得呼哧呼哧地直喘粗气，夜生在我的背上却得意扬扬地揪我的头发玩，把我弄得脑子一抽一抽地疼。

那只被丑儿打瘸了腿的狼狗，好像仍然怕着丑儿，一见了二毛就颠上去想要寻找保镖似的。二毛很生气地去打狗，因为他已经站在井台上了。而那条狗却用前爪钩住他的裤衩不放。二毛就吸着嘴俯身往井里跳，那狗咬着他不放松，也跟着闪进井里。一阵扑通扑通的声响后，丑儿才抢上井台，右手扶着井台上的轱辘把，左手捂着心口窝，很揪心地望着井底，终于呜咽起来。

我不知丑儿还会哭，因为妈妈说她是一个命硬的女人。傻夜生好像也有了什么灵性，他在我的背上哇哇地哭了。靖婆婆已经软着腿半哭半叫地过来了，她有气无力地摇摆着手说"我的儿啊，我那好儿啊"，而靖伯伯呢，呆呆板板地还没忘了拄拐杖，他的腿哆哆嗦嗦的，嘴唇也哆哆嗦嗦的，两颊的肉活了似的，不安地动着。

"小凤，你——"丑儿忽然转过身来，恨恨地瞪着我，踉跄着朝我走来，好像二毛跳井是我推的似的。

"快捞——我的儿啊……"靖婆婆一屁股坐在井台下的水洼里，头上缠绕着十几个苍蝇，再也说不出一句话来。

我走到井台上，朝下望去。井壁的木板缝之间长着一些绿苔，往下，深深的地方有一圈长年不化的冰。再向下，是井水了。水上面没有任何漂浮的东西。二毛和狼狗死了吗？我打了个冷战，想起了我家那只死去的老山羊。

也许，二毛和狼狗到地底下玩了。因为我曾经幻想过井底下有一个通道，沿着通道可以走到一个很大的场子。那场子里说不定有马可以骑，有烧饼可以吃，有皮球可以拍呢。

十

发生这件事的时候，我的爸爸妈妈正在家中开怀痛饮，大吃大喝着。这天是他们结婚九周年的纪念日，亏妈妈还有心记着这日子。他们吃过饭，桌子都没收拾，爸爸就推起自行车要带妈妈出去。

那是个很热的正午，他们都喝了酒，自然有些晕。爸爸推着那辆没铃没锁没车闸的破烂车子，居然还哼起了一首歌儿。妈妈在锁大门的时候，那劲头也格外的足，仿佛要把生孩子的力气都挤进锁里，使它永不再开。他们做这些的时候，我愣呵呵地站在门口观望。

"小凤，你怎么哭了，谁欺负你了吗？"妈妈锁完门，反身时发现了我。说真的，我并没有感觉出自己在哭，只是嘴角有些微咸罢了。

我摇摇头，抽了一下鼻涕。

"你是不是撞着什么了？"爸爸的眼珠子像下暴雨时溅起的混浊的水泡。他问我是否见着鬼了。

我没回答，低下头望自己那双顶破了洞的鞋子。鞋面上蒸腾着雾似的阳光。

"好了，爸爸带妈妈去要那三个月的工资钱。"说到这，他打了一个响嗝，一团很热的酒气扑在我的脸上。

"三个月，二百来块，呃。"爸爸很满足很自得地诉说着，仿佛这二百来块顷刻就变成了几坛子酒似的。他说的时候，还把手伸在我的脸上，很随意地摩挲着，仿佛是在抚摸一条狗或一只猫。而他的胳肢窝，又溢出了那股类似东西发霉的酸臭味，让我怀疑那里被苍蝇蚊子之类的东西叮破了，散发着腐肉的气息。

他们原来是想借着股酒劲，撕破脸皮去要钱的。瞧瞧他们的能耐有多大。我于是明白了为什么几日前妈妈唠叨不休地讲谁谁谁吃酒吃多了，天不怕地不怕的，平常不敢做的事都做了，而且事情的结果也都如愿。

"二毛死了，还有狼狗。"我对他们说。

他们支着耳朵，不知是听懂了不相信，还是根本就没听清楚。

"二毛跳井了。"我重复一遍，把目光伸向远方的松树林。这时，巷子的尽头传来了靖婆婆喊破嗓子的哭声。许多人从自家的大门奔出来，纷纷朝哭声跑去。爸爸扔下了自行车，一脸木然。妈妈用手捧住脸，停了几秒钟，抽抽搭搭地说："一个傻子死也就死了。"

傻子原来是该死的，我想妈妈为什么不把夜生也扔进井里呢？

他们撇下我，也和着哭声去了。

靖伯伯的棺材上的那一堆木杆子正由一个长着络腮胡子的壮年汉子一根根地往下挪。那棺材上的油漆本已黯淡了，但经阳光一晃，却新鲜如初，犹如无数片百合花瓣叠映在那儿。二毛还没有被捞出来，上山打草子的人却已经扛着镐和锹走了。

大人们说要当天就把他埋了。有人不主张给他用靖伯伯的棺材，说给他凑合一副薄板的就行了。而且，这样未成人的孩子的棺材，木板要毛边的，不能刨，不能刷色。人们去请问靖婆婆，她一会儿点头同意，一会儿又摇头反对。靖伯伯呢，他的灰袍子的前襟被尿水濡湿了一片，他只会抽了筋似的用手点着棺材，断断续续地念着："这是、给、给我预、备的，给我、预、备的。"

结果，壮年汉子又把撬动下来的木杆子重新压在了棺材上。我见他的络腮胡子里仿佛爬进了什么东西，狠狠地抽了几抽。想必他是在为二毛死后连副像样的棺材都捞不着而难过吧。几个人依照吩咐，转身又去靖伯伯家的房山头的一堆烂木头里面去翻腾薄板去了。那个曾在我家吃羊肉时哭他死去孩子的木匠，一边用皮尺量着板，画着线，一边簌簌地掉眼泪。

我感到头昏脑涨。

靖婆婆断断续续地跟妈妈诉说二毛死的经过。她说靖伯伯吃了午饭后，忽然咳嗽不已。她就到仓房里找陈年的达子香叶为他冲水喝。刚走到仓房门口，就看见二毛用一个除草的小铲子在掀门槛。她问他干什么，他说这是在挖老鼠。他说他看见一只灰老鼠从米缸里面溜出来，钻到门槛下去了。靖婆婆并不在意，就取了些达子香叶回屋，随他去了。等到她给靖伯伯冲好了水，递给他时，靖伯伯突然劈头说了一句："二毛在作死呢。"她心下一惊，猛然间想起了那门槛下曾埋着二毛的胞衣。迷信讲，小子的胞衣虽然能大补，但不得把它吃掉，要埋在自家的门槛下方好。靖婆婆就丢了鸡似的抢出屋子。

晚了，二毛没剜出小老鼠，却已经把那胞衣捧在手里去吃了。这是二毛的习惯，无论见着什么东西，都先用嘴尝尝。靖婆婆就大骂他，他扔下胞衣叫着跑。他们出了院子，靖伯伯也拄着那根拐杖出来了。

后来就是我所见着的一幕。

“你家的小凤，叫他往水泡子里跑，他就奔井去了。”末了，她哭哭啼啼地把罪过摊派到我身上。我见妈妈的脸色犹如冬日的阳光一样的青白了，嘴唇也紫丢丢的了。她低声地勉强宽慰了靖婆婆几句，就径直朝我走来，冷笑着对我说：“小凤，你过来。”

我从没见过妈妈这副样子。她打我时，从来没有克制过，想揍就揍。而这次，她却先不发火，这让我害怕得要冲太阳呼救了。我绝望地看着帮忙的人，希望有谁能把妈妈支走，我好快些地逃到山上去。可每个人都忠实地忙着，没有人顾念到我。

“我要等爸爸。”我真想跪在她面前。

她噘着嘴唇，不由分说地拉起我的手，出了靖伯伯家的院子。往家走的路是下坡路，她的步子迈得又大，我趔趔趄趄地几次都要被她拽倒。她的手心出了许多的汗，湿乎乎的。路上漆着漂亮的阳光，踩上去有热烘烘的感觉。

到了家门口，她又使出了生孩子的力气，“咔吧”一声开了那把黑沉沉的大锁，然后扯我进屋，把屋门用铁钩子划上。她没揍我，我便已经一身冷汗了。她站在我背后，解着背带，先把夜生抱下来，好像扔一堆垃圾似的把他扔进摇车里。然后，她就开始咬牙切齿地扒我的衣服。

我的布衫由于穿了好几年，已经又小又瘦，并且已经洗薄了，所以被扯了几条口子。她气呼呼地又掀掉我的背心，把那背心当成烂菜叶一样地撇掉，最后，她又来扒我的裤衩。我交叉着两腿不肯让她扒。

"妈妈，让我穿着裤衩……"我嘤嘤地哭了。

她只是从鼻子里"哼"了一声，一点怜悯我的意思都没有。在我"啊呀"的惊叫声中，她使出给死猪刮毛的力气扒下了我的裤衩。

我的眼前好像着了火，我疯了似的扑上前，去抓挠她的脸。那种卖劲儿，就像我和好几个小孩子在草甸上同时发现了一枝好看的野花，争先着抢去采折一样。

但我很快就被她骑在了身下，我什么也不知道了。

我躺在炕上，醒来时天已昏黄了。屋子里静悄悄的。玻璃窗上挂着夕阳的几片淡淡的笑涡。我抬起胳膊，看那上面红红紫紫的，好像猪身上长着的癞，让我心里隐隐地作呕。我浑身疼得动也难动。

妈妈打够了我，去哪儿了呢？一定是去靖婆婆家哭丧去了。二毛被埋掉了吗？

我想起了春天的时候，他怀里抱着一捧达子香花，边走边吃的样子。他那粉粉的嘴唇像一朵对瓣开的芍药花一样，又鲜亮地闪在我的眼前了。我真想再看他一眼。

我支撑着坐起来，一瘸一拐地朝巷口去了。

二毛的棺材已经被抬到牛车上了。靖婆婆和靖伯伯一律站在门口，不许送子。靖婆婆哭得呼天抢地，仿佛通身都滚着泪珠。靖伯伯的腿一抖一抖地晃荡，咧着嘴，似哭非哭、似笑非笑的怪模样。在这里，我又见着大毛了。

同前几次不同的是，大毛脸上的疙瘩像黑夜尽头的星星一样地消失了。可他的脸上却多了另外的疙瘩，那是疙疙瘩瘩的泪水。我不明白二毛死了他还会哭。丑儿仍然穿着那件灰格子上衣，不过上衣的最上两个纽扣已经掉了，衣服的领子向两边大大地开着，露出她那白皙的脖颈，同她的黑脸形成了鲜明的对照。她正把一包袄皮的饼干往大毛手里送，嘱咐他带给送葬的人吃。

妈妈挽着靖婆婆的胳膊，生怕她倒下去。不过，照我看来，靖婆婆的那种哭实在有点虚张声势。妈妈的脸上有几道血印，我晓得那是我为她耕种的。

爸爸往牛车上放铁锹，他见着我时，猛地愣怔了一下，而后迅速地看了妈妈一眼。妈妈别过脸，眼帘垂下了。

爸爸走过来，俯下身子，用手搓着我的面颊，"是你妈妈打的？"

"嗯。"

"你又淘气了吗？"

"妈妈说是我把二毛弄死的。"我委屈极了，眼泪忽地冒了出来，"我就是告诉他往水泡子里跑，我没让他跳井。"

"唉。"爸爸抽回手，重重地叹了口气。

牛车慢慢地远了。哭声渐渐地小了。树叶在风中痉挛地抽搐着，一只银白的蝴蝶在靖伯伯家的菜园上空翻飞、旋转。

山上又多了一座坟。是无碑的新坟。

十一

天早就亮了，我也早就醒了。听得见外屋地的柴火在灶门里"噼啪"作响。爸爸在院子里正竭尽全力地清理嗓子，最近他的痰格外地多起来。妈妈总骂他是在"打扫茅楼"。

二毛埋葬了，那条狼狗也被烩成一锅狗肉汤，香香村人们的口了。只是井水，没有人再肯用它做饭，摇上来的水除了浇地、洗衣服外，就派不上别的用场了。人们吃水都挤到村西头的那口井去。

妈妈一连黑了好几天的眼圈，才用一点可怜巴巴的柔和的眼神对待我。

好几天这样的早晨，我醒了也不愿意从被窝里出来。我把窗帘拉开，躺在炕上，看天光徐徐地亮堂起来，听小学校上早自习的钟声从远方雄赳赳地过来。

一只小燕子忽然停在圆了的稠李子树枝上，很动情地叫起来。虽然风有些凉，但我还是打开窗户，冲它笑着。它一定是发现我对它笑了，它停止了鸣叫，静静地望了我有十几秒钟。最后，它"嗖"地从树枝上翻下来，直向我飞来。

小燕子飞进我的屋子了！

我的眼泪"唰"地涌了出来。我一边用手背擦眼睛，一边望着它在我的头顶盘桓。它一会儿跳到窗台的月季花上，一会儿衔住挂毛巾的细铁丝，一会儿又淘气地跃上棚顶。最后，它得意扬扬地从尾巴下甩来一点燕屎，白白地落在了我的胳膊上。我一点也不觉得恶心，甚至把它看成了一团白月亮。

这时，妈妈在外屋地拼命地叩击我的屋门了。她用的劲很大，嗓子喊得像破锣一样，她问我还要赖到几点才起炕，她还说如果我再不开门，她就饿我两天不吃饭。

这真是一通可怕的吵闹，小燕子受了惊吓，抖抖翅膀，缩着身子飞出了我的屋子，从窗口向稠李子树上的蓝天飞去了。

我仍然不给她开门。她的叫声简直能把所有人的耳朵都震聋。后来，她竟然用菜刀来砍门了。那声音像冰碴一样扎进我的心里。我跳下炕，为她开了门。

"你哑了还是聋了？"她的脾气看来是坏得彻底了。

"屋子飞进来一只小燕子。"我抬起胳膊，让她看那团白月亮。

"你说什么？"她夸张地睁大了眼睛，好像我是在跟她说谎似的，"你的屋子飞进了小燕子？"

"嗯。"我见她对小燕子有这么浓厚的兴趣，说话的语气也自如了，"你要不把门弄得这么响，它还能在屋子里玩一会儿呢。"

"燕子、燕子、小燕子。"妈妈带着一种惶惑的惊喜，喃喃自语地看着窗外。阳光把她的脸涂上一层有光泽的淡白，这使得她平素青黄的脸颊有了一丝明媚。她的几绺乱发虽然微微地遮了她的眼睛，但看得出来，她的眼睛里闪耀着一种奇异的、我从未见过的光彩。那光彩犹如五月的河流。

她站在了窗前。我却看着胳膊上的那枚小白月亮，真不忍心把它弹碎。

"我们家要好了，要交好运了。"妈妈忽然冲我很动情地说起来。我知道，燕子若在谁家的屋檐下筑巢，这家必定被说成是福门，更何况小燕子是在一个清晨进的我的屋子呢。

可是小燕子却又飞走了。

妈妈似乎也感到遗憾吧。她替我叠好被褥，把我的屋子打扫得干干净净的，在地上洒了水，还把一盆盛开的绣球从她的屋子搬过来，鲜亮亮地放在窗台上。她告诉我一整天都不要关窗子，她希望小燕子再飞回来，在我家里永远停留下来。

那天早晨我有了一个好待遇：她为我冲了一碗鸡蛋水。

这之后，她兴致极好地下地干活去了。我在家里一边照看夜生，一边趴在外屋地的窗前静静地迎候着小燕子的再次飞来。然而，一直到了中午妈妈满怀希望地回来，我的眼睛也望得酸疼了，也不见小燕子的影儿。

妈妈的脸色便灰暗了，我便也知道我只有喝一碗鸡蛋水的福气。

夜晚依旧有争吵声，那三个月的工资几乎总是骂声的源头。杯子也不知被妈妈摔碎了多少个。最后，喝酒喝得越来越凶的爸爸想出个高招，他用暖壶盖来装酒。这样，妈妈再摔，它不过瘪瘪而已。当爸爸的酒没有喝足的时候，他往往要堆出一脸的讪笑，冲妈妈低三下四地乞求着："再来一杯，好不好？"

"一杯？半杯也不行。"妈妈的态度在开始时往往都是很坚决的。

"那就小半杯吧。"爸爸在让步了。

"小半杯？想得美吧，一滴也不行。"妈妈得寸进尺。

"操你个妈，臊老娘儿们。"爸爸的眼珠子立刻就睁得像两颗夏日正午的太阳，把毒热的光灼向妈妈，"倒酒！"

暖壶盖明晃晃地跃在桌上，爸爸那只手像马蹄一样轻快地弹起，耍起他的威风来。妈妈或是先哭后倒酒，或是倒酒后再哭，总之，酒是非倒不可的，而哭也是不能漏过的。这时候，我就为爸爸的蛮横和无赖而不满、厌恶。他对酒的偏爱甚于爱他自己，甚于爱妈妈、我及夜生。

喝足了酒，他就骗着腿往炕上一倒，呼噜声连天。而妈妈，就要默默地擦干了泪洗碗、扫地，然后再给夜生洗衣服。不到睡意浓重而她无事可做的时候，她就一个人放只小板凳在院子中，唉声叹气地想什么。最后，她又不得不挨在爸爸身边，闻着他腋下和脚趾间的气息，迷迷糊糊地昏睡过去。

偶尔也有笑声。笑声常常都是串门子的人带来的。比方说木匠来的话，常常是刚吃过饭，他的脸上正放着早霞般的红光，而他恰恰碰着爸爸对着一碟大酱和半盆子青菜独酌，他必定要大叫一声"好福气啊"，博得爸爸一个醉意朦朦满足的微笑后，他就要蹭上半杯酒，讲上一两句难听话，而后屁股一拍，撒下一句"干体力活的就是自在"这样的话，就像偷吃过东西的狗一样地蹿出大门了。每逢这时，爸爸和妈妈就要笑上一气。妈妈往往都是为着木匠粗俗的吃喝相而笑，爸爸则为他说他的那些话而陶醉。我并不觉得有什么可笑。

靖婆婆来了就不一样了。死了个傻儿子，她倒显得精神了。她脑后吊着的发髻又光又亮，像个大驴粪蛋一样。她的嘴角常常挂着的那丝惆怅，好像都被那口井给洗刷得无影无踪了。她会笑得很响地讲她年轻时的水灵劲儿，讲靖伯伯和她好时的那种肉麻劲儿。妈妈听了窃窃地笑着，爸爸则要多喝上二两，常常是为此桌子上光了东西，他便像使唤牛马一样地唤我"舀点大酱，再洗几根水萝卜缨子"。

为着他们的笑声，也为着我少挨些骂和揍，我常常是飞快地跑进园子择菜，然后用水冲洗干净，连着水珠扔在桌子上，也凑过去听靖婆婆胡扯。听过后，又觉得笑得没意思。她呢，就像一只饿着肚子找了好多天食的野猫一样，无精打采地打着呵欠走了。

她一走，妈妈就要讲上她一小气。说她给人接生时那股子麻利劲儿，那股子狠劲儿、凶劲儿。还说她一定能长命百岁，因为她这一生不知吃过了多少副胞衣。爸爸听过了每每都要怪里怪气地冲妈妈笑一气，像采鲜蘑菇一样地当着我的面用那双大黑手去掏妈妈上衣里的奶子。而这时，我就触电似的愣怔一下，慌慌地回我的屋子，没等我挂好门钩，泪水便先出来了。

我的记忆力开始变得迟钝起来。有时见着王标，竟然想不起他叫什么名字来了。非要等他拍着我的脑袋，笑眯眯地说"我的狼狗可真是瞎在你手里了"时，我才会恍恍惚惚地想起一点什么，对着他审视一番，艰涩地搜寻着犹如放置陈年衣箱中的属于破烂的那些东西。而且，一到夜晚，我就胡思乱想起来。不是想象自己躺在一个毛边薄板的白棺材中，就是想象着一只凶狠的老鹰捉小鸡一样地衔住我的头发，把我提到太阳这个大火球上活活地烧死。我这样想着，在梦里也这样做着，常常是一觉醒来时泪水浸湿了半边的枕头。

我再照自己时，全没有了第一次静静打量自己时的那份高兴劲儿。我的脸色就像被割刈后的深秋的一片粗糙的麦茬地，那两只小水泡子似的眼睛，好像刚刚淹死了两个人，一点活力都没有。在这泡子上面，很蹩脚地长着两片眉毛，斜斜的，像秋风中两丛单调的芦苇。而我的鼻子，则像房子倾倒后留下的一片废墟。那些牙齿，虽然依旧排列得又白又密，但看上去一点围墙的味道都没有了，倒像是爸爸喝酒时用过的大大小小的杯子，散发着一股臭铜似的气息。

我不愿再看见自己。

小燕子也不再飞回来了。

妈妈开始意识到我的身体有了毛病，她没有带我去大医院看医生，只是根据靖婆婆对我的判断，弄些山上的草根之类的药来煮，并且逼我吃下去。

靖婆婆说我身上阴气重。我不知道阴气是什么，但我意识到那不是什么好气。

十二

院子中的山丁子树遍身缀着红果子。妈妈吩咐我坐在院子中和红果子一起晒太阳。太阳可以把红果子晒熟，使它们变得又软又甜，可是太阳是否可以赶走我身上的阴气？

夜生已经会自己玩了，我的脚前铺着老山羊的皮，妈妈把夜生抱在那上面，这样，我可以一边照看他，一边晒太阳。

虽然阳光不像从前那么热烈，但它仍然足以牵掣着我的五脏六腑，让我在它的底下为它而流泪。望远方的山影，不知怎的常常望得模模糊糊，不知那大大小小的山连绵着从哪里来，又到哪里去。而菜园中的韭菜也不知被割了多少次。它们长出了茎秆，并且爆发出一片小白莛，碎碎的，远远一望，简直像下了一场小清雪。

在这样的时刻，让我静静地坐在院子中，怎么会赶走身上的阴气呢？更何况，老山羊的皮就像死人的衣服一样铺我的面前，虽然夜生在它上面玩得挺自在，但我还是感觉到手心发凉。我仿佛又看见了老山羊的肚子，看见它行走在巷子中，那肚子像钟摆一样地左右晃荡，我又仿佛闻到了一股又膻又腥的气味。

假如它不死，我宁可把甸子上的青草都割来让它啃。

·妈妈为了试探我的记忆力和灵敏度，常常拿出一些稀奇古怪的东西让我辨认。有一次，她拿出一件又小又瘦的花裙子，问我："小凤，你知道这是谁的吗？"

那花裙子的白底上撒满了金色的野菊花。这些野菊花我仿佛是在哪里见过的，好像是在盛夏的田野上，或者是在水泡子边的一片浅草滩上。我实在想不起来谁穿过这样漂亮的裙子。我冲妈妈木然地摇摇头。

"那是你自己穿过的啊。"妈妈把花裙子扔进我怀里，拼命地摇晃着我的肩膀，好像这一摇就会把我的记忆都唤醒似的。她的眼眶里飞满了泪水，这些泪水像梨花一样，是专为我开，也是专为我谢的。

"要是两个孩子都成了傻子，我可怎么过啊。"妈妈离开我，扑向靖婆婆的怀里。靖婆婆拥着妈妈，拍着她的背，连连说我是不会傻的。但她一边跟妈妈说，也一边落眼泪，想必她心里也认为我是没救的了。

我依然笑着望太阳，夜生也撅着屁股望太阳。

爸爸依旧起大早上班，晚上坐在院子中喝他的酒。妈妈不再像从前那样恶狠狠地待我了，她自己也消瘦多了，眼圈又常常的乌青起来，而且眼睛里总是网络着几根红线一样的血丝。我根本吃不进饭，虽然总是觉得肚子饿。爸爸一点都不知关心我了，他常常骂我："小小孩伢，就哭丧个驴脸，跟你那死妈一样。"

妈妈为着这样的话，不知又多摔了一样什么东西。

忽然有一个阴雨前的傍晚，王标和丑儿来了。妈妈慌慌张张地给他们让座、倒水。爸爸先是不理睬他们，光着脚丫子去厕所解手，回来后竟然同王标滑稽地握起手来，好像他们是初次见面似的，惹得丑儿站在一旁叉腰咧着嘴笑，而妈妈则涨红了脸，直劲地给爸爸使眼色，爸爸却浑然不觉。

"还好吧？好久不见了。"爸爸说。

"好，可以，可以。"王标有点诚惶诚恐地点点头。

"淑芬，炒两个菜，让我们喝两盅。"爸爸刚喝完，又在逞英雄了。妈妈为难地点头应着，连忙进外屋地的灶前去忙乎了。

王标一点推让的意思也没有，看来他们今晚算是喝定了。

乌云在苍灰色的天空下低低地跑着，一会儿的工夫就聚成了个大团。大地黯淡了一层。单等一个霹雳从云层的深处炸裂开，碎珠似的雨便会鼓动下来。

并不觉得特别的闷，因为有小风在轻轻地吹拂。

妈妈摊了个鸡蛋饼，炒了个芹菜，再启开那盒被锁在柜子里有半年之久的鱼罐头，凑上个小生菜蘸酱，足足四个，爸爸和王标吃喝起来。

他们边吃边谈论一些话题。妈妈跟丑儿到我的屋子里说着什么不乐意我听到的话。夜生一个人在大屋的炕上对着一只花皮球嬉逐着。

他们先是谈论小学校的事。然后他们又谈他们个人的事。后来，王标郑重其事地放下酒盅跟爸爸说："今天我们是专为小凤的事来的。"

爸爸微微怔了一下，打了个哑的干嗝。

"听说你们家小凤有点魔怔，我们心里也不好受。说真心话，这孩子我还挺稀罕的。"王标用手推了推他的头发，使头发向一侧倒去。

"我们家小凤没魔怔！"爸爸恼怒地摔了筷子，脸色发青，声音也极为不平。

"我知道你心里也不好受，你先别生气，你听我把话说完。"

"说你妈个屁！"爸爸站了起来，挥舞着变得油黑但不粗壮的胳膊，冲着王标叫喊，"我们家小凤就是不爱说话，不爱吱声，这叫有教养！你懂不懂？像你这样的，两腿是泥，一口黄牙，狗屁不如，还能当校长！操他妈的，这天可真是青的！"

"你别骂了，我是想为小凤想想办法。要不叫她去上学，要不让她跟丑儿练练功，换换脑筋，我没别的意思。"

"啊，你真好，真——好——"爸爸咬牙切齿地哆嗦着嘴说，"我搞了十多年的教育了，连你一个大老粗都不如，啊，是吧？还要由你们来管教她，对对……"

那么香的一桌子菜竟然被爸爸一脚给踢翻了。桌子上的杯盘碗筷纷纷碎在地上，妈妈和丑儿听见响声已经飞快地从我的屋子往外奔了，然而王标仍在不休地劝说着："何况，小凤还小，你们两口子整天吵架，再打她骂她的话……"

他的话还没说完，爸爸已经把耳光掴在他发福了的脸颊上。爸爸一边打，一边气咻咻地咳嗽着，骂不绝声："我们两口子的事不用你管！你半夜三更扯个大姑娘往外跑，你好光彩！"

丑儿恰好听了这话，她冷冷地笑了一声"好心没好报"，之后一旋身就出大门了。任凭妈妈在后面战战兢兢地召唤她，她也不理睬。

天虽然阴得厉害，但没雷声，更没有闪电。饥渴的大地和森林都被裹在黏稠稠的夜色中。无论妈妈怎样赔礼道歉，王标还是走了。

院子中就剩下那一堆菜和碎瓷碴。妈妈一边打扫着，一边簌簌地落泪。爸爸跌跌撞撞地进了大屋，上炕时膝关节拼命地"咔哒"响，好像那腿已经折过了。

我的脑子一片空白。他们是为我而来的，他们又被爸爸气走了。我真的魔怔了吗？魔怔了的人就像靖伯伯一样，受了惊吓就要尿尿，而且大热天要穿件灰袍子。哈哈，我有点魔怔，靖婆婆说得对，我身上阴气太重了。我总觉得冷，一冷就要咬着牙打抖颤。而且，我的眼睛好久好久都看不到月亮和星星了，今天晚上的月亮和星星也依然不见。

妈妈以从未有过的平静把院子和屋子都打扫干净了。她虽然一脸都是忧伤，但她的泪却落没了。

她先给我梳头，把我的头发理得服服帖帖的，我感觉到木梳齿在头发上轻轻擦过时心底里漾出的那奇异的快感。所以，我就含着泪珠低低地乞求她："再梳一会儿，妈妈，再梳一会儿。"

她还是不再梳了。她为我的辫梢结上了一个头绫子，是金黄色的，那么明亮又那么让人爱哭的黄色。给我梳好头发，她又给我换上半新的衣裳，把我收拾得利利索索的，然后，像插一枝花一样地把我送进我屋子这个空旷的大花瓶里。

好静好闷的夜啊。我把手指当成木梳，插进头发缝里，轻轻地抓挠起来。我想再次重温一下妈妈给我梳头时心底铺展过的那柔情。可我的手指只是无生气地乱插，把头皮都触疼了。那种感觉到底还是不肯从妈妈的手中转换过来。

我就垂下胳膊。灯还没有开，窗子大敞四开着，蚊子的叫声很凶。夜色从窗口滚滚而入，把我屋子的墙壁泼成一片黑色。

风还在吱吱地像小老鼠一样地叫。稠李子树微微摇动，像一只欲开屏的孔雀，把那云一样密集的叶子调动得翩翩欲飞。这时，我又听见妈妈的脚步声了。她到了外屋地，打开电灯。隔着玻璃，我见她吃力地搬动着水缸。糟了，爸爸写的那东西，还在我的枕头里呢。

她把水缸挪到一侧，很吃惊地皱了一下眉头，打量了一会儿水缸下的空地。之后，她把水缸又挪回去，拍了拍手，径直朝我的屋子走来了。

没等她发问，我从炕上飞快地站起来，痉挛地搔着脑袋，连连叫着："在枕头里，在枕头里，我就掏出来，妈妈你别揍我，别揍我。"

妈妈忽然扑上来，一把将我抱过去。她的脸湿漉漉的，我感到了那上面又咸又热的气息。我记事以后是第一次这样自动地勾住了她的脖子。她的脖子软软绵绵的，像芍药花泥做成的，我真舍不得把胳膊从那上面放下来。可妈妈还是轻轻地扳开了我的胳膊，帮我擦去脸上的泪水，之后，她把我枕头的扣子解开，把那东西从枕头瓢子中间掏出来，抖动着那上面沾着的稻壳儿。

她亲了一下我的脸蛋，又朝大屋去了。我的心空落落的，而且脑子开始疼起来。我追她而去。

夜生也跟我一样换了一身新衣服。他穿着一套鲜亮的红衣裳，像个大火球一样。我一望见他，眼睛就像被烧了似的疼起来。

妈妈扳了扳爸爸的肩膀，把他唤醒，将那一沓厚厚的纸放到他枕边，一字一顿地说："这是还给你的。是王标和丑儿使它保留下来的。你去谢他们吧。"

爸爸的嘴角流着黏痰，他用很莫名其妙的目光打量妈妈，接着他骂了一句什么，就把那沓纸扔进炕里了。他侧过身，抱着膀子，搓着脚丫，又睡去了。

外面在下雨了。我听见玻璃上有雨珠拍打时传出的声响，看来雨下得并不太大。妈妈支使我去关自己屋子的窗户，我倒是真不愿意去关，我希望所有的雨丝都游进屋子，把屋子刷洗得凉爽些、畅快些。可妈妈还是用手推我了。

我就慢腾腾地回屋子关窗。

窗子关好了，我的脸也被雨打湿了。不知怎的，我忽然很害怕起来，我就钻进被窝，在闷热乌黑的被子下面，哭着，不知不觉就进了梦乡。

十三

在我被一阵杂沓的脚步声和说话声惊醒的时候，大概已经是下半夜一点多钟了吧。雨已经停了，天上那点可怜的乌云虚张声势了这么长时间，才淋下这点雨水来。我听见了门响，听见了妈妈的呻吟声，还听见了靖婆婆的哑调子。我一骨碌从炕上爬起来，跳下炕就直奔外屋地。

妈妈她怎么了？昏黄的灯光下，她双目紧闭，脸色灰灰的，嘴唇白白的，一点血色都没有。两个人正抬着她往大屋走。她的头发披散着，乱成了一团糟，糟得就像老母猪趴窝时留下的草一样。

靖婆婆先进屋了，我听见她在里屋"妈哟"一声怪叫起来，那声音就像小动物死时的最后一声呼喊似的，要把人的心肺都撕碎。我捂住耳朵，小口地喘气，仿佛看到无数根银光闪闪的大铁针从我们的屋顶上扎下来。

我飞快地打开我屋子的电灯，坐在灯下，瑟瑟地发着抖。这时，抬妈妈的那个木匠失了火似的奔过来，磕磕巴巴地问："小、小凤、你、你看、你爸、怎、怎么、了……"

爸爸他怎么了？我不知道。我什么也不知道哇。他不是跟妈妈生了气后就上炕睡觉了吗？我不过是躺在炕上做了一个摇黄花的美梦，谁知道一觉醒来妈妈就那个样子，而爸爸他又怎么了？

他把我抱进大屋。

还是那么昏黄的灯光，照着我家陈旧而简陋的家具和黯淡的墙壁。妈妈被放置炕上，就像一个被冻青了的萝卜一样，毫无光彩地摆在那儿。地当央，躺着爸爸，他的嘴紫红紫红，嘴角还挂着笑，只是笑得不睁眼睛。我不知道他睡觉怎么会睡到了地上。他的身旁，躺着三只瓶子，我认出一只是酒瓶子，另外的两只是装酒精的。如今它们都空了。他一动不动，像一块巨大的石头坚硬地横在那里。靖婆婆正把手伸到他的鼻子底下试着什么。靖婆婆是不是认为爸爸此刻会像小孩子一样地淌清鼻涕？他不会的，他不过是痰多些罢了。

靖婆婆抽了一口冷气，脸颊马上变成了两片干枯的黄叶。她的手像被针猛地扎了一下似的，飞快地从爸爸的鼻子下抽回来。接着，她眼里含着泪，又握住爸爸的手。爸爸的手怎么了？

靖婆婆终于泄尽了全身力气，她的脖子无力地摇晃着，手臂也松弛地向下垂着，泪花无声地溅落到爸爸笑眯眯的嘴角上。

"真的不行了吗？"其中一个矮个子的男人问靖婆婆。

"已经凉了。"靖婆婆哽咽地摇着头。

哦，爸爸凉了，那就多给他穿一件衣服吧。他躺在地上睡觉，能不凉吗？更何况，刚才下了一场雨，湿气灌进屋子，他会冻哆嗦的。我爬上炕，从被架子里找爸爸的衣服。他所有的衣服都脏兮兮的，卷成一个团，散发着一股汗泥的味道。我从其中翻出一件比较厚实的深蓝色涤卡中山装，想去给爸爸穿上。可当我下炕时，不小心踩了妈妈的胳膊，她睁开眼睛，苦苦地巴望着我，我不知道自己的脸上是否有了脏东西。可我顾不得这许多，我低下头用手抚弄了一下被我踩过的妈妈的那只胳膊，怯怯地说："爸爸都凉了，妈妈你快起来吧。"

她毫无表情，毫无反应地仍然盯着我。我下了炕，对靖婆婆说："我给爸爸穿件衣服就好了。"

靖婆婆猛然间将我拥进怀里，悲声就从她的胸腔里抖抖颤颤地出来了。

爸爸死了。

零点以后的夜一点也不漫长。天很快就亮了，我家的屋子里也很快地拥进了好多人。太阳乍出时依然美丽如故，那光线跳跳荡荡的，把昨夜那场小雨所湮浸在屋顶和墙角处的几片湿痕，吹得干干爽爽。院子中那棵山丁子树，也许是爸爸不止息地往树根上撒尿的缘故，生长得茁壮而又得意，一树的红果子鲜艳地在晨光中闪光。

当天，爸爸就被安葬在山上。

那是个傍晚，妈妈由靖婆婆搀扶着，站在大院子的门口目送爸爸的灵柩高起。空气是入夏以来少有的凉爽和滋润，生机活泛的鸡鸭在巷口的垃圾堆上寻食着一天之中最后的晚餐。主持葬礼的木匠叫我把瓦盆摔碎。他说过之后，还低低地加了一句："用劲！"

瓦盆不很沉，但那上面黑乎乎的颜色让人感觉到是捧着一块石头。金黄的斜阳刺得我双目生疼，我憋足气，用劲地把它从头顶摔到地上。

瓦盆马上碎了。碎得那么彻底。那些碎碴在斜阳中四溅，犹如无数匹黑马在太阳下奔驰。我不相信自己细瘦的胳膊会有如此神力，看来，爸爸是愿意早早就别了我们的。我感到一丝快意，我代替傻子夜生把他该做的做了。

就是说，爸爸永远不和我们在一起了。就是说，我们永远也闻不到他腋下和脚趾间的汗酸味了。

妈妈就站在院子门口，她伫立着，动也不动，眼里没有一颗泪花。她虽然是想偷喝豆腐店的卤水死去，但没想到让人给发现了。她没死成，而爸爸一个人在家，却不知怎的死了。

灵车从巷口别了妈妈，径直朝小路去了。还是那条小路，曾经在月光下变得美丽奇异的小路，而今，它上面响着马的蹄声，铺展着浓浓的黄昏。

大人们告诉我说只许送到路口，送到路口返回时就要一去不回头。可我还是回了头。这一回头，就望见了靖伯伯穿着那件古里古气的大灰袍子，叽里哇啦地乱叫着什么。他的牙齿早已脱落，棺材也早已打好，可他为什么还不死呢。他就像一只被饿瘦了的大灰狼一样，饥馑难当地捂着他的肚子。而他的尿水，分明又把灰袍子染成了深色。

我的脑子倏地出现了一片空白。像应了靖婆婆的话似的，一到阳光疏淡的时候，我就浑身不自在起来。心内一片茫然，好像世界上所有的阴气都附在我身上了。

十四

屋子少了争吵声，消逝了混浊的酒味，倒有一种空落落的感觉。寂寞的清晨和冷醒的黄昏，不时地在东边天和西边天推出一些绮丽的色块，我们从色块上说着"早霞升起来了，晚霞落下了"之类的话，打发着冷清的岁月。

靖婆婆和丑儿每日必来一次，妈妈对她们的来不以为意。妈妈的脸色再也没有好看的时候，她鬓角的一绺头发已经花白了，眼角的细纹也仿佛是在一夜之间平添的。她不爱吃饭，而且常常腰疼。一疼起来，她就不能自持地在炕上打滚。靖婆婆说她这是肾虚，而且还说得这种病是生夜生的缘故。她们把老山羊的皮熟软了，给妈妈做了一件皮坎肩。

我们的一天三顿饭，已经变成了两顿。

爸爸死后的第十天，靖伯伯也死了。他是被丑儿掐死的。丑儿把他掐死后，锁了她的偏厦子，一个人逃了。

丑儿杀他还是因着爸爸写靖伯伯的东西。那是一天晚饭后，我和丑儿都无事干，我就把那东西翻出来让她读着给我听。她读着读着脸就青了。那上面全是靖伯伯一生的自述。上面清清楚楚地写着某年某月某日，靖伯伯偷了丑儿家的金子。而他偷金子的动机，不过是因为挨饿的时候没钱，他为过世的父亲买了一副棺材。这事，只有大毛知道。大毛从此以后就瞧不起靖伯伯，非常无情地对待他。

人家说丑儿这些年就是等着这个时刻为父母报仇的。叫我不能理解的是，靖伯伯本来也要死的，为什么她还要亲手去杀他呢？杀了他，丑儿的爸妈才算不枉养她一世？

丑儿走了，连同她好看的花格子上衣。

又是一个清晨了。我躺在炕上仍然不愿意起来。打开窗子时，一股凉气飕飕地灌进屋子。小学校出操的钟声又准时地传了过来。我仿佛看见一群同我年龄相仿的孩子，手持红缨枪，在王标等人的注目下，齐刷刷地走在蓝天下。

窗前的那棵稠李子树枝上，结满了圆润乌黑的果子，有些叶片已经出现了几点星星一般的黄色。

再也没有小燕子飞进我的屋子了，虽然，窗口还在敞开着，虽然，绣球花还残留着一两朵红颜。毕竟，天显得更加高远了，它们的叫声也依稀着朝南去了。

我用手捂住脸颊。

外屋地灶炕里的劈柴在响。夜生睡醒后的笑声在响。妈妈半是絮语半是吟唱的声音在响：

这一季就要过去，

相思树落叶缤纷。

曼声歌吟中我回眸相望，

见你形单影只太伶仃。

这一季就要过去，

相思树还会吐绿。

飞霄茫茫中我遥遥祝福，

和你在一起，永远不离分。

妈妈说这是爸爸年轻时献给她的一首歌。她说她要把它唱到我和夜生都长大，唱到她入黄土的那天为止。

不是阴天，天却这般凉。树叶簌簌的声响仿佛受了风寒。那个火热的日子里发生的许多事，都悄悄地、悄悄地流逝、流逝了。

我们一家三口人在这个早晨，都加了一件秋衣。

1987 年

奇　寒

　　我来故乡过年不单纯是为了给祖父和父亲上坟的，其中还怀抱着一种很迫切的愿望，就是看一看我的故乡是否有了新的变化。

　　四年前，也就是我离别故乡的第七年，我发表了一篇反思故土的小说。这篇小说曾引起过一阵不算热烈的反响，我故乡的亲人在当地的报纸上发现了评介我小说的文章和我的一帧照片，因而他们就像在自己园田中发现了一墩结了十个匀称白净的土豆一样，跟着莫名地高兴。所以，我归乡对他们来讲是一件值得奔走相告的事情。

　　老家的房子已经拍卖，虽然拍卖之后买主又因夜间灶间无端的声响而骇然再度降价卖给他人，但终究房子还是无人常住，已经三易其主，而今只剩下一片落寞凄凉，不只是墙坯脱落、斑驳不堪，连院子也蒿草丛生。

　　我住到了老邻居三大娘家。这样我每天都可以透过桦子垛的缝隙望见我们全家曾经真实生活过的房屋院落，追忆起依稀恍惚如流水般淙淙消逝的童年。

已经是腊月二十四，祭灶的香烟似乎还因为浓烈而没有完全从屋子里消散。忙年正在高潮上。三大娘给我腾出一间小后屋，粉刷过墙壁，拆洗了被褥，把小火炕烧得直烫屁股。她一边替我操持着这一切，一边喋喋不休地给我讲一些有关故乡的最近新闻。之后断不了发发牢骚，什么鲜鱼的价钱涨得像吊死鬼一样吓人，连女人们每月需用的手纸也贵得不敢使用了，等等。她发完牢骚便是笑，笑声不减当年，清脆而又嘹亮，使人难以判断她是真的在埋怨什么还是在津津有味地称颂什么。

故乡没有太大的变化，还是那么一条土黄色的主干公路贯穿东西，使这里的人们在进山出山时有一个明确的分界线。堪称风流倜傥的是一条铁路像巨蟒一样爬过来了，爬到故乡的时候就停歇美妙而又短暂的一分钟，之后又机声轰隆地朝终点站的金矿局驶去。是因为有了金矿才有了这条旁逸斜出的铁路，因而故乡的人认为自己不过是借了别人的光而已，所以对这铁路也就格外地不重视，何况车站设得离居民区足有三里之遥，这存心有点欺负人刁难人的味道。他们都一致这样认为。

今年的春节来得晚，因而三九天气便被隔在了年的左边。天不像我想象的那般冷，不必穿皮袄，一件羽绒衣便足以在室外御寒。我喜欢这里的冬天、冬天的雪花竞相开放的美好时光。一场又一场、一茬又一茬的雪花像传单一样纷纷扬扬地飘到这里的山山岭岭，层层叠叠地相互覆盖着，形成深不可测的雪窝。如果在峡谷和阴沟地段，那么雪窝也就愈发深刻。你走到那里的时候一定要分外小心，要先拿一根跟自己身材同等高度的棍子扎进雪窝中试一试，看一看它是否可以吞噬了你，要知道雪海无涯而又无情。

因为牙膏用完了，所以我跟三大娘说要去一趟商店。三大娘听了先是责怪我为什么要天天刷牙，因为她一向认为刷牙是件荒唐透顶的事情，年年月月地刷下去会使牙齿变薄变脆，最后不到五十岁就会满口"颗粒无收"。见我发笑，她就顺手拽过墙角的洗衣板挺认真地教育我说："看到了吧，这还是上好的桦木刻成的，才用了三年，就把它洗成薄片了，再过两年就不能用了。"她的神色很得意，却又流露着对我不能大彻大悟的一丝小小的鄙夷和怜爱。之后，她又做了让步说想买就去买吧，不过商店可能不会开门，要去就去私人小店，私人小店就在公路的正上方，靠近小学校的地方。

这家商店是从房后接起来的，用的是半新不旧的砖。店门口立着一个高过房子的大牌子，上面显赫赫地写着"有余"两个鲜红的大字。如果哪位有心考察一下中国大大小小商店的名字，那么我敢断定，叫作"有余"的商店一定不会掉下"两千"这个数字，无论是大都市的楼台亭阁还是穷乡僻壤的旮旯胡同，它的名字可谓家喻户晓。

店主人原来是刘二，跟我家在千丝万缕的亲戚网络中有那么一点挂连，是我二姨夫舅舅家孩子的孩子的女婿的弟弟。按理跟我算是同辈人，可却比我年长二十多岁，今年已是四十开外的年龄。我推开店门的时候他正趴在柜台上打盹，想必是夜间缺觉后精神不济了。但看得出他做买卖的意识仍然在兴奋地觉醒着，因为当我刚刚站稳、关门声萧萧落下去的时候，他便像饥肠辘辘的人见到了面包红肠一样精神抖擞起来，倏然抬起头来。冬日惨淡的天光和屋内昏黄的光线交融在一起，使我在一片陈旧蒙昧的色彩中望见了他那张像核桃一样干硬、瘦削、皱纹重重的脸庞。

他先是像照应老主顾一样熟稔地叫了一声："您来了，买点什么？"之后便像发现了十几朵并蒂开放在一起的百合花一样惊喜地喊起来："原来是你！"

自然是一阵非常激动的寒暄，他喊来了他的老婆，两个人忙三迭四地为我沏茶、拿糖和瓜子。与前几年不同的是，刘二比原来瘦了整整一大圈，因而人显得高了些、精悍了些，却也不可避免地苍老了些。而他的老婆却看不出多大变化来，依然是生就的满面温顺的笑容，腰臀间更加圆润丰满了，脸色像殷红的晚霞一样好看。想必他们的日子过得也还舒心。

我们谈起他们的生意。他告诉我说商店开了两年了，每月可维持家庭生活，吃穿是不用愁的。碰到运气好和心情好的时候，他们夫妇俩可以到呼玛河下网捕鱼，光捕鱼一项去年就净得三百多块。他们说到"净得"的时候非常神往，仿佛上帝给予了他们无限的幸福并仍然会暗中继续给予这番幸福似的。

当他们听说我来这里住在了三大娘家，便止不住地数落埋怨起来，说着亲戚虽然远了些但毕竟比邻里亲这样的道理。我只好婉言推辞和解释一番。问到牙膏的事，他们面呈难色，说这里的人很少有使用牙膏的，牙膏这东西在这里人们的心目中仍然是奢侈品，所以不曾进货。但他们很快就想到他们的女儿贝贝有一支没用完的，便把余下的给了我。我没推辞，道了谢就塞到衣袋里。

"听说你写了一篇小说上了报，我们也跟着高兴。我们不知道这地方过去叫'大固其固'呢，所以开张营业的时候就把这小卖店叫作'大固其固小卖店'。"

他们感慨而略带欣羡地说着,从墙角处翻出一个长方形的旧招牌,遗憾地说:"可是招牌挂了没两个月,就摘下来了。顾客都说这名字有点拗口,叫起来不舒服。你可别介意呀,这里的人就是这么没文化。"

"怎么会,难为你们有这番心意。"我再三谢过他们,走出小卖店。

在我临离开家前往故乡的前一天,母亲曾经特意把我叫到她的房里,千叮咛万嘱咐我回了故乡后要规规矩矩的。她说老家的人希望回去的是一个爱哭爱闹终日拖着清鼻涕淘气的我,而不是一个举止斯文语言斯文的外客,否则,会把她在故乡生活了二十几年的老面子都丢尽。可我毕竟已不是儿时的我,虽然我竭尽全力地在与他们谈话时粗鲁再粗鲁,但他们仍然用棕红的裂开了口的手指点着我说:"这丫头如今可是改头换面了,连晾在外面的裤衩也都是西洋货了。"

这是非常善意的取笑。试想一想,在塞北的茫茫雪原中,在漫长而遥远的北方苍白天幕荫蔽下的一个灰蒙蒙的村落的小院子中,一根青苍苍的粗铁丝上搭着一件桃红色的鲜艳夺目的三角紧身短裤,当然会使他们嗟讶不已了。

这就是大兴安岭,它刚刚从春季的一场大火劫难中解脱出来。七月初许多作家奔赴火灾现场的时候看到的还是一片萧瑟、满目疮痍的劫后景象,而今温存的白雪却把它所有的疮疤都悄然地掩盖了。我的故乡在这场火灾中幸免于难,因而村落周围的树木仍然庄严地生长着。

又一次下雪了。午饭刚过天便灰蒙蒙的了，你几乎望不见远方的山是什么模样了，凝止不动的厚重的乌云下面，是蠢蠢欲动的卑鄙的西北风，它像汉奸一样开始陷害和偷袭各家各户的窗棂和门缝，让人们在屋子里敏锐地捕捉到了它的浪荡的呼吸，并且采取紧急行动，把窗上门上的棉帘子迅速地放下来，加大了炉膛吞吃劈柴的能力。这样，西北风纵然有天大的淫威也只能在白象似的房屋之外施展了。

三大娘不仅要照顾屋里的人，还要照看在户外零下三四十度严寒中生息着的黄牛和猪。黄牛在牛棚中可以多给它加草，可是猪就不然了。因为这头猪即将面临着分娩的痛苦和喜悦，它肚子里的东西便是三大娘一家生活的希望，因而必须给予它足够优越的条件。

故乡的厕所每家必有一个，而且都建在园子中，一方面是使用方便，另一方面为了使自家的肥料不流入他人田内。三大娘家的厕所在前菜园靠近猪栏的地方。当我蹲在里边的时候，偶然听到了三大爷三大娘的对话。他们在为这头猪的命运操心。

"如果小芬不来的话就好啦，可以把猪放在小后屋里。每年猪在那里下崽都是一个保一个的。"三大爷说。

"嗨，定了的事你就别再打这个谱，小后屋不管咋说也要给她住。"

"你就是爱现眼，小芬到刘二家也不是不能住，人家好歹也是亲戚。"

"让她跟那个丢尽了脸的贝贝住在一起，除非是我死了！"

"你看你，别赌咒了，我只是说说。"

我的心里顿时升起一种莫名的情绪，说不上是酸楚还是愧疚。

我给他们添了麻烦了，而且，听三大娘的口气，好像贝贝出了什么事，而这事情一定跟女子的贞操有关，不然她不至于那般气愤。

解完手瑟瑟回到屋子的时候，我跟三大娘提出要住在厨房。我请求他们把大腹便便的白猪请进屋来。三大娘没好气地瞪了我一眼，骂骂咧咧地说："你他妈小兔崽子在茅楼不好好拉屎，还偷听别人说话，也不嫌害臊！"我沉默不语，她就又不解气地接着骂："要我给你两鞋掌是不是？是不是身上的肉痒痒了？"

我无可奈何。骂完我她就张罗着把鹅圈的鹅赶进厨房，是两只大母鹅，毛色已不是雪白的，显得很肮脏。她很洒脱地把鹅脖子拧歪，摁到菜墩上，口中叫着："我日你娘！"锋利的菜刀就飞快地斩断了鹅的脖子。"你为什么要宰鹅？你这疯婆娘，再过一个月就该下蛋了，养了一冬了。"三大爷跺着瘦脚在怒吼。"我想吃鹅就吃鹅，想吃人肉还敢杀人呢！"三大娘呵呵笑着仍然利落地宰了另一只鹅。菜墩立时就殷红如一轮残阳。

我明白三大娘是要把鹅圈腾出来给母猪分娩用。果然，宰了鹅她就拐着小脚挺精神地拿把笤帚去打扫鹅圈，然后又吩咐三大爷去把电工请来。她吩咐三大爷的时候就像吆喝牲口下地干活："喂，去把电工给我请来，快去快回！"

三大爷也便忠实地听话地去了。两小时后，鹅圈里接上了电灯，两个一千瓦的大灯泡像两颗夏日的太阳一样明亮地闪烁其中。因为圈的空间太小，生火炉有一定的困难，所以只好采取电灯取暖的办法了。可是如果付起电费来，那一定也是昂贵得够壮观的。我为此担心着。但三大娘很快就塞给电工一只新宰的鹅，并且和颜悦色地叫他在收电费的时候高抬贵手。电工接过鹅时脸色像喝了美酒一样红润，他的话开始多起来。他们开始谈过年的年货办到什么程度，谈开春的新打算，土豆地是否该换茬种白菜，不闰月了韭菜是否应该剜根挪地方，等等。全都是生计问题。

后来电工满足地提着肥鹅走了，他临出门趁三大爷去赶猪的时候捏了一把三大娘的屁股。三大娘像母鸡刚下完蛋一样得意地咯咯地笑着，骂着电工"老鬼"。我不知道三大娘的屁股这一辈子挨过多少男人的拧。反正从我记事起，男人们就好这样对她动手动脚，而且不论是人多还是人少的场合，只要是兴之所至，那么一切都视为理所当然，天经地义。

雪花又一次向山川河流展示了它美丽的姿容。所有袒露在自然界中那些不是白色的地方很快就白下去了。雪花在大地上深沉地呼吸着，到处都是一片混混沌沌如雾如烟的苍茫之色。

我不知道地球上没有出现人类之前大兴安岭该是怎样的地貌。按史学家的观点来分析这里在亿万年前应该是一片汪洋大海，那么该是有凶猛的鲨鱼的了，该有海底丰富的藻类资源和围绕着海面盘桓生活的鸥鸟和苍鹰了。没有人类出现的世界单单就自然的存在来讲，是否可以说成是有生命的世界？如果能承认这一命题的话，那么是否人类出现后一切自然生态环境的平衡受到了严重破坏，那么世界在那一时刻开始也就变成了无生命的世界？而自然和人类从相遇那天开始就不可避免产生的矛盾，最终该以怎样的方式结束这一不共戴天的怨仇？是人先消亡，还是自然最终要把所有的人类都吞噬？人类在自然面前是像巨人一样伟大巍峨还是像蚂蚁一样渺小？这是我每每看到自然奇幻而宏大的景观之后所生发出的联想和感慨。

在这样温暖的雪夜中，当然不会早早就安歇的。故乡已有了直播电视，虽然很少有人家拥有彩色的，但一台十二英寸的黑白电视机就足以使他们腰粗气壮了。从晚上七点钟的《新闻联播》节目一直到子夜时分荧光屏上出现第二天的节目预告，整整四五个小时的时光就是这么打发掉的。播音员不说"再见"他们是不会上炕睡觉的。

对于《新闻联播》节目他们几乎没有任何兴趣。因为他们认为那里面讲的事都是大官们需要听的东西，对于他们这样的平民百姓来讲，是另一种生活的生活，知不知晓都无关紧要。但也有例外，那就是新闻中凡出现报道水灾火灾空难车祸等事故时，他们就像警犬一样，让身体的每一个细胞都充满灵敏的嗅觉，"哎哟我的老天爷，飞机掉下来了，死了一百多号人，还有外国人。"

"火车怎么还能跑出轨？真是出了鬼了！"

他们同情那些在这意外事故中不幸蒙难的人。见不得杀鸡的软心肠的人这时无论如何也控制不了郁悒的泪水，唏嘘，慨叹。世上的稀奇事就是多，外国人偏偏死在中国，成了客死异乡的外鬼了。他们担心外国人的魂灵会飞不回他们国家，因为山重水复、大海汪洋。他们便说坐飞机不好，坐火车不好，坐轮船也不好，所有的交通运输工具都是不安全的。他们得出的结论是最好的生活就是安安稳稳待在家中，出门有什么劲头。他们认为出门游山玩水的人全都是疯子，吃饱了撑的，让钱烧的，活该，罪有应得。

对于灾难的格外重视要酬谢那场春季震惊中外的特大山火。他们身在其中，充分体会到了灾难在屠戮人类时所呈现出的凶残和蛮力。那时他们几乎每天都三五十人地聚在一起收看每日的《新闻联播》节目。他们在电视上看到自己家园被焚，参天古木被滔天弥漫的火舌所大嚼大咽，他们在那一时刻真是心如刀绞，泪水像晚秋的蝴蝶一样悄然地蜕化。

我曾经向故乡的人问起火势凶猛、他们面临着灭顶之灾时的心情是怎样的。他们几乎是异口同声地告诉我说他们那时什么也不怕了。他们成群结队地跪在那条土黄色的主干公路上叩头祈祷，希望能感动上苍，希望冥冥之中有一条神龙兀然出现于浓烟和烈火奔突着的上空，把无边的水汽降临下来。

我想到了一幅画面。

在灰苍苍的天底下，连绵的苍褐色的山岭上浓烟笼罩，火舌的一两点猩红已隐约可见。空寂萧瑟的居民区公路上，跪了一群蚂蚁似的芸芸众生。他们有的在弯腰叩头，有的双手合十虔诚祈祷，看上去就像火灾过后留下的一片黑沉沉的残烬。

现在灾难已经过去，但更大的灾难就在那一时刻起顽固地滋生在这片土地上了。没有了树木的森林是否为强大的西伯利亚寒流的入侵大开了方便之门？丰富的植被被破坏后，狂嚣的风沙和凶猛的洪水是否也会乘虚而入？火烧木被采伐殆尽之后，再完成植树造林工作，几十万的创业大军又将如何施展他们的能力？

他们很少想到这些，或者说他们不愿意想到这些。现在就要过春节了，过年总是件叫人高兴的事情。炒菜喝酒，一醉解千愁。他们仍然要既如往年地忙年，喝茶看电视。

现在正在播放的是日本电视连续剧《挚爱》，大家正看得津津有味。津津有味的是藤堂君的侄女路子爱上了自己的叔叔，这是个很刺激人的故事。他们埋怨路子不该这样没大没小地不讲伦理道德地乱爱，同时也为路子对叔叔的诚挚眷恋而感动。但不久他们就开始骂人了。因为他们发现麻支子小姐住进藤堂家后，与藤堂一壁之隔却贴着两道交叉的封条。他们并不睡在一起，这使得三大娘破口大骂藤堂君是"太监"。

"扯王八犊子，我不信日本男人都像藤堂那么规矩，还贴着纸糊的封条，恶心！"

没有月亮没有星星的夜晚对于大兴安岭来讲是司空见惯的事情。山地气候变化无常。只要是几个风雪天持续下去，那么你可能会被抗御严寒的各种繁杂琐事而折磨得忘记了月亮星星的模样。太阳什么时候西斜月亮什么时候东升只能是在有闲情逸致的时候才可以思想的美事。你听窗外，西北风像叫春的一群野猫一样在肆无忌惮地噪叫，大自然在极北地区产生的语言是这般地狂放。你可以想象出在风雪弥漫的林地上各种动物瑟瑟发抖的情景。你也仿佛听到了在这如巨浪般滚滚袭来的风中掺杂着的几声阴森森的猫头鹰的叫声。那么这里难道真的永远如外地人所说的那样"撒尿要用棍扒拉着，否则尿出去的液体很快就冻成一个冰柱"，"一出屋就能把人冷得半死，耳朵被冻掉是家常便饭"，永远会是这样的传说流传在大兴安岭之外吗？

但我却清晰地记得这里的阳春岁月。虽不是三月阳春，但在娉婷的五月的绿树红花和芬芳的河流上，我却不止一次地呼吸到了春天那温和优柔的气息。

这仿佛就跟童年的故事有关了。我的童年显然并没有离我远去，因为我现在仍能重温起许许多多的生活场景。我的耳畔首先再现了屋檐滴水的声音。

最先报道春天到来消息的并不是北回的燕子，而是雪花。当房盖上的积雪在渐暖的日头光照下变得绵软稀薄的时候，倾斜的房檐就像渔人的斗笠一样沥下融化了的雪水，滴滴答答地跌在地上，碎成一片湿润，在子夜时凝固成一片银白的冰块。那么，当房盖上的雪花全部消融，房盖又袒露出它苍青色的本色之后，你该知道，你摸到春天的须子了，而且摸了不只一根须子，而是一大把。因为跟着房盖的晴朗之后，向阳山坡上的雪也在晴朗。陈年的落叶又把它苍老褶皱的脸庞展览在渐暖的丽日和风下。不久阴沟里的雪也化尽了，而且汇成了一条条初春的山涧水，清凉凉地流逝着。树开始像孕妇一样分娩树叶，映山红也把它如火的热情爆发给沉寂了一冬的山林原野。那么这个时候，你不只是抓到了春天的一大把须子，而是把它整个的人都抱住了，搂在怀中。

那时被称为"捕鱼大王"的父亲还健在，所以我的童年也就被父亲放置到了一条安详宁静生长着鱼群的河流上。

我父亲虽然是远近闻名的捕鱼能手，但他长得一点也不彪悍，他生得矮而瘦弱，额头也不宽阔，但却常常穿着肥大的衣服。他同大兴安岭许许多多男人一样，喜欢喝当地酒厂烧出来的那种度数较高的白酒，而且要比任何男人都喝得凶一些，好像他的胃囊是个酒漏一样。一喝多了酒他便要张罗着去河中捕鱼，尤其是春天回潮的时候，他常常翘着两撇浓浓的黑八字小胡子，挺兴奋地到下屋里用他那双结满茧花的手去收拾捕鱼工具，然后瓮声瓮气地吩咐妈妈"备上几个白面饼子，河里拿鱼去了"。

我至今还记得那次同父亲一起去捕鱼的情景。

那是我九岁中春天的一个傍晚，父亲就着小葱拌豆腐喝了半斤土烧白酒，然后坐在门槛上望着什么。我母亲当时正在吆喝撒了一天野的鸡回栏，她的脸上落着几块晚霞。我听见邻居三大娘家牛车吱呀呀地悠的声音又响在了小巷子里。这声音就像伏天的冰雹拍在地上一样，让人觉得亲切而舒服。

父亲忽然想起了什么似的，倏地收回了漠然的视线，从门槛上腾地站起来，很快地走进仓房，很快地拿出渔网，并且又很快地备齐了镰刀、松明、火柴、闷罐、食盐等东西。母亲明白，父亲又要到河里拿鱼去了，所以也不言语，就默默地从吊在厨房中央的干粮篓里取出两个馒头，用手绢包了，塞到父亲用来盛鱼的铁桶中。

"爸爸，我帮你拿鱼去……"我战战兢兢地看着父亲的脸色说，"我眼睛可尖呢，鱼一咬钩我就能看见。"我望着父亲几乎近于阴沉的表情，绝望得差点要哭了，"晚上冷的时候我给爸爸点火，我架的火可旺呢，不信你问妈妈！"

"让她去吧。"妈妈在一旁帮着说和。

父亲终于点点头，把一盏轻盈的马灯分配给我拿着。

我们沿着森林当中的小毛毛道向河边走去。森林中的植物以兴安落叶杉为优势，其他也有一些云杉和冷杉。在低坡、河谷和沙地，常常闪现着一大片像金针菜一样明丽的樟子杉，其他还有棘皮桦、白桦和山杨等。那些碧绿的苔藓植物，只有在阴湿的草地和沼泽地带，才依稀露出鬼画符一样的花脸。

那天的晚霞下去得很快，父亲的步子也迈得挺高昂，所以我几乎是像饿死鬼盯着面包一样地紧紧地跟在父亲身后，而那盏马灯则像一条蛇一样在我手里左摇右晃。我累得气喘吁吁，大汗淋漓。

七点左右，我们终于到达河边了。呼玛河水在深沉的暮色中安然地流淌着，绵绵的水声犹如祖母述说的遥远而又遥远的天国故事一样朦胧。远方的山影缥缈迷离，而近处的草滩和河滩，却笼罩着一派无与伦比的宁静和优雅的气氛。

父亲嘘口长气，放下肩上的重负，然后翻出镰刀，到附近的柳毛丛中砍了一百根青枝绿叶的棍条棍，然后按着五米或十米的间隔依次把它们插到岸边潮润的沙土上。父亲告诉我，插柳条是为了拴弦用的。我们一共带来一百盘弦，每盘弦大约有五十米长，弦上系着一个巨大的铅坠和两个显赫的大钩。

插完柳条杆，先不要急于拴弦。你要想使自己在捕鱼中能够充分享受上鱼时的快乐的话，那么，你就要在拴弦之前先往柳条杆上插上铃铛。当然，不是那种从百货商店买回来的铃铛。要插的铃铛是我们镇子里的人发明制造的。它把两个酒瓶盖扣在一起，中间穿上铁丝，就像串糖葫芦一样。然后在这里面再放上一粒小石子，那么，一个挺玲珑可爱的铃铛就顶呱呱地出世了。把它拴在杆子上，然后再让它和鱼弦联系在一起，那么鱼咬钩时，弦稍稍一绷紧，这铃铛就会像刚出世的娃娃一样哇哇地哭闹起来，惊喜得你像做了父亲一样地朝叫声跑去。

插完铃铛，把弦拴毕，先不必急于把它们甩进河里，因为那时水流还嫌急，把弦扔进去会白白浪费许多蚯蚓。余下的时光可以到灌木丛中拾一些干柴，然后再弄来七八棵碗口粗的风倒木。

父亲在做这些活的时候娴熟而又沉静。我生怕多言多语会败坏了他的兴致，所以也就不吱声，只是乖乖地坐在一旁摆弄那盏并不亮堂的马灯。我好像又看见爷爷的手挨向了这盏马灯，并且把它拿在手中，就像揪奶奶的头发那样把灯提起来，朝着温存干爽的牲口棚走去。那盏马灯把草料照得一派金黄。

"孩子，你过来。"父亲召唤我。我吃了一惊，踢翻了马灯，幸而没摔破。"你看——"父亲指点着那一堆鱼弦说，"上钩时要系梅花扣，那样每个钩就可以拴两条大蚯蚓。"他抬头看看我，期望着什么，我连忙"嗯"了一声。"如果想钓鲇鱼，想吃上好的鲇鱼的话，最好要用活蛤蟆做诱饵！"父亲好像在教训着什么，这使得我的心更加惶惑了。我想我应该说点什么消除父亲带给我的恐惧。

"钓鱼一定要用蚯蚓吗？"我问。

"这是有蚯蚓，没蚯蚓的话，用鱼肠子也可以做诱饵。"父亲回答说。

"那不是鱼吃鱼了吗？"我叫道。

"鱼吃鱼，那算什么，打古时候就这样。"父亲想了想，又说，"隋炀帝的时候人还吃过人呢。"

我吓得瞠目结舌。这么说，爸爸兴许也是吃过人的人了。我想象着人肉被他的牙齿所咀嚼的时候他的嘴角淌出的滴滴鲜血，这情景叫我毛骨悚然，我哇哇叫着："爸爸，你不会吃了我吧？"

父亲愣了一下，接着冷笑一声，骂了我一句"小兔崽子"，然后就穿上笨重的水衩，挎着十几片网去下游的汉子口下网。父亲说那里的水是回流，回流处有大鱼，最适宜下网。

父亲吩咐我点燃马灯，准备摘钩。我就孤独地坐在沙滩上，敛声屏气地等待铃铛奏响。这时的呼玛河水是银灰色的，水声潺湲悱恻，直往人的心底深处款款地流去。我想起了祖母总是泪流不止的像旷漠一样的眼睛，好像祖母的眼睛就在无边的原野上朝我慢慢游来。这时，我听见了缠绵的水声上响起了一阵清脆悦耳的铃铛声，我兴奋地跳起来，一跌一撞地提着马灯循声而去。

果然是一条鱼！是一条虽然不大，但很秀丽的细鳞鱼！它刚被我从水里拉上来的时候还在愤愤不休地前摇后晃，而当我把它从钩上摘下来，放在鱼篓里的时候，它似乎才明白了自己的处境和命运，用尾巴无力地划出一道苍白的弧线。

接着，又有一个铃铛响了起来。然后又是一个铃铛响了起来。不久，铃铛声就响成一片，恍若盛夏季节从洼地传来的如潮的蛙鸣。我提着马灯像萤火虫一样在茫茫夜色中飞来飞去。

等父亲从下游的汉子口下网回来时，我已经收了半篓子的鱼了。这时沙滩上洒满了迷迷离离的星光，那篓子中的鱼还在做着垂死挣扎，好像一团流动的沙丘。

父亲把干柴拢成一堆，用明子疙瘩引着，点起一团橘红和橘黄相交映的篝火。然后又支好一个木头架子，把它立在篝火之上，再把闷罐吊在上面，痛痛快快地用刀杀了几条活鱼，洗净，舀一些河水，加少许食盐清煮。没用多久，从闷罐上沿白汽徐徐弥漫着的地方，就钻出一股新鲜扑鼻的鱼香味。父亲赶忙卸了闷罐，摸出酒壶，嗞嗞啦啦地吃喝起来。我守在他身边，一边吃着鱼，一边望着父亲那张被星光和火光映得很有光彩的脸，心中有说不出的一种神秘。

吃喝过了，上鱼时的铃铛声也不比刚来时那么激烈，变得像过了正月十五的炮仗一样稀稀落落了。鱼儿逗钩的事便常有发生，弄得我往往为那轻微脆弱的铃铛声所欺骗。父亲把那七八根干爽的风倒木排布成长条形，然后顺风点燃，点燃之后烧透了，就剩下一片通红透亮的火炭。再等火炭一灭，那么一张很温暖舒适的床便也形成了。你可以躺在上面盖一件皮袄美美地睡到晨露在阳光下纷纷滑坠的时刻。

这种少有的捕鱼生活，如今回忆起来真如美酒一样醇香。我的父亲，直到他死亡的前一时刻，还在那条生长着鱼群的河流上放着木排，并且唱着一首很撩人情思的乡间俚曲。

如今那活生生的一切只留下了一个永久的、安详的、不曾破灭的记忆。听完我的诉说，你是否也对这里的鱼汤和薄暮时分的自然景观产生了浓厚的兴趣？如果是这样的话，我该告诉你，那条生长着鱼群的河流已经苍老了，它已到了迟暮之年，它的怀抱中孕育的鱼群也像满月之时的星星一样在天空失落了。但是，你总该来这里看一下呀。听老辈人说，有福气的客人若到了这里，那么鱼群也会尾随而来，你兴许会吃上一顿更加鲜美的鱼汤，如果运气好的话，大概还能带上一些鱼干回去呢！自然，这并不重要，重要的是那种几近于原始的苍凉的气氛，你活了一回，不感受一下有多可惜！

并没有因为天气寒冷、太阳晚出而误了这里人们吃早饭的时间。三大娘总是早晨五点多钟就从炕上爬起来。那时刻屋里屋外一片黑暗。三大娘说她上了岁数了，觉得觉被阎王爷给收走了，困一会儿就过去。但她早起时的呵欠声却总是接二连三的。她起来后并不开灯，她习惯于点油灯，油灯的光亮与蒙昧的凌晨之色似乎才更为协调。

点燃了油灯她就开始生炉子。厨房里堆着大大小小的木桦子，那是前一天晚上就预备好了的。过不了多久，你就可以听到从炉膛里传出的噼噼啪啪的声响，你可以想象那里面的火燃烧得有多兴奋激烈。跟着，你又能闻到一股混混沌沌的烀猪食的气味。你应该明白，三大娘在点燃了炉子之后又点燃了大锅，在为那头即将分娩的母猪预备着热乎而新鲜的早餐。那么你这样迷迷糊糊似睡非睡地躺下去，便又会觉得凌晨之时弥漫在房间里的凉意在渐渐衰落，因为火炕和火墙已经微微发热，并且还会固执地热下去。等到猪食烀好、三大娘洗净了脸面、重新挽上干净利落的发髻，那么准备早饭的时候也就到了。这时你能听到菜板上传来的"嚓嚓"的切菜声，她或者是在切酸菜，或者是切土豆和白菜，总之，早饭是必不可少的，不管你是否有胃口，三大娘也会在她做好了饭后像吆喝猪吃食一样地把你喊起来："喂喂喂，起来吃饭了！吃过了再睡！"看你不起来，她便要破口大骂："他血娘的！"那样，不管你如何疲乏，也要麻利地起来，穿上衣服，到厨房里按照她的指点快快地洗脸梳头，然后安安静静地坐在桌子前毫无胃口地等待她开饭。这个时刻晨光在天地间无畏地闪烁，玻璃窗在渐渐地亮堂起来，窗花自上而下缓缓地融化，油灯昏黄的光线终于从厨房中猝然消失。那么，一个毫无特色的一天也就开始了。

离大年三十只剩下两天的时间了。三大娘抱怨时运不济，因为她说连着两年都是过了阴历二十九，就直奔大年初一了。她说日历牌上没有"大年三十"这一张是很不吉利的事情。她边说边数着没有大年三十的年份所发生的种种不幸，面上现出了无限的愁苦和惶惑之色。什么饥荒战乱瘟疫之类的事情，天知道三大娘说起来怎么那么了如指掌。

该是上坟的时候了。三大娘已经为我准备好了上坟时需用的酒菜和小馒头，只剩下用硬币打印烧纸了。打印烧纸的活必须由我自己来做。我一边把大张烧纸裁成小块，一边听三大娘唠叨我的爷爷和父亲。三大娘同情我父亲，但对我爷爷的死却是开怀高兴的。因为爷爷生前像要经常洗衣服一样经常地蹂躏我奶奶，常常把我奶奶打得满世界乱跑，弄得老太太狼狈不堪。奶奶那双明净的大眼睛也就变得越来越忧戚。最后，竟然一个人跑回了老家，待在关里一去不回。我爷爷死后八个月，她走了道，跟一个老头子过。据说那老头子是个不错的渔把式，他们日子似乎过得很好。但我父亲活着的时候也从来没去寻过她。直到前年，我得一机会到南方参加一个笔会，绕道回到了爷爷奶奶出生的地方，想看一看奶奶现在的生活，才知道她已经在我去的前三个月过世了。我看见她住过的瓦房虽然不亮堂但很宽敞，院落里重重脚印当中似乎也留有她不可磨灭的小小足迹。巨大的枣树上青枣随海风摇曳不休，好像在向我讲述一个苍凉而又苦涩的故事。谁都该承认，奶奶待在那里的短暂时光是寂寞而满怀惆怅的。因为她的案上至今仍供着一柄枣木长烟袋，大度宽宏的老渔把式告诉我说那是奶奶曾经用过的东西，是她朝夕相伴的稀罕物。可我知道，那长烟袋是爷爷使用了大半辈子的东西，奶奶走之时带走了它（确切说是"偷"），爷爷为此还气得几天几夜没吃下饭，背地里把奶奶骂了个狗血喷头，说奶奶是个财迷心窍的！

三大娘看我打印完了纸钱，也就把我爷爷骂个痛快淋漓了。她咬牙切齿地吩咐我上坟的时候不要给我爷爷烧纸，要把打的纸钱全都送给我父亲。她说让我爷爷在年关的时候四处求乞、过不去年才好。不然，他身上有了钱，又要去耍女人，阴间的女人净是风流鬼！我听后忍不住哑然失笑，三大娘便也稍稍消了消火，说可以给我爷爷烧一点纸钱，只烧一点点便是抬举了他，够他紧紧巴巴过去年就行。听三大娘的话，好像果然有那么一个阴间存在，并且那里也在使用一种特殊的货币作为商品交换似的！我嘲笑三大娘的愚昧无知，她就煞有介事气急败坏地教训我："你不相信人死了之后还有魂儿？你就是学书学呆了！我告诉你个实事儿，你知道吗？十五公里处……"

她顿了顿，等我的反应。我连忙点点头，表示记得十五公里这个地方。那是片乱坟岗，杀人犯常常都被拉到那里执行枪决。每至夏天，那里的都柿果稠密得让人看了直淌口水，可却很少有人敢到那里去采摘。

"去年冬天，有个运木材的司机去绣峰装车，一个人开着车路过十五公里。忽然，他看见一个妇女扯着个孩子站在前面拦车，司机慈善心肠就把车停了。妇女说：'这位大哥行行好，把俺娘儿俩捎到绣峰的家中吧，天冷，孩子冻得厉害。'司机心软了，就请他们上了车。等车到了绣峰，那妇女千恩万谢地对司机说，她永远记着他的恩情，并且扔了五十块钱放在座垫上。等他们娘儿俩下车后，司机一看座位上的钱，原来变成了一堆纸灰。司机吓得要死。后来一打听，知道这母子俩是不久前汽车翻车给砸死的，死后就葬在十五公里处。那是快过年的时候，她的魂儿就出来四处游荡，回去看她的婆婆和男人。"

"怎么可能呢！"我惊叫道，"一定是出现幻觉了！"但心中却充满了浓重的恐怖。

"怎么就不可能呢？"三大娘反问道，"你当你大娘活了几十岁的人了，反倒学会了扒瞎不成？"

"那司机后来怎样了？"

"他再也不敢一个人开车了。承包后宁肯少挣钱，也带着个助手跟他一同跑车。"

"哦。"我的心中充满疑虑。

晴雪之后的天气是拉烧柴的好日子。因为这时风不像往日那么肆虐，整个世界呈现着一种战争平息之后的平静和喜悦。远远近近的森林被阳光照得一派雪亮。我上坟回来的时候看见我家的远房亲戚刘二和他的老婆已经拉上一手推车烧柴回来了。他们见了我很热情地打招呼，邀请我大年三十晚上到他家去吃团圆饭。我不好断然拒绝，就一边搪塞，一边感谢着。寒暄一番，也就各行其路。

说起拉烧柴，这也是大兴安岭的一大特色，或者叫"一绝"。

由于这里的冬季寒冷漫长，每年中有七八个月是飞雪的日子，所以烧柴问题就成了人们生活的一件大事情。每当第一场雪降临之后，拉烧柴的人就络绎不绝地往山上拥。通常是一家几口人合拉一台手推车，到了山上分工明确，那样，早晨八九点钟离开家，傍下晌两三点钟就可以满载而归。

森林中有许多风倒圆木，又粗壮又干爽。这样的木柴拉回去便可以烧。像水冬瓜、黑桦、柞木，这些不能成材只宜做烧柴的树木，当地人最喜欢拉它们。因为一来好烧，二来又不违法。但是，这些树木毕竟是森林中微乎其微的一小部分成员，早早晚晚都有被伐得零星可怜的时候。于是，当地居民就向那些躯干挺直、高大潇洒的落叶松发动猛攻。一把把的锯拦腰把它们斩断，然后再用斧子劈成样子，码好，隔一年就全干了。塞进炉膛，保你烧个轰轰烈烈，热火朝天。

许多外地人来到大兴安岭，看到家家户户院落里垒起的高高的样子垛，心疼和羡慕得不得了。他们心下想，这是个多么富庶的地方呀！你看他们住的那宽敞的房子，犹如俄罗斯人居住的木刻楞一样魁伟；你看那盘桓不休的样子垛，真有点伟大长城的豪爽气魄。那随处可见的板障子和板方，这一切，不都说明着，这里的人日子过得有多火爆！然而，他们错了，他们的错误便在于他们只看重了木材的经济价值，却没有考虑到木材在这里特殊的取暖作用。因为铁路运输紧张，而且像煤炭这样的资源又存在着供不应求的危机，所以除了单位之外，给家家户户供应的煤也就少得可怜！人们要生存，便要就地取材。闻名遐迩的"样子城"也就产生了。

在这场举世瞩目的大兴安岭特大森林火灾中，样子祸殃不浅。如今，为了安全起见，居民区的样子已经基本撤离到没有人烟的空寂的旷野上，居民们使用烧柴的时候就要怨声连天地从几里之外的地方一点点地往回搬，实在是辛苦之至。三大娘为此曾经骂个天昏地暗，但终于还是乖乖地就范。

鹅圈中母猪的肚子足足有一张皮鼓那么大。三大娘判定这头猪至少怀了十三个崽儿。当有一天的晚间新闻节目播出要鼓励农民大力饲养生猪这条消息之后，三大爷就忍不住像小孩子一样地乐得抿不住口了。因为他明白，市场上的生猪一定是供不应求，猪肉和猪崽都要明显地涨价，他的烧酒和家中一年的柴米油盐也就有了着落。所以，那几天他几乎是把所有精力都投入到这头母猪身上，他给它喂豆饼，还把三大娘用旧的一把破木梳给猪梳理毛发。他仿佛看到母猪的肚子正白花花地流出许多银子，这些银子响铮铮地砸在他家的门槛上。一定要成个养猪专业户，三大爷想，就从这头母猪开始。等猪崽顺利出世、满月之后，他至少要留下三头五头的。那时正是春天的时候，地窖中的吃不完的土豆可以给它们管够。等土豆喂完之后，那么满山遍野的野菜也就爆长出来了。野菜不需用钱来买，只要勤快和耐劳就可以搂来。搂来之后再掺上些糠和麦麸子，揣成黏黏糊糊的上等食儿，保证猪崽个个吃得溜光水滑。那时，甭说是亮闪闪的银子，就是连想都不敢想的金镏子，说不定也会沉入他们的箱底呢。

这是一年之中的美好的开端。有一个好的心情，这在三大爷的生活中并不多见。贫穷曾经把他和他的上一辈人折磨得痛苦不堪，一个月能吃上一次肉解解馋便是他那时对生活最大的奢望。

晚饭过后，天已经大黑了。月亮的影子丝毫未见，星星却稠密地盖满了天空。在大兴安岭冬季的晚上，你如果没有待在热气灼人的屋里，而是因为什么事正走在外面，那么，千万不要忘记把你的头颅抬起来，望一望陪伴我们每一天生活的那些神秘的小星星！

我是非常爱看那些星星的。据说我的奶奶也极其爱看那些星星。试想一想，当夕阳沉入山坳，并且又很快地把四溅在天边的晚霞一缕缕、一片片收回之后，偌大的天宇只剩下一片薄暮时分的惨淡的灰白。望着这样的天空和被这样的天光映衬着的森林原野，莫名的孤独感和伤感的情绪也就从心中油然而生。可是，当灰白的薄暮又为浓重的铅灰的晚景所销蚀，并且很快演变成真正的夜晚，星星像紫罗兰花一样点点开放在夜空的时候，你无论如何也不会感到寂寞与惆怅了。你会不自觉地用你的心灵与星星的心灵做一对话。

你会从中获得挚爱、平等与温情。

三大娘在屋里糊灯笼的时候我就站在屋外的院子看星星。我看见这里的星星仍然清纯透明。我在其他的城市和乡村所度过的夜晚，尽管也有过无数的星夜，但大都是有名无实，或者是弥漫的废气损害了星星的容颜，或者是繁杂的噪声搅得你无观赏星星的雅兴。

而这里却不然。这里远离尘嚣，空气纯净，而且在这个时刻竟无人语声。那一片沉沉的黑色天幕上闪烁不休的万千星辰，让你觉得寒气萧瑟之时作为生命存在的一种蓬勃姿态。使一个不信仰上帝的人，也顿然萌生出一种超拔于人类之上的脱俗而明丽的关于灵魂永恒境界的幻想，仿佛眼前洋溢着天国玫瑰园的紫红色光晕和沁人心脾的芳香，那么，你就找到一种生命的境界了。

我离开故乡之后，曾经到过许多佛教和道教的圣地。固然是山光水色，海阔天空，一座座庙宇犹如乘风的仙鹤优雅地翼然于丛山之中。香烟如海雾滚滚袭来，祈祷声遁入宏伟壮阔的殿门。每一处都契合着另一处的格局和气氛。每到这样的地方，我都忍不住想起迢迢的大兴安岭，想起那一番真正清静真正超凡的境界。我便想，跪在佛门前祈祷不过是一种自慰的行径罢了。因为它皈依着一个偶像，而淡然了宏伟的洋洋大观宇宙的能量。事实上，真正的祈祷只能产生在瞬间，这个瞬间便是混沌的人与自然的天籁发生强烈撞击的那一时刻！只有那时从心底萌生的祈祷才是真实的、可靠的、纯洁的。

我把目光穿过三大娘家桦子垛的空隙，洒向我祖辈和父辈曾经热烈而冷清生活过的院落。那个封锁了我童年的消息、常入我梦境的院落，而今，因为久无人住，一年年夏天所生长出的蒿草无法铲除，它们单调而孤寂的身形兀立于一片丰厚的白雪地上。星光清澈的寒气笼罩着它们，勃发出一片柔媚而冷艳的光晕。这种撩人情思的光晕好像是我们二十几年在此生活的美丽的回报。

爷爷又点燃了马灯，他老是睡不好觉。其实他刚在不久前提着马灯去牲口棚给牛马添过料。他反复无常地点灯只能说明他情绪波动很大。那间屋子很温暖，蚊子的叫声也由兴奋趋于冷淡，想必蚊子已经饱餐了我或者是我爷爷的鲜血。听爷爷说蚊子喜欢叮小孩子，因为小孩子的血都很甜，但我宁愿相信蚊子吃的是爷爷的血，因为我极其害怕失血。

这是爷爷把奶奶打跑之后的一个秋天的晚上。月亮款款地挂在中天，深蓝的天空纯净无比，星星稀稀朗朗得像下了夜班车的人们。空气中回荡着一股荡人魂魄的清香气味。我陪着爷爷在生产队场院的小屋子里打更。

爷爷不停地点马灯和抽旱烟，把我的觉也给折腾没了。我从土炕上爬起来，跪在窗台上朝外张望。这时月亮已经偏向西方了，估计是下半夜的时刻了。生产队场院中卸了鞍的马车和牛车安安静静地立在那里，如水的月光照耀着它们，使它们显得分外端庄。我知道这样的夜晚如果在河滩就很有趣了。我便联想起父亲。我想他此时可能正在呼玛河畔燃着一团篝火在下网捕鱼呢。我的胃便迫切地呼唤起鲜美的鱼汤。

爷爷似乎听到了我肚子咕咕的叫声。他从灶上的帘子里拿出一个还有些温气的苞米，吩咐我吃下去。可我对苞米已经没有任何欲望了，因为整整一个秋天，我吃了已经有十几次了。爷爷见我不吃，便让我安安心心睡觉。他说小孩子睡足了觉脑筋才好使。可我对睡觉也没欲望。我那个时刻脑子比任何时刻都清醒，我渴望着看到什么。爷爷见我不吱声，出于无奈，就拉着我的手到牲口棚看牛马。

我首先要告诉诸位的是，生长在大兴安岭的牛马是世界上最优秀的，因为它们绝大部分生命是在寒冷的冬天度过的。它们要冒着零下三四十度的酷寒去森林中"倒套子"，而且还要承担拉脚等一类的杂务。它们全都是良种的牛马，腿粗、腰壮、膘厚，机警而耐劳。因此，饲养它们也就是一项光荣的任务了。爷爷是几十年都拥有这光荣的。他爱牛马，胜于爱奶奶，胜于爱我及父亲。

我和他走进牲口棚的时候，先听到了一片温柔的咀嚼声。马儿正站在槽前吃草。爷爷走在我前面，我用手擎着马灯，牲口棚顿时飘起了一团橘色的光辉。我看见平日那匹威风凛凛的白马被灯光映得一身辉煌，犹如一匹高大的金马，好像奶奶讲过的童话故事中的一样。我大喊一声："爷爷，那不是匹金马吗?!"爷爷笑笑，微微摇摇头。我的判断没有得到证实的满足，因而我有些仇恨爷爷。这时，爷爷把马灯擎到那头叫"花脸"的牛面前。我看见花脸黑白相间的脸如今变成了淡黄与栗色相间的脸，淡黄和栗色在一起，原来是这么富于诱惑力！我便又喊："花脸变得真漂亮呀！"爷爷想了半晌，推出一句："'漂亮'是个啥嘛！"我伤心得直想落泪。这时爷爷开始往槽子中加草料了。槽子旁边木桶中的草料所剩无几，于是爷爷就提着木桶去草料堆取料去。草料堆就在牲口棚的隔壁，中间隔一道小门。白天的时候，我常跑到那里去玩。那里每天都响着寂窸的铡草声，一个老哑巴和一位体弱的中年妇女成为永久的搭档在那里铡草。中年妇女往铡刀口续一寸草，老哑巴就抬起铡刀运一口气，"咔——嚓——"一声压下去，一抹碎碎的草就倾泻而出。他们为着生存而配合默契。他们干完活歇晌或者晚归的时候至多不过冲对方艰难一笑，然后各自擦着各自的汗水回各自的家。

而今草料堆寂然无声。那里充溢着干草的芳香。爷爷的马灯进入那一片干爽与柔韧的草料堆的时候，立刻，我看到奇迹了！

我看见草料堆被橘色的灯光映得丝丝灿然，那上面飘逸旋转着一股说不出的灵秀之气，宛如一座金山矗立在我面前。"月亮好像掉在这儿了，爷爷，你看，草料堆多像一个掉下来的月亮呀！"我惊讶地叫道。那堆草料的确是金色的、透明的，犹如中秋的柠檬色月亮，明丽得不能再明丽了。"小孩子不要胡猜猜。"爷爷不解地撮满了一木桶草料，毫无感应地提着马灯回牲口棚了。

从那以后，每当我心里怀着什么美好愿望的时候，那堆难以忘怀、令人触目惊心的金色草料堆便倏然出现在我眼前。那之后我与父亲一同守在呼玛河畔捕鱼的良宵美夜，我就不自觉地想起了爷爷，想起了爷爷留传给父亲的马灯曾经照耀过的一片多么温存的生命！

当我从院子回到屋子，三大娘已经基本糊完了灯笼。她开始喋喋不休地向我讲述她进县城办年货时看到城里人抢购肥皂的情景。她还说她眼见一个买录音机的人使用的是面值百元的大票子。那个人数出十一张，买了一台很阔气的。她说到这里的时候黯然神伤。她用眼睛瞟了一眼三大爷，三大爷吓得哆嗦了一下，声音很细很细地问："真的有一百元一张的票子，开用了？"三大娘用剪子铰着灯笼穗，点点头。于是三大爷就无心观赏电视节目，他闭了电视，呆呆地坐在一把木椅上，吞吞吐吐地说："我一个月的退休费，才值一张大票？"他把头转向我，希望得到局外人的证实。我想了想，说形式上是这样，接着，讲了一大堆价格浮动、市场调节等等一类连我自己也搞不明白的话题。三大爷摆摆手，示意我别再讲下去。

我理解三大爷的心情。看着他忧戚的面孔我不知如何把他从愁闷当中解脱出来。本来这几天他是出奇高兴的。那头母猪滚圆的肚子简直成了这个家庭中新生的太阳。我真希望这太阳在这个春节中永葆明媚。所以我就说，这算不得什么，过去一头猪崽卖三十元，今年就可以卖到五六十元，甚至于七十元的好价钱。就打每头猪卖六十元吧，那么按十头计算，至少也会得六百元钱！何况，兴许价钱真的抬到了七十，而且母猪要是甜和人，可能会一窝生下十六七个，那样，可以往千元处奔呢。三大爷听了，情绪又高涨起来，几乎是跑着去鹅圈看那个大宝贝。从鹅圈回来后他对三大娘说，那里的石灰墙已经上了一层白霜，里面好像有些冷，他建议生一个火炉。三大娘不同意，因为她说两个大灯泡就够恩惠它的了，何况猪是带毛的东西，本身就有抗寒的能力，由不得像伺候女人月子一样地伺候它。三大爷执意不肯，三大娘没有其他招数，只好由他去。

就在这个时候，贝贝来了。

贝贝来了，我的眼前顿时一亮。她穿着一件墨绿色灯芯绒布做的棉袄，一条杏黄色的鸭绒棉裤，头上围着一条乳白色的羊毛围巾，显得既典雅又活泼。在大兴安岭，是很少见到有这样懂得打扮的姑娘的！她的圆脸蛋上那对好看的杏子眼和娇艳的嘴唇，好像每时每刻都在冲你会心微笑着。

三大娘对贝贝不冷不热地打了声招呼，然后就用抹布擦拭遗留在炕面上的糨糊，那是刚才糊灯笼时不小心弄上的。贝贝好像并未察觉三大娘对她的冷淡，或者是察觉了也并不介意，她仍是笑吟吟地叫着我"小芬姑姑"，然后落落大方地自顾自坐在椅子上，摘掉围巾，跟我说她爸爸妈妈一定要我大年三十晚上去吃团圆饭。三大娘听了，心中没有好气，不痛不痒地冲我说："亲戚总归是亲戚，啥时候都互相想着。"我理解三大娘的心情，只能微笑不语。

　　我把贝贝带到我住的小后屋，那里只有我们两个人，叙谈起来方便多了。她一坐在我的房里，立刻就换了一个人似的，说起话来侃快多了。她单刀直入地对我说："三大娘瞧不起我，这不怪她，因为我刚流了一个孩子。"她伶牙俐齿地对我说，之后淡淡一笑，"我认识了一个小木匠，他老家是浙江的。人极聪明，待我也好。可我爸妈说什么也不同意我俩好。后来，我就跟他私奔了，他在南方学手艺，我帮他做饭。回来没多久，我发现自己怀孕了。到医院做了流产之后，这消息使得爸妈在小镇都抬不起头来了，我们家开的小商店的生意也因此受到影响。我觉得很对不起父母，可我又觉得自己没有错。"

　　"那你和他的关系最终怎样了？"

　　"父母已经向我们妥协了。因为他们认为我已经身有所属，只能是嫁鸡随鸡、嫁狗随狗了。"

　　"那你们今后的生活怎么过？"

　　"走一步过一步呗。这次森林大火之后，许多林场的职工都很心慌，怕将来没有了树木他们的生活受到影响。我们两个人都是无业游民，没有这方面的顾虑。我们想开个木器店做家具，只要样式新颖，人们还是欢迎的。关键要靠手艺精湛吃饭。我可以帮他打杂，做做家务，等到钱赚多了之后，我们打算进城开个第一流的木器店！"

"你爸妈支持你们吗？"

"他们不管我，认为我是一个不可救药的人，所以任何事情都不干涉，也谈不上支持。我现在真正是自由了！"贝贝笑了。她讲起话来辛辣得很，实在想象不到出自一个高中生的口。

"小芬姑姑，你写了那么多小说，那么多的人物中，怎么单单没有婉玉呢？"贝贝问我。

"婉玉？这么鲜亮的人物我倒真把她给忘了。她现在怎样了？"

"三大娘没告诉你？她在这场大火中被烧死了。据说她是和一个男人死在一起的，我们镇子里的人全都讲她！"

"哦——"

"好了，小芬姑姑，我该走了，时候不早了，我爸妈可能也等急了。你年三十去不去，由你自己做主，反正我是把话捎到了。"贝贝围上头巾，又问我，"你还要牙膏吗？"

"够用了。"我说，"过了初三，我就赶头班车回家。"

"那么急干啥？多住些日子吧。"贝贝走出我的小屋子，到外屋地找到三大娘，笑吟吟地说："三大娘我走了，得闲时到家玩呀！"不等三大娘反应过来，她就像雪兔一样机灵地窜出屋门，对着正在院子中给母猪准备干草的三大爷说："三大爷我走了，这么黑还在干活，注意着身子啊。"

"贝贝你常来玩。"三大爷很需要这个时刻有人关心和注意他，他心里很高兴，忍不住自言自语地说，"贝贝就是知道疼人。"

送走贝贝，洗漱完毕，已经是子夜时分了。我躺在炕上，无论如何也睡不着。我的眼前总是闪现着两个人的身影。贝贝——婉玉，婉玉——贝贝。

我知道我无法逃避对一个人的回忆了。

婉玉所有的故事好像都发生在令外地人叹羡不已的大兴安岭的夏天。是的，发生在这里凉爽而美妙的时节。好像这个时节才最适于风流艳事的产生。

那时我们镇子还没有现在体面，连女人们用来纳鞋底的麻线都要打大地方捎来。所以，卖针头线脑的到这里最受女人们的欢迎。她们会把腌肉、鱼干和自酿的野果子酒捧出来招待货郎。女人们对货郎无论怎么亲热都可以，男人们不会介意和吃醋。因为他们深深体会到货郎到来的那天晚上，女人们那如水的柔情。

婉玉是镇子里最心灵手巧的女人。她的针线活和刺绣手艺绝对是百里挑一。几乎每一对新婚夫妇都请她为自己绣过门帘。因此，每次货郎箩筐中的彩线总是婉玉买得最多。

婉玉养着一个很聪明的孩子，镇子里的人都很喜欢去抱。听说那孩子不是婉玉生的，而是她婆婆的。据说有很多五十岁左右的婆婆娶了儿媳之后，不小心又怀了孕，没办法打掉孩子，有的也就含羞生下来。我就听奶奶讲过她小时候有一次去磨坊玩，正碰上一个有了儿媳的婆婆生下了孩子。那孩子一出生便被浸在一个水盆中溺死了。但据奶奶说也有好心的儿媳知道后，就悄悄地抱过来当作自己亲生儿女来抚养。据说婉玉就是这样的好心儿媳当中的一个。但不管那孩子是婉玉的还是她婆婆的，总归是很招人喜欢。那孩子叫青儿。

夏日的晚霞一落潮，场院里就要点起草来熏蚊子。林子中的蚊子密得像荒年的蚂蟥。女人们坐在地上，七嘴八舌地谈论着雨水和庄稼，其中还有个人把她自己孩子的脑袋抱在怀里，安恬地捉那里的虱子。虱子被捉出来就扔进烟草中烧死。

婉玉的婆婆顾四婆婆也坐在里面缠一团线。她缠的是白棉线，是下晌刚从货郎担里买回来的。顾四婆婆缠得正带劲儿的时候，青儿笑着跑来了。青儿管顾四婆婆叫"奶奶"，因为对外人来讲，青儿只能是婉玉的儿子。

"奶奶——"青儿笑得又脆又甜，"我看见我妈和货郎亲嘴了！"

众人"哄"的一声笑了，就连平时最不喜欢笑的人也大笑了。大家好像年终分红时一样的开心。可是，人们很快又止了笑，因为她们意识到当着顾四婆婆的面耻笑婉玉实在不太应该。大家把目光投到顾四婆婆身上，希望能看到她脸上的愠色。然而顾四婆婆却依然很沉静地缠着线，一点也看不出不满与愤恨。大家面面相觑，惊讶不已，只当是顾四婆婆的耳朵这一刻出了毛病。于是就有人给青儿递眼色挤笑，怂恿他再说一遍，青儿也因为奶奶对他的话一点都不予理睬而感到委屈，所以他心领神会地又说了句："奶奶，我看见我妈和货郎亲嘴了。"只不过，这一次青儿说起这事时没有了先前的高兴劲儿，显得格外沮丧。

"奶奶听着了。"顾四婆婆抖了抖盘在膝盖上的线，然后从从容容地抻出一大截，嘴中说着，"这线不比过去的好，已经看见三个接头了。"说完就又往线团上缠绕几下，慢吞吞地说："青儿，货郎

154

还没喝完酒？"青儿摇摇头。

"玩去吧。"顾四婆婆淡淡地说。

顾四婆婆失神地望着那堆熏蚊子的草。白烟忽浓忽淡地从里面飘游而出。那浓浓拂动的白烟像鸽子，而淡淡的则像蝴蝶。

不久，婉玉的额头就有了一个碗口大的疤痕。据说是她男人用砖头打的。婉玉的疤痕刚刚结痂，又听说顾四婆婆有一天扒光了儿媳的衣裳，把她的下身打得血肉模糊。顾四婆婆再出现在众人场合时，嘴上就含了一副呱呱新的大烟袋，穿戴也有了讲究，看上去很有身份和威风。

我说过，镇子里的人都喜欢青儿，都愿意和他多说几句话，抱抱他，而青儿又是个淘气透顶的。尤其是大兴安岭的夏天，可以堪称世界上最优秀的避暑胜地，小孩子们一到这个时候就玩得丢了魂似的，扔下饭碗只顾朝外跑，不玩到晚上八九点钟是绝对不会回家睡觉的。我爷爷就曾用鞭子抽过许多偷着溜进牲口棚剪马鬃玩的孩子。

但孩子们最喜欢去的地方却是泡子。尤其是青儿，每天不去一回泡子，好像连饭都吃不香。

先要说说大兴安岭的泡子。泡子就是在沼泽和草地一带自然生成的椭圆形积水区域，说文雅了就叫"湖泊"。只是当地人发现这样小面积的湖泊远远看上去就像一个圆鼓鼓的大水泡，因而就称它们为"泡子"。当然，这只是一种传说。

泡子一到夏天是绝对美不胜收、妙不可言的。首先是因为环绕泡子的那些茂密的青草已经斜斜地拔高了，而且一簇簇的小黄花像是谁特意种的似的，一律柔曼而整齐地开放了。蝴蝶和蜻蜓在晴空下往来穿梭，忙碌不已。傍晚时分，夕阳给草地和泡子涂上一层浓浓的金色，像是金秋十月的晒谷场。那些从田地中归来的农人见了总是停下来，静静地望一会儿。

再说泡子本身吧，它的水含蓄凝重，除了风吹雨打之外，水面几乎是微波不兴的，呈现着一种超凡脱俗的宁静。每至凌晨时晨雾轻纱般悄然飘逸的时候，水面上就会飞来几只或十几只的野鸭子。这些野鸭子像青春期的少男少女一样活泼爱动，它们一边梳理羽毛一边把"嘎嘎"的叫声甩给晨曦。你如果是个好枪手，并且能吃得上一番辛苦的话，那么你完全有把握在早餐的餐桌上端上一大盆鲜美可人、热气腾腾的野鸭汤。但不一定每个人都有那样的好运气，因为你要先结束它的生命，你自己就必须首先结束缠绵的睡眠，早早在此恭候。不然，它们先到了，你若背着枪从远方姗姗而来，这些机灵鬼便敏捷地相互传达着信息，缩短它们的沐浴时间，"呼"地拨水而起，悠然飞离泡子，只给你留下一阵惆怅和惋惜。话说回来，你如果真被野鸭子汤诱惑得神魂颠倒，并且也起了个大早，或者是提前一夜在此恭候，那么你可能最终也是一无所获。因为有的时候晨雾影响了你射击的视线，你的第一枪也就只能让它们虚惊一场。只要第一枪没有击中，那么你就甭想从第二枪中得到侥幸的回报。因为它们那时会以异常迅猛的速度飞离泡子，它们意识到性命攸关的时候就会奋不顾身地出逃，这一点我们人类大概是很难与之相提并论的。

写到这儿，我忽然想起了一则关于我父亲捕获野鸭子的趣话。

有一次父亲忽然对泡子中的鱼感起兴趣来，他就带了几盘钩和两根鱼竿来到那里。这时他忽然听到水泡子上传来野鸭子的嬉戏声，他心中暗自懊悔没带猎枪，但他很快灵机一动，忽地从腰间拔出尖刀，"嗖"的一声凌空甩向水面。甩过之后他慢吞吞地走向那里，心中懊恼不已，因为他猜测，他那把锋利的刀一定是笔直地沉入水底了。然而，奇迹就在瞬间出现了！那尖刀分明刺中了一只野鸭子！它还没有死，正浮在水面上挣扎呻吟不休。父亲被这意外的收获激动得眼泪汪汪的。也就是那一天，我们那个经常吃鱼，却常年没有其他野味佐餐的家庭，第一次奢侈地喝上了野鸭子汤，直吃得大家满嘴流油，笑声不绝。那只野鸭子实在是肥嫩极了。

这样说来，青儿的命运故事也就要开始了。

青儿像依恋他的母亲一样依恋着夏天碧草丛中的泡子。他喜欢去那里洗澡。因为那里水质干净柔软，较长的日照时间又使水温适中，钻进水中实在是舒服极了。青儿又有天生的泅水本领，有时一憋气可以在水底待上好几分钟。曾有几次他还用硬筛子从水中压出许多小鱼。这些鱼多半是小柳根和老头鱼，其中也有少量的鲫鱼和泥鳅。这样的杂碎鱼拿回家一般都被顾四婆婆剁碎了炸鱼酱吃。每次顾四婆婆家炸鱼酱的香味总是馋遍了半个镇子的人。

那一天下晌青儿又要去泡子边捉小鱼。顾四婆婆看了看不十分晴朗的天空就没有同意。青儿就去闹婉玉，希望能得到妈妈的恩准。婉玉就爽快地答应了，并且提出和青儿一道去泡子（假使当时婉玉不是那么痛快地答应，事后顾四婆婆是不会朝着阴谋处想象的）。婉玉说她要到泡子打一些猪草来。顾四婆婆望了望院子中丰满的猪草垛，疑惑地打量了一下婉玉，但她没有从她脸上看出什么。顾四婆婆的儿媳与她一样有着非凡的镇静情绪。这种情绪笼罩着她们的生活从某种意义上说不能不承认是一种优点。

顾四婆婆递给婉玉一把镰刀。婉玉微笑着把它拿在手中。可是顾四婆婆却总是心神不宁。这时天已经阴了，空气是入夏以来少有的沉闷和燥热。青儿兴致勃勃地把从垃圾坑中挖出来的几条蚯蚓装进一个小铁盒中，然后用土培上。之后青儿又把两根鱼竿扛在肩上。顾四婆婆眼见青儿被婉玉扯着手走远了。走的时候青儿还略带歉意似的对顾四婆婆说了句："奶奶我走了。"镇子里很多为了躲雨而匆匆行走在路上的人也都很疑惑地见婉玉扯着青儿的手，怪亲热地走了。

那天的雨其实下得并不大，同大兴安岭常有的夏季雨一样。雨丝飘洒的时候，云彩也在半空很迅急地转移，不久就晴了一小块蓝天，不久又晴了一小块。晴一小块就不愁晴一大片，很快云彩就消失了，天爽爽朗朗地晴了个明净如洗。顾四婆婆给小鸡撒了些米粒，然后又把它们放在院子里。院子的湿地被阳光照得泛着一层银光。顾四婆婆忽然觉得心口疼。她就回屋倒在炕上闭目养神了一会儿。稍稍好了些的时候，她就又起炕到院子中脱坯。她想脱点坯盖一个鸡舍。可她又觉得心口疼。她好像期待着什么似的呆呆地望了望婉玉他们回家的路，然后就一路小跑地去找他们。

据事后顾四婆婆自己讲，她就是一路跑着接近了泡子。她首先看见她的儿媳正在泡子边打猪草。婉玉的腰一弯一弯的，正经打了一大片。顾四婆婆没有从中看出丝毫异常的迹象。后来她走到儿媳面前，问她青儿下落的时候，婉玉才直起身来，平平淡淡地指了指泡子说："除了那儿，他还能在哪儿？"顾四婆婆就到泡子那儿去寻，她首先看见水面平滑如镜，并且看见几只透明的蜻蜓在水上滑翔。她低声地喊了句："青儿——"这种叫声连她自己都觉得不着边际、荒凉虚无。这时她发现岸上摆着青儿用的鱼竿，那个蚯蚓罐也老老实实、规规矩矩地坐在一个圆形塔头墩上。她的心口就剧烈地疼痛起来，她声嘶力竭地喊着："青儿——我的好青儿——"

以后的事镇子里的人都知道了。有几个男人被顾四婆婆给指点着来到泡子，他们泅在水底，发现青儿早已死了。青儿没有漂浮起来，那是因为他被牢牢地卡在一个形如棺材的坑道里。谁也不知道那坑道是怎么产生的。有人猜测是外地人为了吃鱼，用炸药炸开的。因为有一个人证实很久以前的一个夜晚那泡子上空曾传来过一声巨响，第二天则发现有许多死鱼浮在上面。顾四婆婆于是就把所有的外地人都骂了个祖宗八代，直哭得老眼昏花。因而那个夏天在顾四婆婆家也就失去了许多明丽。他们家经常是哭声连天、骂声不绝。顾四婆婆总是疑心婉玉杀死了青儿，但她从儿媳身上和青儿死的现场上找不出任何证据，于是一个本来能出奇地克制自己情感的人变得像老虎一样善于咆哮。她与儿子合伙，常常把婉玉打得气息奄奄，并且以婉玉和货郎偷情这一理由，作为把婉玉赶出顾家大门的借口。

顾家从此也就少了一个能说会做的媳妇。从此婉玉也就摇身一变，成为一个泼辣浪荡的女人。镇子中只要有男人想占她的便宜，那么全都如愿以偿。据说当年我那年轻而风流的爷爷差点没把婉玉的门槛给踏平了。待我出生懂事之后，婉玉一个人已经生活了十多年了。那时她的鬓间已经隐隐约约有了白发，丝毫看不出她有什么美丽动人之处。我的父母从来不允许我和她说一句话，他们培养我见了婉玉就像见了瘆人的吊死鬼似的那种高度的警惕性和厌恶感。我常常见她一个人在夏日的傍晚去泡子边打猪草，而归时又往往发现她神色很忧戚地跟着一个男人回来。那些男人的肩上大都为她扛着几捆猪草，是我常称之为"伯"或"叔"的那些男人。再以后，她寂寞了好长一段时光，听说她生了一种难治的病，镇子许多女人都因此而有些解恨。但最后又听说她的病全好了，她又恢复了往日的样子。她病一好就像老母鸡撇小鸡一样地扔下了我们的镇子，和我们镇子中许多与她相好过的男人，到另一个林场去了。等到我们家离开故乡的时候，有人告诉我说，婉玉在外面挣了一大笔钱，开了个私人旅店，做起了老板娘，嗜好上了烟酒，而且依然喜欢在男人面前撒娇。但我想她早已过了撒娇的年龄，恐怕只是谣传吧。

婉玉死在这场火灾中，而且被一个男人紧紧抱着，这实在算不得什么伤风败俗的事情。相反，倒觉得是世界上最美丽最动人的死亡。只要想一想她常年开着个体旅店，不论她如何风骚，对住店的男人总归也还有一番深情深意的。尤其是在大火封门之时，她心上最记挂这个世界的，可能也是那些男人。她可能是在能逃出死亡封锁线的时候又反身回来搭救还在旅店中被围困的人，这似乎有些是悲壮之举了。但另一种解释也不是不可能成立，那就是她借火自焚。她为青儿的事忍辱负重多年，大概心里的苦水可以流成河了。也许她也曾多次动过自杀的念头，但她终于还是因为不愿人间知道她灵魂消沉苦闷甚至于绝望的一面而放弃了那种念头。这次大火以排山倒海之势呼啸而来，或许就是真的解脱她的命运的使者。她欣然前往，俯在已经窒息了的男人身上，造成一个假象，却留给世人无数的谜。当然，这一切都是猜测，每一种猜测都是虚假的，同时又都是真实的。

婉玉的时代和婉玉的夏天都已成为了永恒的过去。过去了的就是历史了。这历史正在一天天走向古老，迟早婉玉就会有被所有人遗忘的那一天。而今已经七十高龄的顾四婆婆，却依然活得饱满而健朗，她的牙齿甚至还咬得动二月初二的黄豆粒。她旺盛的生命意识使任何人都相信青儿果真为她所生。

但这并不重要。重要的是她还活着，而且预备着今后更充沛地活在这个并不责怪她的小镇，和这个她说不出留恋还是厌烦的世界上。

过了二十七八，就不愁大年三十。这年就是忙着忙着来了的。年三十已经像娉娉婷婷的大姑娘一样上了花轿了。三大娘一大早就起来贴春联和挂钱儿。三大爷把灯笼用滑轮车牵上，送到了高于屋脊的空中。我站在厨房里，热火朝天地炒花生瓜子。三大娘预备了一些年货，打算着捎给她那两个在林场工作的儿子。他们因为抢运火烧木不能回家团圆。三大娘觉得有点怅然。

我不知道别的地方春节是怎么过的，大兴安岭的春节可是别有风姿的。它不只是门上要贴着各式的春联和挂钱儿，就连猪栏鸡舍也不例外。"抬头见喜""金鸡满架""肥猪满圈""粮食满仓"等等条幅一到这个时刻也就各有归属，报道着这里的人们美好的生活愿望。最有特色的要属家家门前摆着的冰灯了。冰灯一般是年三十的前两天就冻好了的，状如桶形，四周冰壁约有二十厘米的厚度。天傍黑时，在里面燃起一支红烛，烛光反射在冰壁上，呈现出一片玫瑰色的柔媚而纯净的光晕，实在是美妙极了。如果把哈尔滨喻为

"冰城"的话，那么大兴安岭无疑就是"冰城之乡"了。

我小的时候，常常幻想能在春节时拥有一座美丽的冰房子，然后我就在那里面点燃一百根通红的蜡烛，和我的爷爷奶奶爸爸妈妈一起吃团圆饺子。可这愿望一直都没实现。因为爸爸对我说，冰房子是不能住人的，它会把人给活活地冻成冰棍。可我后来在一册连环画中看到了爱斯基摩人果然就住冰房子，我那破灭的幻想便又死灰复燃了。我又曾多次在腊月的年边央求父亲为我造一个冰房子，可父亲总是冷漠地拒绝我。他甚至还对我爷爷讲，他们家族中还从来没有出过像我这么个爱胡思乱想的人。父亲当时断言，像我这样的女孩子长大了是不会有好命运的。我时时刻刻都记着父亲的忧虑。那年，他在呼玛河放排将死的那个时辰，我正躺在屋外的猪草垛上用一块红玻璃照太阳玩。后来，我觉得眼睛被一阵强烈的、类似鲜血的红色给刺疼了，我的眼前霎时奔涌出一条红色的河流，我看见父亲正在这河上撑着一个巨大的木排顺水而下。他的通身都是火红的。后来，这刺目而让人惶惑的红色消失了，我发现眼前分明矗立着一座洁白明亮、灿烂无比的冰房子！我兴奋得大喊一声朝那扑去，然后就什么都不知道了。我觉得万分的逍遥和松弛。后来，当我苏醒过来的时候，母亲对我说我从猪草垛上掉下来，正好摔昏在一块白铁皮上。她告诫我以后不能再爬高了。傍晚，放排的父亲还没回来，等到暮色浓重的时刻，有人报告我家说看见我父亲的尸体了。于是，我们家的院子距我爷爷死后不到两年的时间，又第二次支起肃穆悲壮的灵棚，默默送我父亲走上冥途。

一个人为了生存而实实在在劳动着，却常常是在劳动的过程中他就死了。这实在是太朴素太崇高的死亡，我父亲全部拥有了。他死亡前我们家除了我之外其他人没有任何预感（包括我母亲），可见死亡是没有任何定式的，它说来就来。

家家户户门前的冰灯把整个的新年都照亮了。此时无风，积存在地上的雪也因此显得分外温存。爆竹声渐渐地起来了，它燃鸣在我们生活中每一个空寂的角落。孩子们穿着新衣成帮结伙、走街串巷地表达他们过年的喜悦。古老而年轻的大兴安岭以它特殊的方式迎来了除夕。我的眼前又闪烁出一大片子夜时分的草料堆，它被爷爷和父亲共同拥有过的马灯照得一派金黄。这种金黄的光晕如今弥漫了我们生活的每一寸天地，焕发出夺目的辉煌。

果然，三大娘家的那头大腹便便的母猪就要临产了。三大爷惊喜地告诉我们，母猪开始用嘴叼草絮窝了。它把窝薅得很大，三大爷用手比画着说，足足有一床褥子那么大。

我们放下正包着的饺子，穿上棉袄跑出去看。果然，那母猪显得很激动，它忽而站起把头往墙上蹭，忽而仰卧在地上不安地动着四蹄。它的肚子已经明显地坠下来了。三大娘把我撵回屋，让我一个人包饺子，因为她认为姑娘家是不宜看猪生崽的。她这话使我想起小的时候，只要一听说三大娘家的猪或牛要分娩了，我就像看戏似的从我家的院子飞快地来到她家，三大娘总是首先把我给轰走，好像我是只小野猫偷了她家的肉似的。每次被撵我都很伤心，都要保持一天缄默不理睬她。但我还是经不住那些刚出生的小动物的吸引，又不请自来地晃进她家的院子，看那些刚来到这世上没几天的小生命，那真是新鲜无比的乐事。我爷爷那时最爱凑的也是这项乐事。他去凑热闹多半是怀一些侥幸心理，比如刚生出来的猪崽死了，他就提了回来，放到牲口棚烧上火，用黄泥焙一焙烧了吃。那股香味实在太动人了。但这样的好运气他也不总有。他若捡了人家的死猪，也绝不白拿，他会暗地从公家喂牲口的豆饼筐里偷一盆出来，送给人家。他焙好了小猪就把它焦黄焦黄的一团肉摆在桌上，一边撕着吃一边喝酒。那时我奶奶便也跟着盘腿大吃，眼睛显得格外有神。

午夜十一点的时候，第一个猪崽出世了！三大娘跑回屋向我报告着这个喜讯，然后命令我立刻放一挂一千响的电光炮以示庆贺，我欣然从命。待到十一点一刻的时候，又相继出生了两个湿乎乎温存存的小猪，煮饺子也就是必然的了。我立刻点灶子烧水，把三大娘家一年才用一次的八仙桌摆在炕中央，然后把事先炖好的鸡鱼稍稍一热，七碟八碗地将它们摆在桌上。

就差二十分钟就是除夕了。我听见镇子中的爆竹像春季的映山红一样火爆爆地开了一大片——悠远而嘹亮。春节联欢晚会的节目也行至高潮。鲜花与歌声同放，蛟龙与彩练齐飞。我静静地等待着新春钟声的奏响。我很喜欢听那种深沉、雄浑的钟声，有的时候可以听得潸然泪下。我不知道我故乡亲人是否也惯于听这种钟声。不管怎么说，它总是象征着一段生活的结束和另一段生活的开始。它传达给人一种饱满而略带悲壮的感情色彩。而这种色彩，似乎是专为我而生的。

三大爷与三大娘的兴奋点如今全在那头母猪身上，猪崽的叫声对他们来讲才是最实在最动听的钟声。他们甚至连午夜的饺子都顾不上吃了。但三大娘总算还没忘了祖宗，她赶在钟声奏响之前为天神地神、列祖列宗上了香。香火缭绕着一种为我们所熟悉的我们这个民族的气息。

钟声响了。一下、两下、三下……从容而镇静地奏响了。那种声音好像把人整个的心都掏空了。我看见星光在这一时刻变得异样寒彻，冰灯的造型与它的光晕也显得格外圣洁。这钟声好像来自大海，裹挟着地平线那一侧灿烂艳丽的霞光；这钟声仿佛来自草原，来自牧民幽怨的羌笛和他们那如风沙般喑哑的歌喉中；这钟声恍若古战场上刀光剑影之间苍老的夕阳，宛如葡萄架下农人汲水的辘辘声。这声音深沉而不低落，轻曼而不浮华。我又一次为它所渲染的气氛而强烈地感染了。我的眼角湮湮地湿了一片。我明白这声音一样在每一间墓室低回，我那逝去的亲人依然如故地面向东方朝圣着这个古老民族的节日。

初一，是个漫天飞雪的日子，这似乎预兆着一个美好岁月的开始。拜年的人个个都说着"瑞雪兆丰年"的吉利话。小孩子虽然不像过去那样兴磕头了，但为着快活和讨钱也仍有这样做的，只是磕得不那么实心实意罢了。

十六个猪崽在初一凌晨全部降生了。它们一律是白色的，正相互依靠地挤在一起吃奶，看上去像一缕宽宽的白面条扯在那，实在是太招人喜欢了。三大爷与三大娘虽说忙了一夜，连眼睛也熬红了，但精神却很旺盛。他们双双换上了新衣。三大爷不仅穿上了棉皮鞋，而且还戴上了一顶簇新的黑毡帽，这使得他又得意又不自在。他常常忘记了手该放在什么地方，走起路来也想尽量地挺起已经明显看出弯曲的腰肢，但往往是挺了几分钟就累得恢复原状，笑得三大娘骂他是个"烧包的"。

他们开始制订发家的计划。三大爷像个账房先生一样用一个大算盘打着他的小九九。一窝猪崽是一千元，那么一头母猪每年少说也要揣两窝崽儿，这就是两千元。养它三头母猪，这不就发了家了吗？这么简单的道理为什么才明白过来？三大爷自嘲他是个老糊涂。但他们面临着一个难题，那就是要盖一个大点的猪圈，要盘上地火龙，总不能在冬季时把几头母猪一同赶进屋里啊。他们一时有些犯愁了。但三大爷的鬼点子也很快出来了，他建议把我们原来曾经住过的家买下改成猪舍。这意味着那个院落不可能再繁衍人类的家族了。这不能不说是我们家族的一个悲剧。我怅然若失却又无言以对。

"小芬，自打你们家搬走后，来了两户人家都没有敢住下去的，都说那屋子一到半夜就有动静。这不，这院子又荒了好几年了。"三大爷看出了我的心思，对我解释着。

"这房子已经有了新主人，本不属于我们了。我看低价买下做猪舍很实际。"我讷讷地说，"房子空着也可惜。"

"亏你活了几十岁的人了，还想把人窝当成猪窝了，我看你是活腻了，不想活了！"三大娘诅咒三大爷的无理，但却暗中为他递眼色。三大爷却浑然不觉，冥顽不化，他气冲冲地对三大娘说："人家小芬都没意见，你倒多事了，你给我挤眼睛这是干啥？你说说？"三大娘听罢，哭笑不得地说："得了得了，你是我的老祖宗、活祖宗！"她骂完，恓惶地望了望放在柜上的钥匙。

下午，三大娘嘱咐我去给刘二夫妇拜年，我早就知道她会说这句话的。在有余小卖店中，我竟然意外地遇见了顾四婆婆！

她正提着一只油乎乎的塑料桶来打酱油。她发了福，两颊的肉厚了一层，并且努力向两边扩展，下颏明显地呈圆形了。她见了我很亲热地向我打听母亲的近况，并且慨叹着说她已经有二十年没回老家了。她的老家在山东，据说她祖父曾做过晚清朝廷的大臣。她告诉我，她已经有好几次梦见我奶奶招她回老家了。据她描述，我奶奶住着一座很漂亮的房子，养了一群美丽的鸽子。她说的大概是阴间世界的事情了。

顾四婆婆难道是活累了不成？

大兴安岭的正月颇有点贵族生活的气息。人们似乎把一年中应该享用的鸡鸭鱼肉都堵在这个日子里了。家家的仓房都存着几口袋腊月时蒸的干粮，糖包、菜包、枣饽饽应有尽有。吃的时候只需提前一小时把它们取回屋缓缓霜，然后放在锅帘子上一馏即可。所以家家每顿只为下酒菜操操心就可以了。你可以从正月初一吃到十五的灯节，然后再从十五吃到二月二龙抬头的日子。

屋里头，电工和三大爷正喝得带劲。三大娘没费什么心思就轻而易举地为他们扒拉了六个菜。来日方长，三大娘知道坐在她家炕头喝酒的是镇中一霸。所以电工召唤她陪酒的时候她就很热烈地响应了。他们个个都喝得红光满面，话题也越扯越远，越扯越离奇。

"听说，火烧木一采完，再过个十年八载的，我们这儿的人都要发配到西藏去！"电工说。

"咋可能？听说那西藏是个高原地带，什么气压低得很啦，外人乍一到那里是很不习惯的。"三大爷说，"我离不开大兴安岭，住出感情来了，打算把骨头埋在这儿了！"

"可到时人家一动员，敲锣打鼓红花一戴，你不照样得去，跟来开发大兴安岭一样！"电工鄙夷地说。

"我操你奶奶！"三大爷暴跳如雷，"我来开发大兴安岭不是动员来的，是自愿的！"

"你操谁奶奶？操我奶奶?！"电工也正喝在兴致上，所以火气也格外旺盛，他用手揪住三大爷的脖领子，"你给我说清楚点！"

"你敢打人？你是共产党员，我看你敢打？"三大爷的脸拉长了，"我要进城喊警察！"

"喊警察呢，我看你还来了章程是不是？你怎么不去喊毛主席呢！"三大娘连忙上前劝阻。

"毛主席死了，喊不来了！"三大爷此刻完全变成了一个孩子，并且好像勾起了他无限的伤心事似的，他的眼睛潮乎乎的。

"算我不对吧。"电工独自把杯中酒拥进嘴里，"可你也犯不着发这么大脾气，进藏也是要四十岁以下的。"

"那是造谣！"三大爷仍然不肯罢休。

"我也是听说，也没说它是真事。"电工尽量地把火气往肚子里咽。

"这就得了。"三大娘对三大爷说，"你也不看看小猪崽子，好像有几个拉稀了。"

"拉稀?！"三大爷的眼睛猝然亮堂起来。

事实证明三大娘并没有说谎。由于三大爷怕冷落了那一窝猪崽，把火烧得过于旺了，所以鹅圈燥热不堪，母猪为此上了火，染上了猪丹毒。小猪吃了母猪的奶后，也染了病，个个都遭了瘟疫似的，完全是一副没精打采的样子。

正月初二下午却又肆无忌惮地飞起雪来。这次的雪来势凶猛，并且挟带着狂嚣的西北风。这种雪是非常强悍的，它不像鹅毛大雪那么温情，它可以旁若无人飞扬跋扈地下上三天五天的，冷得你不敢出门，只能猫在家里无望地看着窗外混混沌沌雪粒弥漫着的北国世界。

小猪已经死了两头了。三大爷只好顶风冒雪地赶着牛车进城请兽医去了。他临出发之前神色忧郁得好像去看病危的爹娘。这使得我心中极为不安。假若不是我占用了那间屋子，那么母猪像往年一样住在那里，一定不会生出这样的差错来。我回故乡除了给祖父和父亲上坟，那些所谓的寻找滞闷、萧瑟生活中的文化之源、生活之意义，于他们又有什么好处呢？

我爷爷过世的前一天晚上，我曾和他在牲口棚里守着马灯焙一只死猪吃。因为没有酒，所以他的情绪和食欲都很低落，我的胃口也因此受到影响。一阵沉默无语之后，他提出我们互相给对方讲一个故事听。我答应了，由他先讲。

他说古时候有一个卖油郎，因为穷困潦倒，三十多岁还没有娶上媳妇。他住在一间冬不遮风夏不避雨的小茅屋里。因为他的屋子里有一股浓浓的油香味，所以老鼠也就成群结队在此出没。每到深夜时分，青蛙和蟋蟀都叫唤累了的时候，老鼠就开始在他的屋子里吱吱地叫。他开始很讨厌那声音，但久而久之就听得顺耳、亲切了。没有老鼠的叫声他就觉得整个的生活都失去了光彩。

后来，他娶上了媳妇。他的媳妇又漂亮又能干，他的茅草屋变得温暖干净了。她把屋子中的老鼠全部用毒药药死了。卖油郎从此再也听不到夜半时分老鼠吱吱的叫声。他感到丢了什么似的，他开始寻找老鼠的踪迹，可是所有的老鼠都离他远去，他一只也寻不见。他开始变得暴躁不堪，后来，他就把媳妇用柴刀杀了。他媳妇死后，老鼠重新回到了屋子，他才又过起平静悠闲的日子。

爷爷讲完了，该轮到我了。我觉得他的故事没有讲完，我就接了下去。

卖油郎有一次生病了，他病得很厉害，连炕都起不来了，已经有好几天没有吃到一颗粮食了。他开始想他媳妇，她如果还活着的话，一定会给他做很香的饭并且会喂他水喝的。可媳妇却被他用柴刀砍死了。他越想越心酸，越心酸病情就越严重。后来他就躺在床上病死了。他死后那些老鼠就成帮结伙爬到他身上去吃他的肉，直到把他的骨头也啃啮成碎末才肯罢休。

"你是个多么狠毒的孩子！"我清清楚楚记得爷爷当时听完我续的故事后惊奇地蹦了起来，断言道，"你爸爸说对了，你长大了是不会有好命运的！你不能太精了，要夭寿的！"

他认为我不该把故事继续向残酷展开。因为用柴刀杀媳妇已经够让人毛骨悚然了，更何况让老鼠去蚕食一个人的尸体呢？这太绝情了。因而那天晚上他警告我以后不能再幻想这样的故事，否则，我会成为世界上最不幸的女孩子的。

这似乎有点危言耸听。

傍晚，天色灰苍苍的，而风刮得则更凶了。没有任何一家敢把灯笼挂在外面，因而这本该热热闹闹的大正月就显现了一丝孤寂和冷清。天空中仍然飞卷着迷雾一样的雪粒，使人分不清是正在下着的雪还是被狂风从地面卷扬起来的雪。总之，此时的大兴安岭已是风雪弥漫的世界。

我们听见了一阵微弱的牛车行进的吱吱声，接着，看见一个模糊的身影闪进了院子。这影子很快就飘到鹅圈旁，我们知道进城的三大爷回来了。就在他请兽医之后的短短几个小时的时间，又接连死了四头小猪。这四头小猪如今像一团脏雪一样堆在鹅圈旁边。我不敢想象三大爷看到它们的时候脸上呈现的表情。

我和三大娘连忙出去请他回屋。他站在雪地上，苍老如一棵枯木，面色茫然若失。

"兽医呢？"三大娘问。

"都在过年，上哪儿请去……"三大爷的声音变得格外苍老了，"好容易请到一个愿意来的，又伸手向我要五十块钱的跑腿钱，可我身上只有十五块。我说十五块再加上我的那块怀表干不？他看了看怀表说不干。我那怀表还是我爹留下的传家宝呢！现而今连三十块都不值了？！"三大爷失声恸哭起来，"咱没钱又没手艺，真憋屈呀，连点药都没给抓回来。"

我不敢听那哭声。那种因为生存而发出的朴素的哭声，寒冷的哭声。我走出院子，来到我家的大门前，默默地站在那里，透过板门的缝隙看着久无人住的苍凉的院落。我想，是该把它打开的时候了，就按三大爷的意图办吧。我想曾在这里生动地活过的父亲和祖父，包括现在平静地过着日子的母亲，都不会责怪我的。

我下意识地从口袋中掏出一串钥匙，那串钥匙是刚才三大娘让我开她家下屋的仓库取筛子时用的。我摸出其中最大的一把钥匙，把它试探性地插入锁孔。这时，我却意外地听到了锁分裂的一声闷响，接着，我的脚感觉到一种轻微的疼痛，那把锁已经砸在我的脚面上。我俯下身，将那把锁捡起来，猛然发现那就是十几年前我们家曾经丢失的红锁！

这把锁是我爷爷送给父亲的结婚礼物。据父亲生前回忆，他成亲的那天早晨爷爷曾经拍着父亲的肩膀交给他一把红锁，沉沉地说："自己成家了，要锁好家门。"

父亲聆听他的教诲，果然把家门锁得严严实实。但这把红锁到了我上小学三年级的时候却忽然丢失了。据父亲说那天上午他开了大门后，就把锁放到柴堆上，然后到园子中解手，可回来后就发现锁不见了。那时左邻右舍除了三大娘外，其他人都不在家。但我父母一致认为三大娘不会干这种蠢事，于是，他们就把账算到我家的黄狗身上，认为是它叼跑了红锁，便把它给勒死了。我当时还因为黄狗的死而伤心了多日。可现在我的手中正托着那把实实在在属于我们家的红锁。那把爷爷送给父亲让他锁好家门的红锁！

我觉得异样的寒冷袭上心头。我望着那个为我所熟悉的院落，那个渐渐不属于我们、离开了我们的院落，心中无限悲凉。这时，我听见三大娘的脚步声在寸寸向我逼近，我飞快地重新锁上大门，装好钥匙，迎着无边的寒气朝她走去。

1989 年

观彗记

  天上要出现大事故了，而这事故的发生地就在我的出生地，这真让人惊喜又令人忐忑不安。想想吧，一九九七年的三月九日，晴天白日中，忽然有两分四十六秒的黑暗骤至，跟着，一颗拖着长长彗尾的彗星飞过天际前来"幽会"，那该是如何激动人心的瞬间啊。

  科学家的预测一经公开，便在社会上掀起了轩然大波。一些善于捕风捉影的报纸早已把那场景绘声绘色地勾勒出来。它们像妖娆的广告，弄得人眼花缭乱，更像温柔灯光下一桌丰盛的晚筵，搅得人馋涎欲滴。

  一进入三月我便坐卧不安了。我不断地想象三月九日的漠河，当日全食发生的时刻，那颗被称为"世纪彗星"的海尔－波普彗星果真会浪漫地划过天际吗？它的彗尾是蓝色的还是淡黄色的？

  我最早看见彗星，是在童年时一个夏天的夜晚。当时家人在院子中叫嚷："出扫帚星了！"于是便跑出屋子去看。彗星闪闪烁烁着，又白又亮，的确形如扫帚。现在想来，它更像一株开满梨花的树。彗星给我留下了很美的印象。只可惜以后的岁月，我再无缘与它相见。日偏食倒是见识过两回，只不过觉得天稍稍黯淡一些，很有些阴雨的气象，而圆满的太阳很快又复现出来。有一年看过月全食，当时父亲还健在，他是从墙上挂着的日历中得知月亮将要消失一刻。于是当夜全家人在那个时刻站在晴朗的院子中看那轮奶色的圆月如何一点点地被蚕食，仿佛真有一只天狗把月亮当成面饼吃掉，而且吃得那么干净利索，一丝残渣都未留下。刹那间强大的黑暗像奔腾的烈马一样长嘶而至，我们体验到了什么是真正的黑暗。记得父亲当时返屋后感慨地说了这样一句话："算得可真准啊。"

　　他指的是关于月全食的准确预测。他进而攻击喜欢算命的母亲，说天上都没有什么秘密可以躲过人的眼睛，那么人的命运不过是白纸一张，无非生老病死，算来算去也逃不出这几项，没什么玄妙的。不过父亲对人造卫星上天抱有微词，认为天上的星星够多的了，它们各自拥有固定的轨道。人造卫星上了天，就是抢占其他星星的位置，就是侵略，早早晚晚没有好下场。他大约是把那卫星当成了希特勒。我当时想，卫星要是掉下来，别砸着我窗前的稠李子树和院子里的黄狗就行。稠李子树开白花，春天时花朵繁盛得罩住了我的窗口，香气一波一波地滚来，就像狗舌头在一下一下地温柔地舔我的手心，让人爱惜得不行了；而黄狗是我最忠诚的伙伴，它们于我来讲是难以割舍的。

　　老人们说月全食就是天狗吃月亮。天狗什么样？我没见过。问其他人，也都说没见过。我想没见过的东西便可以随心所欲地梦出来，可在梦里也没见过它，哪怕能梦见它的舌头也好啊。看来天上的狗就是不同凡响，不肯轻易入凡俗人的梦中。

至于彗星，老百姓都认为它是一种不吉祥的星。比如一种生得像水杉树一样纵横的眉被称为"扫帚眉"，相书上说长这种眉毛的人一生坎坷、厄运不断。而若哪一家的儿媳进了婆家门，使婆家祸事连连，别人便称这儿媳为"扫帚星"。

天狗吃月亮不要紧，因为它是在黑暗中偷偷地吃，吃时黑暗，吃过也是黑暗，虽然黑暗的深浅和轻重不同。但天狗吃太阳可就不一样了，因为它是在光天化日之下明目张胆地吃，把好端端的一个白天就突然给吃黑了。想必在白天吃太阳时，天狗便会原形毕露了吧？若是它吃急了，噎着怎么办？若是那太阳太炽烈了，烫着它的舌头怎么办？若是那太阳里藏着几条银白的骨头，硌着它的牙又如何使得？这不知好歹的天狗！我倒要去瞧瞧，看你如何吃掉满面灿烂的太阳。也许当彗星横空出世时，它会吓得落荒而逃。

漠河上空即将出现这样的大事故了，我不能在哈尔滨冷眼旁观。于是马上打电话给神通广大的水艳，求她从速给我订一张去大兴安岭的卧铺票。水艳当时就说："你要去看彗星吧？这几天去那的票紧张得要命，全是去看彗星的！"

我说："日全食与彗星同时出现，这可是千年不遇的事。你务必给我搞到一张票，硬座也行！"

水艳毕竟是那种做事所向披靡的人，所以她很快送来了一张三月五日的软卧车票。她打趣我："当心天狗吃撑了掉下来，咬掉你的鼻头！"

我笑了，"那它还不吃得满嘴的大鼻涕！"

登上火车后我便有了一种初恋赴约时的感觉，甜蜜、激动，魂不守舍，仿佛与日全食相约的不是那颗日夜兼程向我们飞来的彗星，而是毫无星光色彩的我。包厢里已经有两名旅客了，是一男一女，他们偎在一起咕咕低语。男人很胖，穿棕色皮夹克，满脸的肉褶，塌鼻子，眼睛倒是比较大。左手除大拇指和小拇指外，并排戴了三只硕大的金戒指，除了让人无法判断他是否已婚外，还让人觉得那只手招摇得令人恶心。三枚隆起的金戒指就像是腆着肚子的蜜蜂一样蜇着他，让人为他疼得慌。直觉判断，他应该是一个商人。那女孩看上去比男人小许多，虽然天色还冷着，但她却穿着短皮裙，水红色的羊毛短上衣上缀着一条很粗的金项链，坠子是心形的。耳环则是线形的，很长，质地也是金子的，它们垂向肩头的样子就像是两缕童子尿。女孩的戒指戴在中指上，使我明白她未婚。正在我一边悄悄打量他们一边喝水的时候，那男人忽然笑着问我："小姐，你是去加格达奇的吗？"我笑着点点头。

"请问你是上铺还是下铺？"他依然满脸堆笑地问我。

"上铺。"我说。

那男人和女孩都现出极其失望和沮丧的表情，我明白他们的铺肯定是一上一下，他们想把另一张上铺调到下铺，这样晚上亲昵时不必爬上爬下地周折。

开车铃声响起来的时候，包厢里最后一名旅客才汗流满面、气喘吁吁地进来。他又矮又瘦，肩上手上大包小裹的，戴一顶惹人发笑的彩色儿童绒线帽，鼻梁上一块红印，眍着眼看我们，说："九号铺在这个包厢吧？"

胖男人连连说着："对，对，九号铺就在这儿。"他指了指我坐着的地方，并且殷勤起身帮助这位旅客安顿行李。我注意到他带着全套的摄影器材。这时火车剧烈抖动一下，缓缓离开了站台。矮瘦男人趔趄了一下，腰撞在茶桌的边缘上，他捂着腰"哎哟"叫着，说："北方人开车怎么这么冲？"其实他不用这语言表达他对北方人的不满，我也能从他的言谈举止中看出他是南方人。放好行李，他一屁股坐在铺位上，拧开一瓶矿泉水咕噜噜地喝起来。他擎矿泉水的手哆哆嗦嗦的。喝过水，他仔细把矿泉水的盖子拧好，然后起身撩起窗纱看了一眼窗外，嘟囔了一声："这么黑了？"然后又坐回原处，哆哆嗦嗦从绿色羽绒衣口袋里取出已经一分为二的眼镜，它显然是被摔碎的，正断在鼻梁的位置。我便恍然大悟他为什么要觑着眼看人，而且也明白了他鼻梁上的红印是终年戴眼镜卡出来的。

"你们谁有胶布？"他环顾左右地问我们。

我们都说没有，他极其失望地叹了口气。这时恰好服务员进来换票和登记，他又问她，服务员热情地说有针线和常用药，不过没有胶布。他耸了一下肩膀，大约觉得服务员的那番话纯属多余。服务员煞有介事地把每个人的身份证上的姓名和号码登记在一个天蓝色硬壳本子上，然后告知茶炉的水再过半小时就会烧开，说着转身出去了。

南方人万分沮丧地看着手中断了的眼镜，就像车夫看着跟随自己多年的旧马车上朽了的车轮一样充满怜惜。

胖男人大约觉得该是提出换铺的时候了，于是就递了一颗烟给他，说："抽一支，解解乏。"

"谢谢。"南方人说，"我不吸烟。"

"你近视得厉害吗？"胖男人问。

"左眼五百度。"南方人突然打了一个喷嚏，他停顿了一下，然后用浓重的鼻音说，"右眼也恢复到五百度了。"

"你这是去漠河看日全食吧？"胖男人又问。

"对对。"南方人以为遇到了同路人，很兴奋地问，"你们也是去看日全食的吧？"

"不是，我们是回加格达奇。"胖男人不无炫耀地说，"我在加格达奇开了一家大饭店。"接着他指了指身边的女孩说："她在储蓄所工作。她嫌在加格达奇吃不到活的海鲜，我说这有什么，咱们到哈尔滨吃去。你知道吗？她在大富豪酒家一口气吃下一只当天从广州空运来的大龙虾，还吃了四个螃蟹，玉儿，你说是不是？"

被唤作"玉儿"的女孩娇羞地把头靠在胖男人肩上。

南方人沉下脸，继续摆弄那副破眼镜。

胖男人自知无趣，所以就咳嗽了一声问南方人："让我来看看你的眼镜，如果是塑料框的，我就用打火机燎一燎，把它们粘在一块。"

"不是塑料框的。"南方人冷冷地说。

"咳——"胖男人又咳嗽了一声，低声下气地对南方人说，"跟你换一下铺行吗？"他拍了拍身边的女孩，说："她有心脏病，爬到上铺不方便。"

"那你跟她换不就行了吗？"南方人说。

"我也不能到上铺，我得在下铺照顾她。"

"不换。"南方人干脆利索地说。

"我知道下铺比上铺贵。"胖男人说，"补偿给你五十元怎么样？这一张票也不过一百八十块钱。如果你嫌少，一百怎么样？好了，就一百了，说定了！"

"不换！"南方人愠怒地起身拉开包厢的门出去了。

胖男人没有好气地说:"这人怎么这么死心眼,大傻 × 一个!不叫这么多傻 × 去漠河看鸡巴日全食,没多少人坐软卧,咱们就可以像上次一样包下个包厢!"

"你说日全食有什么看头?"女孩附和道,"跑这么远来看那玩意,真有闲心!"

"看他那模样,肯定是个傻 × 记者!"胖男人毫不忌讳地骂,"浑身刮不下二两油来。"

"算了。"女孩用鼻音说,"熬一夜就到站了。"

他们不仅骂了南方人,而且连带着把我也骂上了,因为我也是去看日全食的,这真令我怒火中烧。我觉得这两位不惜花重金去哈尔滨吃活海鲜的家伙才是不折不扣的傻 ×!于是南方人回来后我便热情地同他打招呼,说自己与他同路,也是去漠河的。

"听说漠河的住宿相当紧张,老百姓家都住满了,是这样吗?"他风急风火地问我。

"你放心,我有亲戚在漠河。实在不行你就跟我去亲戚家住。"

南方人喜出望外地一抬胳膊说:"太好了!"

"你从哪儿来?"我问。

"今天上午从上海飞来的。"他说,"不过我不在上海工作,是离那比较近的一个小城。我在那个小城的报社当记者。"

"噢。"我说,"今天下了飞机就能搞到软卧,看来哈尔滨有熟人?"

"哪里哪里。"南方人说,"我是第一次来北方,没想到这么冷,下飞机时我还穿着单裤。赶紧叫了辆的士进城,可的士不打表,进了城硬朝我要二百元。我一看司机又粗又壮,很凶,就把钱给了他。我先进商场买了羽绒衣和帽子，听人说漠河冷时能把人的耳朵都给冻掉了。下午我吃过饭后就到火车站买票，可是连坐票都没有了。我就朝票贩子调票，本想弄张硬卧，我报销不了软卧，可等来等去都是软卧，我一看再不决定就要误车了，就要了软卧。谁承想上车时一挤，眼镜掉在地上碎了，真晦气！"

他这番话使我明白了他先前说话的语气中所流露的对北方人的不满。

"票贩子多要你多少钱？"我问。

"一百五。"

"为了去看日全食——"我故意竖起大拇指大声说，"值！"

"我觉得也值。"南方人显然高兴了，他滔滔不绝地说，"这次不仅能看到日全食，还能看见彗星。我看了一份资料，说是历史上日全食与彗星同时出现，只有三次记录。一次是一八八二年五月十七日在埃及，一次是一九四七年五月二十日在巴西，还有一次是一九四八年十一月一日在肯尼亚。这次是有史以来的第四次，千万年不遇的机会，我们怎能错过呢！"他对资料如此准确的引用，除了说明他记忆超群之外，足见他对此次观测活动心仪已久。

"就是，绝对不能错过。"我兴高采烈地说。我想我和南方人对日全食无与伦比的迷狂足以气煞那两个在灵魂里认为我们是傻×的人。

南方人变戏法似的从羽绒衣的大口袋里摸出一个蜜橘，递给我说："吃一个解解渴吧。"

我愉快地接过蜜橘，对他说："把你的眼镜给我，我能帮你把它粘上。"

"你怎么弄？"他问。

"你甭管了。"我拿着断裂了的眼镜去了广播室。我说有一位记者去漠河采访日全食的观测活动，不小心摔碎了眼镜，他近视得很厉害，如果不戴眼镜就容易把电线杆当人，而把人当成衣架看待。广播员听后笑起来。按照我与列车上打交道的经验，我还把此人说成是《人民日报》的名记者。我杜撰这点是很重要的，因为他们对著名新闻单位记者的热情总是像正午的阳光一样奔放。

广播员果然很快用使人昏昏欲睡的软绵绵的拖腔广播了需要胶布的消息。大约十分钟后，有一位步履蹒跚的旅客朝广播室走来了。他六十上下，胡子拉碴，戴一顶黑呢毡帽，探出的鼻毛湿津津的，给人一种脏兮兮的感觉。他哑声哑气地问："谁要胶布？"

"是我。"我连忙笑着迎向他。

"你要干啥用？"他又问。

"粘一副眼镜。"我说。

他开始把手伸向裤兜里摸索，并且对我说："我没有胶布，不过这个跟胶布差不多。"他摸出来一帖风湿止痛膏，说："我是老寒腿，膝盖常常疼，一出门我就得带着它。我估摸它也能粘住眼镜。"

我连忙接过风湿膏，并且频频向他致谢。他说："出门在外，谁还没个难处？不用谢。我知道近视眼要是离了眼镜，就跟驴被蒙上眼罩一样两眼一摸黑！"

我和广播员都笑了。我把风湿膏撕成条状，将眼镜粘合在一起。虽然说外观看上去不太雅观，但总算能用了。

南方人迫不及待地戴上了眼镜。由于胶布裹得太厚，他说有些硌鼻梁，不过他仍然兴致勃勃地说戴戴就习惯了。他武装上眼镜后神情马上活跃起来，不再觑着眼看人，而且说话时语气也平和了。而我看他的样子却有几分滑稽，他鼻梁上的那块白使人联想到京剧中的小丑，我忍不住暗笑起来。

"我叫王无寺。"南方人心情很好地对我做着自我介绍，"无是'有无'的无，寺是'寺庙'的寺，是我母亲给取的名字。"

"这名字挺怪。"我说，"你母亲是读书人？"

"哪里，她只是个乡下女人，识不了多少字。"王无寺说，"我有个大舅，叫牟云台，他特别英俊，还上过大学。全家人都指望他光宗耀祖，可是有一年七月他却突然剃度为僧，在灵隐寺出家了。我母亲姊妹四人，只我舅舅这根独苗，可他不想给牟家传宗接代了。气得我外公大吐血而死。外婆倒是活了下来，可她精神不好了，天天晚上都要扶着门框说：'我儿云台怎么还不回家？'我母亲恨死了舅舅，说他自私，咒他来世下地狱去。所以我一出生她就有些慌张，说不管我将来怎样，只要不当出家人就行。"

"所以就叫你'无寺'？"我问。

他点点头，说："我师专毕业刚分到报社，母亲就从乡下领来一个姑娘让我定亲。那女孩只读过三年小学，我说不能娶她，我母亲就说她要上吊。"

"后来你娶了她？"我问。

"没有。"王无寺说，"不过为了免她担心，我很快结婚了。"他的语气有点低沉，似乎不愿意再继续这个话题，所以他话锋一转问我："你家怎么会有漠河的亲戚？"

"因为我就是漠河生人。"

王无寺"霍——"地站起来，他大声说："你怎么会在漠河出生？"听他的口气，仿佛漠河不应该是诞生人的地方，而从那里出来的人就会给人一种天外来客的感觉。

我笑了，"我怎么不能在漠河出生？"

"噢，我不是说那地方不好。"王无寺解释道，"我只是听人说，漠河那一带的人都矮矮壮壮的，肤色特别黑，喜欢喝酒打猎，跟爱斯基摩人差不多。而你却不像他们所说的那种人。是不是因为你离开的时间太久了呢？"

"其实漠河一带水土特别好，那儿的姑娘肤色白净。"我揶揄王无寺，"不见得比你们的苏杭女子差。"

"漠河冬天那么长，人们吃什么？"他问。

"仓房里有粮食，地窖里有秋季时储藏进去的蔬菜，主要是土豆、大白菜和萝卜。"我说。

"地窖是什么东西？"

"到时我领你一看就知道了。"我说。

王无寺又打了一个喷嚏，这下他打下一串清鼻涕，他有些难为情地去找手绢，而手绢一时又不知掖到哪里去了，那串鼻涕顺势发展，越伸越长，马上就要越过嘴唇了。他窘迫地起身冲出包厢，大约五分钟后，他和颜悦色、干干净净地回来了，鬼知道他是怎么处理了那串鼻涕，是吃回肚里了，还是擤进厕所了？

"这地方太冷了，已经三月了，真想不到。"他说。

"你大约要感冒。"我说，"南方人初来这里一般都不适应，你赶快吃点药，不然旅途发起烧来会很麻烦。"

"我一下飞机就吃了病毒灵和维 C。"他说，"没想到还是没预防好。"

"多喝点白开水，睡一觉就会好的。"我说。

对面那对男女拿出牙具出去洗漱了，包厢里只剩下了我和王无寺。王无寺小声对我说："我看那女孩是被那男人给包下来的，你说那男人跟猪一样难看，这女孩跟他真是可惜了。"

"各取所需嘛。"我解嘲道。

"你结婚了吗？"王无寺突然小心翼翼地问我。

"还没有。"我说。

他立刻兴奋地说："你太英明了，不结婚太好了。我告诉你，婚姻实在跟旧时代女人的裹脚布一样臭。"他突发灵感地指着窗外说："结了婚的日子就跟外面的天色一样暗无天日，而夫妻双方又都像坐上了一列只有终点的火车一样身不由己，只能由着它走下去。"他跺了一下脚说："别指望那终点是天堂，它跟地狱没什么区别。"他那副痛心疾首的模样，仿佛他老婆是传说中的恶魔，生生把他放在油锅上大煎特煎了一通。而我则不喜欢一个男人当着女人的面发婚姻的牢骚，经验告诉我，这样的男人往往缺乏温情而又朝三暮四，一事无成。所以我有些败兴地说着时候不早了，也起身出去洗漱了。

我们各就各位后是胖男人把灯关掉的。包厢的门并不严丝合缝，从门下探进来一缕昏黄的走廊的光线。车轮"咔嚓、咔嚓"的前行声在消去了人语的包厢中显得格外清晰。才过九点，我毫无睡意，意识清醒如一潭清澈见底的清水。我想起了一座又老又旧的茶楼，可惜它叫什么名字我已忘记了。茶楼是木制的，楼梯很窄，桌椅下面铺着苇席，墙上装饰着风干的麦穗、谷穗和狗尾草，收银台一侧的木架上陈列着形形色色的茶具。那是 P 城的一家茶楼，是一位与我只有一面之交的朋友带我去的。我们初次见面是在由哈尔滨开往上海的火车上，也是入夜时分，我去洗脸间洗漱，见一个男人满嘴溢着牙膏沫在刷牙。由于列车有些颠簸，所以他看上去摇摇晃晃的。他手中提着一只轻飘飘的白色牙缸，见我要进洗漱间，就用空牙缸指了指水龙头，然后竭力地摇头，我便明白水已经用光了。他依然一丝不苟地刷牙，唇角溢出的牙膏沫越聚越多，一股清香味撩人地飘浮着，仿佛他使用的牙膏是用青草榨成的。他那不惊不诧的表情赢得了我的好感。只有心境平和、生性宽厚的男人在处理此类尴尬事时才等闲视之。我不知道他最后如何处理那些牙膏沫，所以回到车厢把喝剩的半瓶矿泉水拿过去。他一见我过来，就主动把牙缸伸过来，很自然地让我把矿泉水咕咕地倾倒进去，然后俯身在洗脸池前，飞快地把口腔冲洗干净。

他直起身来湿着嘴对我说的第一句话是："你这矿泉水是假的。"

我本以为他会诚恳地谢我，想想吧，生活中谁会舍得用矿泉水刷牙呢？用了人家的东西还要挑毛病，真是不识好歹。我不无挖苦地问："如果我不给你拿来矿泉水，你就这样干刷下去？"

"反正坐火车也挺无聊的，多刷一会儿牙还能消磨时光。"他说，"至于水嘛，你慢慢等，说不准它什么时候就会来。"

我恶毒地想，只要蓄水用完了，在火车上，你只有等到火车停靠大站上水后再用。你若等不及，而又没有存下的水救驾的话，除非用自己的尿水来解燃眉之急。

"你去哪儿？"他问。

"上海。"我说，"去开个会。"

"开会是最无聊的事。"他眨眨眼，自嘲地说，"不过我也常常这样无聊。"

"听你的口音不像是哈尔滨人。"我问,"来哈尔滨出差?"

他摇摇头,说:"是为私事。我姑姑病危,父亲半身不遂,派我来看她。我本以为病危的人挺不了几天就会死,想在哈尔滨料理完她的丧事再回来。谁料我等了一周,她还没有死的意思,我单位一大堆事,不能再等了。"

他的话使我忍不住发笑,我问:"你姑姑多大年纪了?"

"七十一了。"他不无鄙夷地说,"照我看活得也够本了。"

"等你到了七十一岁也会和你姑姑一样,越活越想活,"我说,"这是规律。"

"也许吧。"他有些落寞地说。他接着告诉我他姑姑在他离开医院时大骂他是个不肖子孙,咒他乘坐的火车出轨或者在通过桥梁时一头栽进河里。还说最好他在火车上感染上伤寒或鼠疫,即使到达目的地也会被隔离起来。

"真够歹毒的。"我笑着问,"她没文化?"

"是个从事自然科学的高级知识分子,五十年代曾在苏联留过学。"他慨叹道,"她在病床上躺了五年,人已经完全变态了,见到我姑父跟女护士说话,她就说他在勾引女人,你想我姑父已经是快八十的老头了。"

"咳——"我叹了口气说,"人活到这份上真没意思。"

"那怎么办啊?"他一摊双手说,"总得活下去啊。"

我们离开洗漱间到车厢里聊天,我知道了他叫周方庐,在 P 城一家广告公司工作。他穿一件土黄色圆领棉绒衫,下身是条灰色水洗布裤子。他本来个头就不高,加上那裤子上忽东忽西地吊着五六个口袋，且口袋都鼓着，给人一种下坠感，使他显得更矮。他很健谈，喜欢打手势，他抨击时弊时一副义愤填膺的样子。他一会儿从裤子的口袋里掏出一盒烟，一会儿又摸出个袖珍录音机，让我听一首歌。那是一首女中音演唱的音域浑厚有些苍凉的歌曲，在嘈杂的列车上能戴着耳机倾听这样一首歌曲，的确使人的心底漫起了一股浓浓的乡愁。我赞美了那首歌，他就不无得意地嗫着嘴说："当然了，这是柯华的歌儿，不可能差的！"

虽然我并不是风起云涌的流行歌坛的一名追星族，但还是觉得柯华的名字实在陌生。在我的追问之下，他说柯华是他老婆，写歌唱歌只是业余爱好，而且她的歌只唱给周围的朋友们听，她这种人不可能进入歌坛，但她却是最纯粹的音乐人和歌手。他对妻子毫不掩饰的赞赏使我吃惊不已，因为中国男人基本不在公众场合赞美妻子，大约与他们把妻子当作私有财产看待有关，而私有财产是不宜张扬的。这使我更增加了对他的好感，因为能够承认妻子出色的男人在品质上一定是优秀的。讲过柯华，他又从裤兜里掏出一个小巧的、用白桦木做成的工艺品，是座有着层层叠叠小空间的迷宫，看上去很别致。他举着它对我说："这个不错吧，在你们哈尔滨的一家木器商店买的，周久一定喜欢它。"

"周久是谁？"我问。

"我儿子。"他不无得意地说，"他九岁了，特别淘气，是我此生最出色的作品。"

那列由哈尔滨开往上海的列车到达 P 城是次日傍晚。周方庐下车时送给我一张名片，并且把手机号码添上，嘱我有机会到 P 城时给他打电话。周方庐下车的那个夜晚我失眠了，而又一日凌晨到达上海时又恰好赶上灰蒙蒙的梅雨天气，我愁肠百结，一副丧魂落魄的模样。我很恐惧这种突如其来的情感，因为它带有自戕的色彩。所以会议期间我把夜生活安排得很满，不是到外滩纳凉看灯火，就是到城隍庙喝茶。然而这无济于事，只要稍有空闲，周方庐的影子就像清晨骤然拉开窗帘时那一瞬间的天光一样破窗而入，温柔的亮色笼罩着我的周身。

下铺的胖男人悄悄起来了，他站起身。火车刚好停靠在一个小站上，包厢被月台的灯光映出一片奶色，他将手伸向女孩的被窝。那女孩也许正在等待这个时刻，她探过头来，两个人如醉如痴地亲吻着，亲昵声就像婴儿漾奶的声音。我连忙翻了个身，将头扭向靠木隔板的那一侧。火车大约停了五分钟，他们也就忘我地缠绵了五分钟。大概后来兴犹未尽，所以过了没有多久，那女孩就从上铺溜到下面了，很快又传来了一片莺歌燕舞的呢喃声。我听见王无寺不停地翻身，最后他大约实在忍不住了，于是主动要求和女孩换铺位，还迫不得已找出一条理由，说他感觉火车很脏，恐怕会有老鼠流窜，万一爬进他的被窝可不得了。胖男人和那女孩在黑暗中连声感谢，王无寺以败将的身份爬到上铺，他安顿下来后微妙地叹息了一声。火车大约在爬坡，所以觉得车速有些慢，车轮声也格外浊重。这种时刻，我是迫切希望过道里人来人往，那样的话会有络绎不绝的脚步声能够掩饰下面的亲昵声，然而过道里只是偶尔有人走过。

王无寺突然在黑暗中大声说话了："哎，你看过彗星吗？"

他判断出我也没有睡，而我也觉得和他继续聊天是缓释紧张气氛的一种最好办法。于是我连忙回答："看过。"

"你知道彗星是由什么组成的吗？"他问。

我搜寻着自己有限的天文学知识，然后说："彗星是由彗核、彗发和彗尾组成的。"

王无寺毫不掩饰地笑了。"你就像小学生在回答老师的提问。"他说，"你知道吗，彗星的核心部分是由含有很多尘埃的冰雪球组成的，其实也就是脏雪球。"

"不可想象。"我说，"我总是固执地以为，发光体的核心部分也是凝聚的光。"

"其实我也是为了此次观测活动准备资料时，才比较详尽地了解了彗星。"他说，"有的彗星是蓝尾巴，而有的泛黄，你说海尔－波普彗星的尾巴是蓝还是黄？"

"我可猜不出来。"我说，"就像旧式婚姻一样，你只有撩开新娘的红盖头，才会知道她长得什么模样。"

王无寺又一次笑了，他声音很大地说："你这人说话真有意思，不过我希望这颗彗星是蓝尾巴，我喜欢蓝色。我小时候见过一次彗星，是黄尾巴的，样子就像有一只大松鼠在天上跑。你见过的彗星是什么颜色的？"

"好像是白色。"我说，"它的尾巴很大。"

"你如果感觉是白色，那其实就是黄色彗尾的彗星。"他说。

"也许吧。"我说。

"漠河现在估计能有多少度？"他有些忧心忡忡地问，"我这一身衣服顶得住吗？"

"绝对没问题。"我说，"白天时也就零下二十几度，早晚时大约会有零下三十度，不过那时又不出门。"

"那里能发传真吗？"他又迫切地问。

"我估计在漠河县城发传真不成问题，若是在漠河乡可能就比较困难。"

"什么什么？"王无寺急了，"漠河有两个？"

"漠河县城所在地是西林吉，而真正的漠河乡在北极村，它们相距百里。"

"那你亲戚家在哪一个漠河？"

"乡里。"我说。

王无寺叫道："我喜欢乡里，我要跟你去乡里！"

我和王无寺亮着嗓门大约谈了半小时的话，我觉得口干舌燥，但又不便下去取水喝，于是就主动不说话了。王无寺察觉到了，他问："你累了？"我哼了一声，他也就再不说话了。然而我仍然无法入睡，周方庐的影子又像池塘上的夕阳一样动人地出现了。而包厢下面的那对男女仍然时时制造出一种使人心惊肉跳的声音。他们绝对不会白白浪费这样一个飞驰的夜晚。

"唉，去漠河乡还是不行，不能发传真怎么办？这不是把正经事都耽误了吗？"王无寺自言自语地说。

我佯睡着，没有搭腔。

"咳，这风湿止痛膏的胶布药味可真大！"王无寺又一声喟叹。

这下我差点笑出声来。我想王无寺这个人也真蠢，既然那膏药味如此浊重，何必还把它架在鼻梁上受苦？晚上睡觉时把它摘下来不就行了吗？可我懒得提醒他。

包厢的门忽然被人给敲响了。我就像听到新年钟声一样为之一振，王无寺也敏感地翻了一下身，并且欣喜地说："是敲我们的门吧？"敲门声越来越响，我听到下面一片忙乱声，胖男人气喘吁吁地说："稍等一下。"然而过道里的人大约没有听到他的声音，仍然持之以恒地敲，这样大约又过了两分钟，胖男人才把门打开。走廊的光像淘气的小狗一样"汪——"的一下溜进来。我探出头，见是手中掂着一个橙黄蜜橘的广播员。胖男人穿件短袖 T 恤，满脸流汗，而女孩则蒙头在被窝里。王无寺也探过头来。

"你好——"我对广播员说，"是找我吗？"

广播员抬了一下头，她发现了我，嗔怪道："你看你，刚才拿着这个蜜橘去征集胶布，走时忘把它带回来了。"

"一个橘子。"我笑着说，"你吃了不就算了。"

"你要是丢下苹果我可能就吃了，可我一吃橘子就上火，嗓子疼。"她说着走进包厢，把它放在茶桌上，然后问，"那位记者的眼镜能戴了吗？"

"能戴了，能戴了！"王无寺连忙指了指自己的眼镜。

广播员大约也觉得他戴眼镜的样子有些滑稽，于是就哈哈笑了，说："西林吉有眼镜店，先这么将就一路，到了那应该配副好的。"

王无寺说："没关系，能戴就行。"

广播员又说："我是刚刚停了广播，不然早就把它送过来了。你们怎么睡得这么早？"

"主要明天一大早还要换车。"我说，"只有半小时的换车时间，但愿它不要晚点。"

"反正现在是正点。"广播员安慰道，"放心吧，准保能让你换上去漠河的车。"

广播员离开包厢时，我求她把那个橘子递给我，所以包厢又陷入黑暗后，我就躺在被窝里无比舒畅地剥橘子。橘皮汁液浓厚，溅得我脸上一股甜香气，而且橘肉也格外饱满，没有核，吃得我仿佛嗅到了江南绿意蒙蒙的烟雨气息。我想胖男人和女孩一定败兴之极，他们会在心底骂广播员是个惹是生非的傻×，一个橘子还值得送回来吗？而我并不知道她如何找到了我的包厢，但这一切并不重要，反正一个橘子落肚后我满嘴清香，而且有一种强烈的睡眠欲望。这时王无寺突然问我："你吃了橘子不刷牙就睡？"

"嗯，不刷了，下去刷牙太啰唆了。"

"怪不得你的牙那么差。"他叹息一声，仿佛我那一口有碍观瞻的坏牙败坏了他的情绪。

三月六日凌晨的加格达奇给人一种被流放到西伯利亚的苍凉感。站台上飞雪漫卷，风尖利地号叫着，使本来就突出的寒冷越发嚣张。开往西林吉的列车已经出库，绿色车体上镶嵌的玻璃窗一律蒙满白霜。我找到了地委宣传部的一位女同志，按照事先联系好的，由她把我接到软卧车厢。王无寺提着大包小包浑身打着哆嗦，狂风中我无法开口跟他说话，只能打着手势让他跟住我。然而到了车厢口，他却被服务员挡在下面。我连忙向接我的同志解释说这是我的一位记者朋友，也是去采访日全食的。宣传部的人便说"欢迎欢迎"。虽然乘务员开恩为他放行了，还是申明软卧的所有包厢都已客满，再无铺位可补了。

车上闹哄哄的。有一股霉味裹着温热气像旧时代老鸨的暧昧笑容一样迎面而来。我知道是过道那条又脏又破的红地毯发出的气味。每个包厢都开着门，而里面几乎都塞满了人。我们一直走到尽头，才挤进最后一个包厢。王无寺进去后积极地把所有人的东西搬到上铺的行李台上，然后他跳下来对每一个人讨好地微笑。

"我们以为你是一个人回来，所以只留了一张铺。"宣传部的同志对我解释，"不过不要紧，反正是白天的车，你的这位朋友就不用补票了，大家换着歇歇。你们昨天乘的是卧铺吧？"

"是卧铺。"王无寺抢先答道，"是软卧呢。"

宣传部的同志说："这就好，今天就不会觉得太累。大家说说话，打打扑克，一天很快就能混过去。"

"太谢谢了，太谢谢了。"王无寺点头哈腰地说。

王无寺的表现令我失望。我讨厌过于卑躬屈膝和多嘴多舌的男人。宣传部的同志还要下车去接另外两个人，包厢里只剩下我和王无寺。王无寺指着窗外说："这地方简直太冷了，这种地方怎么能活人呢？"

"可我在这生活了五年。"我冷冷地说。

"五年?！"他大叫道，"你真了不起！"

现在我愈发觉得自己只因一时头脑发热，为了同仇敌忾对付胖男人和那个叫"玉儿"的女孩，而错误地和他结成统一战线。我还大发善心地为他粘上了眼镜，否则这个家伙现在肯定在狂风呼啸的站台上跌跌撞撞地不知所措。看来为着某种共同利益结成的统一战线极不可靠。我甚至打算到了西林吉后就找借口把他甩掉。

宣传部的女同志又笑吟吟地带进来一对中年男女和一个男孩。她向我介绍说，他们是从北京来的一对夫妇，从事文化工作，专程陪十二岁的儿子来漠河看日全食的。

"那不耽误功课吗？"王无寺饶舌地说。

男孩将背包扔到铺位上，摘下帽子，咧嘴一笑说："我把每门课都提前学了一周，课程落不下我，我不落它就算不错了。"男孩厚嘴唇，两颗门牙又白又大，给人一种方方正正的感觉，而且两颗门齿间豁着牙签般粗的缝儿。他笑的时候那两颗门牙就像两个阳光充足的窗口，给人一种分外明朗的感觉。

"你们也是刚下从哈尔滨来的那趟车吗？"我问。

女主人说："不，我们是昨天来的。昨天车晚点，没有赶上这趟车，我们只好在加格达奇停一天。"

男孩接过话兴冲冲地说："能停一天多好呀，要不我就不知道加格达奇什么样，也不能去嘎仙洞了。"

"你们去了嘎仙洞？"我说，"那得到阿里河。"

"我们昨天下午领孩子去的。"女人说，"开始听人介绍时还有些疑惑，很难相信拓跋鲜卑祖先居住在那里，看了洞内西壁的石刻铸文，我才知道那是真的。"

"刻几个烂字就能当真吗？"男孩说，"没准是谁闹着玩瞎刻的呢。不过那个洞可真是了不得，那么长，那么宽，又那么高，并排跑三辆大卡车也没问题。"

"刻在石壁上的字怎么能是假的呢？"男孩的妈妈说，"不许胡说八道。"

"我要是活在那个朝代，就给它胡刻一气，反正洞里的石头挺多的。"男孩一说完，他妈妈就满面愠色地瞪着他。男孩撇了一下嘴，从背包里取出一个望远镜，到过道去了。

男孩的爸爸站在上铺的脚踏板上，准备把旅行包一一摆上去。可是王无寺的包侵占了大部分空间，他就把它们往一起挪。这时王无寺像企鹅一样伸着脖子紧紧盯着，他的手指又开始哆嗦不已。他说："麻烦你轻点，这套摄影器材是单位最好的，十几万元呢，我签了字担了保才带出来的。它是日本原装的相机，我要用它拍日全食和彗星的，它要是出了问题，我这一次就白出来了。"王无寺喋喋不休地说着，这真使我大为汗颜，虽然我与他相识只有十几个小时，可在别人眼里，他毕竟是我的朋友。

我对男孩的爸爸说："我的包不怕压，你可以把包放在那上面，是黑颜色的皮包。"

"慢慢地轻轻地挪一挪，还是能腾出空儿的。"王无寺说，"让我来。"

待行李和人都完全安定下来，火车也就开了。宣传部的女同志从旅行包里掏出一袋袋食品，茶蛋、猪蹄、五香花生米、面包、鸡胗、豆腐干等，然后召唤大家一起吃早餐。她又去硬卧车厢喊来同单位的另外两名年轻的男同事，大家挤在两张下铺上吃喝。言谈中得知已经有一列从北京发来的专列先行到达漠河了，七位中科院的院士亲临现场。各路记者蜂拥而至，新闻大战已经开始。我连忙询问最近几天的天气情况，若是像今天这样飞雪弥漫，三月九日的观测岂不成了海市蜃楼？

"据气象部门提供的消息，这两天可能仍会有雪，可到了八、九号肯定晴天。"宣传部一位姓丁的同志说。

"万一九号只阴一会儿天，而阴天的时间又恰好是日全食的时间呢？"我说。

"不会那么倒霉吧？"大家七嘴八舌地说，"别把事情往坏处想，想好事不应验，坏事往往一想就灵。"

早饭后，宣传部的女同志带着她的两名干事去照应火车上另外的一些记者。男孩的妈妈到上铺去休息，包厢里松快了许多。我开始和那个调皮的男孩说话，他说他叫毕亮，从五六岁时就喜欢看星星。他随之告诉我天上哪颗星最亮，哪颗星又比较黯淡，而星星的亮度也是有等级的。他说他最喜欢太阳系内的第七颗行星——天王星，因为它的名字充满霸气。他还告诉我，英国科学家预测，一九九八年十一月人们将可以看到流星雨，届时估计每小时将有上千颗流星划过夜空，它是每隔三十三年发生的一次狮子座流星雨。他还说此去漠河，除了能看到日全食和海尔－波普彗星外，还有希望看见水星。

　　"水星？"我说，"我没见报道中提到这颗星。"

　　"三月十一日二十四时是水星上合日，那么在这前两天，三月九日的时候，水星应该位于太阳西侧，虽然它很挨近太阳，但在日全食时，它肯定跟黑夜中猫头鹰的眼睛一样亮。"他打着手势很激动地说。

　　我很惭愧，因为我不懂什么是水星的上合日。

　　毕亮的爸爸笑着插话说："这孩子为了这次能来漠河，提前半年就跟我和他妈妈商量。他才十二岁，这么大老远的，我们不放心他一个人来。原来是说他妈妈陪他，一个女人家带个孩子，我还是觉得不太放心，就跟单位请了一周假，全家都来了。"

　　"我们班的同学还到火车站送我了呢。"毕亮说，"老师让我好好观察，回来写篇作文。不过我讨厌写作文，我倒是愿意用嘴讲给他们听。"

　　王无寺说："那你可要认真观察，不然就传达不准确。"说完，又抑制不住地打了个干嗝。早餐他比别人吃得急，面包曾把他噎了一刻，结果餐后他时不时弄出一串串干嗝声，仿佛要给单调的旅程增加些噱头。也的确，他一打干嗝，毕亮就会嘿嘿地乐，他爸爸就会故意板着脸呵斥他一声："毕亮！——"而结果他自己也跟着笑起来。

毕亮为了治好王无寺的干嗝，曾跟他开个玩笑，说王无寺刚才裤子的拉链开了，以为按民间传说的吓他一跳会使他呼吸流畅起来。结果王无寺十分孩子气地说："我知道你是在吓唬我，我是吓唬不了的，我长这么大还没有忘拉裤子的拉链过，这是个很关键的地方，马虎不得的！"

我当时笑得几乎气噎，觉得王无寺性格中又有单纯可爱的东西，对他的不满也就落潮了一些。干嗝虽然是一种不良和可笑的声音，然而只要它的主人不把它视为可耻，大家都会觉得这是一种美好的声音。只是他打干嗝的样子有些可怜，脸抽搐着，鼻子和嘴揪到了一块，像是寡妇吊丧。

火车行驶了三小时后，天色明朗起来，随着包厢里温度升高，玻璃窗上的霜花也渐次融化。毕亮便趴在窗口看外面的风景，他一会儿惊诧那树林如此浓密，一会儿又叹息经过的房屋太少。这时有人敲包厢的门，我拉开门，见是一位三十几岁的梳平头的男人，他冲我们笑着，说："对不起，打扰一下。我这里有天球仪，是充气型的，携带很方便，你们需要吗？"

我听出他是北京口音，便问他在什么部门工作。他回答说是天文馆，接着他出示了一页广告和一个样品。样品是一块萎缩的天蓝色塑料，他寻到充气芯，将它含在口中，鼓着腮帮子呼呼地吹起来。顷刻，天球仪又鼓又胀，球体上描绘的十二个星座的动物形象便栩栩如生展现出来。毕亮首先叫道："真漂亮，我要买一个！"

"多少钱一个？"我问。

"十五元。"那男人温和地说，"中小学生用最方便了，上学时可以把气放掉塞到书包里，到课堂需要时再吹起来。"

"就是一块塑料嘛。"王无寺说，"十五元太贵了，我看不值。"

"那我给你们软卧的人卖十二元，怎么样？我刚才在硬座车厢可卖的都是十五元，卖了不少呢。"

"如果我们每人买一个，再便宜一些吧。"王无寺说，"十元吧。"

"十元太少了。"那人说。

"我们是记者，可以为你做免费宣传的，你多给我几份广告单。"王无寺说，"肯定不吃亏。"

"那就十元吧。"那人微笑着妥协了。毕亮自己要了一个，还央求父亲又多买了两个，说是回去送要好的同学；我和王无寺各要一个。那人一一收过我们的钱，然后从背后的黄背包里取出货，又散发了几张广告单，这才谢着离去了。

"王先生还真厉害，一下子讲到十元钱。"毕亮的爸爸说。

"那他也是挣。"王无寺说，"他不可能赔着卖给我们。"

也许一番讨价还价的紧张争执，王无寺不再打干嗝了，他自己也意识到了这一点，十分兴奋地拍了一下胸脯说："嗝没了！"

我们都笑。王无寺叹息了一声："真是商品经济社会了，知识分子也做起了买卖。从北京一路卖到漠河，又看彗星又有了收入，真是两不耽误。"

毕亮一直爱不释手地旋转着天球仪看，他忽然指点着一处对我说："阿姨，你看，我就是这个星座的。"

我和王无寺都伸过头去看，原来是双子星座。那上面描绘着两个并排躺着的男孩，虎头虎脑的样子，煞是可爱。只是相邻的巨蟹座的蟹将触角伸到双子头上，给人一种恐怖感。

"你是什么星座呢？"王无寺问我。

"双鱼。"我说，"你呢？"

"天蝎座。"王无寺说。

"噢，你们俩的星座离得太远了。"毕亮忽然冲口而出，"我看你们俩成不了一家人。"

"毕亮！——"他爸爸又是一声严厉的呵斥，"怎么又胡说八道？这么没礼貌！快跟叔叔阿姨道歉！"

"别别！——"我刚好能找到一个恰当的机会解释我和王无寺的关系，"其实我们昨晚在一个包厢里才认识，交谈中知道都是来看日全食的，又是同行。"

"是这样。"毕亮的爸爸释然一笑说，"不过毕亮也不该这么说话。"

"你怎么说星座离得远的人成不了一家人呢？"我问。

毕亮旋转了一下天球仪，颇为认真地说："听说同一星座的人脾气相似，要爱哭都爱哭，要爱笑就都爱笑。要是星座靠得近，性格也都差不多，互相都能说得上话。要是隔得远，就互相看不顺眼，这样怎么能成为一家人呢？"他颇为精辟地推理着。

我们忍不住大笑起来。毕亮红了脸，他嘟囔道："这都是杜若琳告诉我的。"

"你是不是要把一个天球仪送给她？"父亲笑着打趣儿子。

毕亮对着父亲嗔怪地"哎呀——"一声，然后走出包厢。

"杜若琳看来是个女孩子？"我问。

"嗯，他的同班同学，住我们家楼下。他们一二年级时天天一起上学，到了四年级就不一起走了，说是这样不名誉。你说他知道什么是名誉啊。"

正说着，那个总是笑吟吟的宣传部的女同志回来了，她手中拿着一沓彩印广告和一些观测卡，给我们每人发了一份。广告是地委宣传部策划编印的，印刷质量一般，色彩很怯，但内容却丰富。封面赫然写着"漠河3·9天象奇观向你走来"，第一页是"注意：三千年走来一回"，介绍海尔－波普彗星与日全食的世纪幽会，下面是一幅"春临兴安"的摄影作品。一条从冰雪中脱颖而出的河流，岸上是经冬后仍显深褐色的针叶林。由于色彩失真，河水一派碧绿，美是美，不过这太不像大兴安岭的河水了。接下来是有关漠河的简介和日全食的科普知识，配有"北极村白夜"的照片。最后两页是"广而告之：不要直接用肉眼观看日全食"和"日食彗星消失后，还有奇观供你赏"。前者记叙了一个事例，说是几十年前，因为直接用肉眼看日食，德国有几十人双目失明。这是因为，太阳光以及其中看不见的红外线中含大量热能，被物体吸收后会产生大量的热。当你对准太阳看时，太阳的热能就会聚集在眼底的视网膜上，如果时间长些，视网膜就会被烧伤失去视力。接着向大家介绍了几种观测日全食的正确方法。而最后一页是对"北极光"的诗意介绍，所配发的照片不像是北极光，倒像是原子弹爆炸后腾起的巨大蘑菇云。

"这广告创意挺不错的。"我浏览一遍，对宣传部的女同志说，"完全可以当科普知识手册出售。"

"我们主要以宣传为主。"她告诉我，刚才她带着两名干事挨个车厢做日全食观测的宣传活动，结果有一半的当地人并不知晓三月九日的天象奇观。知道的也无非是说，不就是天狗吃太阳吗？天就黑那么一会儿，一晃就过去了，有啥看头。有个老大爷还说，现在的人太趁钱了，竟舍得花钱天南地北地聚到漠河看这种事，他说："看来看去，还不是那个老日头？天狗吃了它又吐出来，又不把它攒到肚子里，怕啥？"

我们听后大笑起来。

时值中午，宣传部的干事又送来了一摞康师傅碗面和一塑料袋橘子。干事说一些记者已经开始采访工作，他们有很多人在硬座车厢与当地老百姓聊天。王无寺一听有些急了，他连忙翻出采访速记本，也寻新闻去了。王无寺一走，宣传部的女同志就问我："他要一路跟你去北极村？"

"不知道，他怕北极村不能发传真。"我说，"其实我刚认识他不到二十小时。"

"我后来看出你和他是萍水相逢的。"宣传部的女同志说，"我们部里的人今天都到劲涛下车，因为大部分记者都住在那里，西林吉已经安排不下了。不过你们到了西林吉后会有人接待的，事先已经打好了招呼。大概只能安排到私人旅馆。"

"只要能凑合一宿就行。"我说，"第二天我就去北极村。"

"部里有一个记者接待处，设在旅游局楼里。有人一直在那儿守着。"宣传部的女同志很周到地说，"你去北极村找便车可以去那里，返程的日期最好提前跟他们讲好，不然车票紧张，恐怕会顾不上你。"

我连忙说没关系，我此次回大兴安岭，完全是私人性的。不带任何采访任务，可以说一身轻松。而且到了北极村我便住在外婆家里，若是车票紧张，我可以一直住到所有观看日全食的人全部离开后再走。

火车停靠塔河站台时是中午十二时四十分。我的母亲和姐弟全家人均在这里，一个月前我还回去同家人团圆过除夕。所以当我在出发前夜打电话给母亲，告诉她我要去漠河时，她便有些埋怨我："早知道这样，你不如一直待在塔河，折腾回哈尔滨没多少天，又得回来，真就为了看彗星？"我说："对，就为了看彗星。"我想那一刻母亲一定对我失望之极，因为我春节差点不打算回家了，想体验一下独自过年的滋味，但想来想去觉得这样对待母亲过于自私，于是又匆忙赶回去。母亲也许会认为她在我心目中没有一颗一闪即逝的彗星重要而黯然神伤。

我站在过道的窗前，望着乱哄哄的塔河站台。那一刻风很大，人们都缩着头，男人的帽耳和女人的围巾端头在风中给人一种飞翔的感觉。我没有看到一张熟悉的面孔，于是火车重新启动后，便很失望地回到包厢泡了一碗方便面，吃下后爬到上铺去休息。

等我昏昏沉沉醒来时，天已经黑了。只觉得四肢绵软无力，似乎起床的力气都没有了。这个漫长的午觉没给人彻底松弛后精力倍增的感觉，反倒像是被抽筋断骨了一般虚弱。包厢里静悄悄的，好像人都走空了，这使我格外诧异，连忙探头看个究竟。原来王无寺和毕亮的爸爸都在，他们一本正经地各自看报。

"噢，你醒了。"王无寺把报纸放到茶桌上，说，"宣传部的同志刚刚带着一大帮记者在劲涛下车了。他们本来要跟你打招呼的，看你睡得太死，就没忍心。让我跟你说一声。"

我翻身下铺，到卫生间洗漱。然而水龙头里的水已经枯竭，所以只能梳梳头。火车全速向西林吉飞驰，所以感觉到有些颠簸。窗外夜色滚滚，那一瞬间我蓦然想起了周方庐，仿佛又看见了他手提空牙缸镇静自若站在洗漱间刷牙的情景。这一联想立刻使我的眼睛湿润了。昏黄的灯光照着水渍斑斑的洗脸池，不远处厕所横溢的尿臊味扑鼻而来，这种尴尬的处境更加使人内心最深切的情感有一种要泪如雨下的委屈感。

"阿姨，你怎么了？"毕亮忽然出现在我身后。

我抖了一下，忙说："没怎么的，我要洗脸，可是没水了。"

毕亮说："你刚才好像要哭的样子，我还以为和你一起来的那个戴破眼镜的叔叔欺负你了呢。"

毕亮告诉我，他整整一个下午都在硬座车厢里听当地人讲传奇故事。什么黑熊把小孩抱进树洞呀，什么会说人话的狐狸呀，好听极了。我问他妈妈在干什么，他说在厕所里，已经进去二十分钟了。

"怎么这么长时间？"我说，"要不要让列车员打开门看看，可别晕在里面！"

"没事儿！"毕亮嘻嘻一笑，"她从北京一出来就拉不出屎来，憋了三天了，弄得她都不敢吃东西了。她说一坐上火车她的生理就失调！"

我笑了，随着毕亮回到包厢。不久他妈妈回来了，面目表情有些苦楚，看来难题仍未得到解决。

毕亮的爸爸看了一眼她的脸色，说："今晚到了漠河弄只死老鼠放在你的饭碗旁，保你上下通畅。"

毕亮的妈妈瞪了他一眼，说："天狗吃太阳时，最好顺带着把你也吃掉，省得老惹我心烦。"

"那我不就没爸爸了吗？"毕亮说。

"妈再给你找个好爸爸。"

"让天狗给你当后爸。"毕亮的爸爸哈哈笑着说。

西林吉已经近在眼前了。灯火在窗外像流星一样簌簌滑过。列车员笑吟吟地过来把车票换给我们。王无寺跳到上铺把行李一一取下，我对着他那些形形色色的包说："不全是照相器材吧？"

"还有一台传真机。"他说，"我担心来的记者太多，发传真可能要费周折。你知道新闻要是不及时传送出去，就没有价值了。"王无寺不无得意地告诉我，他的第一篇新闻稿已经完成。

我能想象得出，无非是他在火车上的一些见闻，所以也未深问。他有些担忧地问我，他一路未买票，能否出得站台。我这才想起他是坐了一路蹭车，便告诉他这种小站的出站口跟中立国一样欢迎任何来客，他尽管大大方方往出口走就是了。

王无寺便说："我省了这一段的车费，那么从哈尔滨到加格达奇的软卧单位就能给我报了。"

他的话又激起了我要甩开他的欲望。所以一下火车，我就径直飞快地往出站口走。天很冷，不过夜空晴朗，因为我看见了星星。出了站口，见有一辆记者接站车，连忙钻了进去。机器盖上坐着一个手拿表格的女孩，她问我的名字和单位，我一一报上，她就唰唰地翻着表格，然后目光停在一处说："噢，找到了，给你安排的是旅游局旁边的私人旅店。"接下来又有几位外省记者上来，他们一律瑟瑟缩缩的样子，不停地抱怨天气太冷。我提心吊胆地看着窗外，希望王无寺彻底脱离我的视野。然而我很气馁地发现他朝这辆车走来了，他气喘吁吁，步态摇晃。他一踏进车门，就冲我说："你怎么走得那么快，也不知等等我。"一副俨然我丈夫的口气，弄得我哭笑不得，只好做出大度从容的样子去接他身上的包。

搞接待的女孩问王无寺："你是哪家报社的？"

王无寺含糊其词地说："我是从上海来的记者。"

"叫什么名字？"

"王无寺。"

"事先登记过要来漠河采访吗？"

"没有。"王无寺指指我说，"我是跟她一起来的。"

女孩未再深究，她摆摆手对司机说："开车吧，人差不多了。"

面包车驶上一条土路。两侧是荒芜的田野，间距很远的路灯给人一种孤魂游荡的感觉。大约十分钟后，我们进了城。城里灯火很盛，一看便知是有意装点的结果。街道上车流量很大，十字路口还有交警在执勤，以往的漠河即使在春节也没有如此热闹过。车停在旅游局，接待员照着表格点着几位记者的名令其下车，然后将余在车上的我们四人送到一座门口有个冰湖的私人旅馆。

老板娘已经候在门口，她对接待员说："来了——"

"来了——"接待员对我们说，"到了。"

我们四人下了车，接待员就随着车离去了。走前她说第二天会送来记者采访证和有关活动安排的日程。

老板娘将我们让进屋子，然后让我们一一登记，交过押金后领取房间的钥匙。轮到王无寺，老板娘说并没有他的名字，房间早在三天前就订满了。我连忙为其说情，说他是上海人，来这里人生地不熟的，求老板娘想想办法。

"那就让他跟我孩子挤在一个屋里睡。"老板娘说，"孩子上中学，功课很紧，他要起早学习，所以睡得早，不知你能习惯吗？"

"我也累了，想早点睡觉。"王无寺喜出望外地说，"早点关灯没问题，而且我不打鼾，不会影响他。"

我们每人领到一把钥匙和一个痰盂。房间在楼上，而楼梯不在屋里，要绕到外面。铁质扶梯上凝结着冰雪，走上去嘎嘎直响。房间虽然不大，但极暖和，被褥还算干净，不过枕头有些油汪汪的。这样的旅馆没有厕所，痰盂便是夜间解手的设施。与我同屋的记者要乘第二天由哈尔滨发来的专列到达，所以我很幸运地能独自享有一间屋子，虽然它不过七八平方米左右的样子，但因为能独自拥有，便有一种说不出的满足和温馨。放好行李，我到楼下的大缸里舀了半盆水，然后到昏暗的洗脸池前洗漱。洗漱间挨着厨房，我见老板娘在白色呵气的包围中忙着。这时另外两名记者也下来洗漱，却独独不见王无寺。

老板娘按每人十元的标准为我们准备了晚饭。大米粥、馒头，外加两个炒菜，完全是家常饭，所以吃得人很舒服。老板娘告诉我，王无寺去邮局发传真了，因为他的传真机在这家旅馆派不上用场，这里唯一的一台电话是分机的。我们的饭桌刚撤，六个身着草绿色制服的交警就上了桌。他们边吃边开着一些肆无忌惮的玩笑，声言要打牌打到天亮。老板娘在一旁告诉我，住在她这里的，一部分是记者，一部分是交警。交警都是从各个县抽调来的骨干，白天时在各个路口维持交通秩序，因为拥进漠河的车辆越来越多。她还说像我们能住在她这里的算是幸运的，许多被组委会从各县调来的车的司机才遭罪呢。他们自带行李，住在硬板通铺上，由于没有车库，车只能停在外面，怕车冻着，半夜还要起来发动一次。气得司机们都大骂天狗，老板娘绘声绘色地学道："吃什么不好，偏要吃太阳，害得我们受苦。"

我也笑了，说："你不会骂天狗吧？它帮助你生意兴隆。"

"从这旅馆开张到现在，这是头一回客满。"老板娘笑了，"要是天狗每个月都吃上它一回，我就更有赚头了。"

"那可不行。"我开玩笑说，"那该把太阳给吃没精神了。"

王无寺大约九点左右回来了，他看上去神采飞扬。他说传真发过去了，报社的副总编在值夜班，当场看了稿子，觉得这个序幕写得不错，让他在这里加油干。尤其叮嘱他要用独特视角追踪报道此事，要把日全食的整个过程完全拍下来。从"初亏"到"食既"，尤其是"日冕"的情景要精心抓拍。报纸已经登出了消息，说是特派了记者去漠河现场追踪采访，他们将在每天辟出专栏连续报道。据报社估计，这一周报纸的销量将呈迅速上升趋势，而且更为关键的是由此可为一家小报创点名气。

"看来你责任重大。"我戏谑王无寺，"如果你报道成功，会给你调资还是升官？"

"房子！"王无寺血淋淋地叫道，"我最需要的是房子！我结婚七年了，现在还四处打游击。老婆一天把我骂得抬不起头来。她总觉得嫁给我倒霉透顶，可我觉得论她的条件，能嫁给我算她前世道德高尚！"

"这么说报社暗示你报道成功会为你分房？"我问。

"当然！"王无寺说，"报社编委已经一致通过，这次我若是采访成功，七月份的那批房子就会分我一套！"

"重赏之下必有勇夫。"我笑了，"所以你千里迢迢赶来？"

"我自己也想看日全食。"王无寺说，"人间的事我们知道得太多了，该了解了解天上的故事了。你听没听说，科学家说火星的表面与地球有相似的地方，很可能那上面存在着另外的生命。没准日全食时，跟着彗星一起飞来的还有外星人！"

王无寺经常在正式的谈话中流露出天真的情感，这大约也就是他让人觉得还不那么无可容忍的关键原因吧。

走廊的灯被老板娘关掉了，我随之关掉了房间的灯。对面的交警果然凑在一起打牌，不仅有吆喝牌的声音传来，还有灯光投映过来，所以我的房间并不是彻底的黑暗。我又一次想起了周方庐，想起了P城那座又老又旧的茶楼。去年年底我再一次出差去上海，控制不住自己中途在P城下了车。我甚至不知道周方庐是否在P城，只想碰碰运气。P城是座规模不大的文化古城，马路不宽，高楼也很少，而且房屋以青砖为基调，给人一种年代久远的感觉。护城河呈带状从城中穿过，河很宽，岸边的树看上去有些单调，因为树叶早已凋零。我住进宾馆后马上拨通了周方庐的电话。恰好是他接的，他在办公室。他在抓起电话后仍然与朋友聊天，我听到他说"这怎么可能呢"，然后他就大声冲着听筒问："喂，哪位？"我自报家门，他沉吟一刻，含糊其词地说"噢、噢——"。我只好窘态万分地充分提示他我们是在由哈尔滨至上海的火车上相识的。周方庐这才恍然大悟地叫道："噢，是你呀！你在哪儿？"我说在 P 城。他又问："停几天？"我说："明天就走。"

"那我今晚请你吃饭。"他问，"想吃什么？"

"随便。"我说，"我只想和你聊聊天。"

晚上我和周方庐在一家潮州菜馆吃饭。他看上去黑了许多，他说不久前刚陪几个外国人去西藏归来。他抱怨工作太忙，就连他最喜欢的钓鱼和游泳的时间也难得挤出来。他眉飞色舞地跟我讲他儿子的一些趣事，我只能做出很乐意听的样子。那家餐馆大约在 P 城很有名气，所以食客很多，嗡嗡嘤嘤的说话声始终萦绕着。在那期间他的手机响过两次，一次是一位朋友求他帮忙办理汽车驾驶执照，一次是他老婆在家中问他白醋放在哪儿，她要做糖醋萝卜怎么也找不到。

"在家常下厨房？"我问。

周方庐一点也不觉得男人下厨房有失体面，所以他很无所谓地说："当然了，成了家的人不下厨房说不过去吧？"

我笑了，"厨艺如何？"

"当然不错了。"他说，"我老婆说我做的菜比大饭店的都好吃。"

"这是女人鼓励男人为她们做奴隶的一种手段。"我与他开着玩笑。

"不能这么说吧？"周方庐说。

我们从餐馆出来已经是九点左右，周方庐问我是否很累，我说还好，他便有些神秘地说："那我带你去一个好地方。"

他叫过一辆的士，我们在一条泛着白光的石板路口下了车。大约又行走了五分钟，一座又老又旧的茶楼出现了。我们攀着狭窄的

木制楼梯来到楼上。茶楼灯光黯淡、梵音缭绕，茶香像青草一样动
人。我坐在矮矮的木椅上脚踏苇席的那一瞬，有一种置身乡间的闲
适感。我们要了一壶碧螺春，相对而坐，无言品茶。茶楼里人很
少，再加上没有一个茶客是大声说话的，所以给人一种格外寂静的
感觉。周方庐关掉了手机，不停地为我续茶。我再也找不出一句话
来跟他说，只觉得满身都被清茶浸润着，有一种置身月夜下白沙海
滩的感觉。那一瞬间我甚至想，如果一个人的血管里流的不是血，
而是碧绿的茶水，那么也许人人都会生活得心平气和。鲜红的血在
赋予人激情和热情的同时，也给人一种危险和心浮气躁之感。不过
反过来一想，若我的血管里流淌的是清爽的茶水，也许就不会如此
痴情地来 P 城寻周方庐了。

我们喝干了一壶茶，然后唤小姐续上，不久把第二壶茶也喝净
了。在那期间，我们只是彼此对望，有时偶尔互相笑笑，那时我觉
得时光像银子一样清脆灿烂。从茶楼出来，夜色已深，茶楼前的青
石板路因为路灯的照耀依然泛着奶色的白光。周方庐突然挽起我的
胳膊，引我走向护城河边的一条蓑草萋萋的小路。我们绕着护城河
走了很久，始终没有找到一句可以告别的话。那时已经没有任何行
人，河面灯影寥寥，凉爽的风像福音书一样飘来。周方庐突然停住
脚步，将我拥入怀中。他抚摸着我的头发，吻了一下我的额头。我
明白他在以最独特的语言与我委婉告别，因为他肯定看穿了我的心
思，而我也喜欢不把事情说破的告别。

第二天早晨醒来已经是八点多钟。我收拾好行李，打算到楼下
吃点东西后马上去组委会找车去北极村。老板娘见我下来，笑着说

数你起来得最晚，交警早就上岗执勤了。她说王无寺给我留了话，他去漠河 5·6 火灾纪念馆参观，然后到县三中采访关于日全食现场直播的筹备情况，中午回旅馆来吃饭，让我最好等他回来后再走。

"你那位朋友订了一个飞龙汤和一条炖江鱼，说是中午和你一起吃。"老板娘说，"他今天五点多就起来了，七点多回来吃饭时，鼻涕都冻出来了。"老板娘笑道，"南方人真不抗冻。"

我要了一碗面和一个煮鸡蛋，吃过后唤老板娘连同住宿费一起为我结了。老板娘说："那你不等你那个朋友了？"

"我急着去北极村，我姥姥在那里。"我说。

"那你的朋友不是白白订了好吃的东西？"老板娘急了，"他一个劲儿地嘱咐我，不让你走的，我怎么跟他说？"

"你就说是我自己着急要先走的。"我说，"他订的午饭要多少钱？"

"起码得百八十块。"老板娘说，"你不知道，一只飞龙在市场上卖六十元，一斤江鱼是三十五元。这是咱这儿的特产，南方人来这儿就要尝尝鲜。我不会朝他多要钱的。"

"你最好为他减掉一个菜。"我说，"他一个人吃不掉的。"

老板娘不由唉声叹气地说："你看你，吃了午饭再走不一样吗？"

我出了旅馆，只觉得阳光格外明朗，门前的冰湖熠熠闪光。到了旅游局二楼的组委会，发现那里面烟雾腾腾，四张办公桌拼在一起，两台电话机此起彼伏地响着，墙上挂着的一面小黑板写着有关今天的日程安排。有两名记者要采访中科院的院士，正在积极联系。我见有一个人歪在沙发上吸烟，并不时跟接电话的人发号施令，便明白他算这里管事的，连忙把工作证向他出示，表明了我要搭便车去北极村的意图。

"就今天的车最紧张。"那人一斜身子，把长长的烟灰弹到地上，"等会儿吧，从省里来的专列马上就到，省委领导十一点要到北极村考察地磁台观测点，随行的采访车看能不能把你捎上。要是不行的话，只有等明天了。"

我只能把旅行包放到角落，然后坐在沙发上等待。这时候不断有人进来问这问那，十二名外国人应该安排到哪里，记者招待会几时召开，有位专家生病了该如何就诊，等等，弄得几位搞接待的人手忙脚乱、不知所措。他们一会儿拿表格给来人看会议安排，一会儿又打电话联系医院的医生。也许因为工作紧张而令人烦躁，几乎每个人都夹着一根香烟，房间里就弥漫着一层淡蓝的烟雾，使我有一种置身于战时防空洞的错觉。大约快十一点的时候，楼梯口忽然一阵骚乱，原来由哈尔滨开来的专列的人员已经到达。从门外忽然拥进来十几个操着不同口音的记者，他们一律是要求组委会给派新闻采访车的。搞接待的同志说："不管你是哪家电视台的，这次派车都不是义务的，都要交钱，把钱交齐后，我们再给你们安排车。"

有一个口气很大的电视台的记者说："我们是 ×× 电视台的，能不能协助一下？"他以为打出名牌电视台的标识会畅通无阻，不料搞接待的人很有原则地说："都一样，不管哪家新闻单位用车，都必须租用。"记者便问每天的租金，待得到回答后就抱怨太贵。搞接待的人便不予理睬，继续抽他的烟。这位记者又问能否开正式发票，得到认可后，他无可奈何地说要租两台车。那人就说，先把两千押金交上。记者有些不满地说："我现在身上没带钱，我们急着用车，我把工作证押上。""不行。"抽烟的人温和却又坚决地说。记者气得转身离开房间。我只顾看别人的热闹了，差点忘了自己的大事，于是连忙向那个管事的人提醒为我找车的事，他有些不耐烦地说："别等我给你联系啊，你自己去问，看看人家捎不捎你？"我只能低眉顺眼地说我不知道哪台新闻采访车随去。那人就说："是大兴安岭电视台的！"结果我在房间里见到记者模样的人就可怜巴巴地上前搭讪，问人家是哪家电视台的，刚好有个报社记者熟知下午的采访活动，他听了我的意图后，一摆手对我说："他们的车已经满员了，你挤不上！"这句话不啻于一下子把我推进冰窟窿里，有一种寒冷和绝望之感。我只好再次央求那位管事的，既然省委领导去视察北极村，肯定要有几台车陪同，不可能每辆车都满员，我能否搭上车？我还十分幼稚地用伤感的口气说我姥姥在北极村，已经快八十岁了，我好久未见她了。那人便用一种上了当的口气说："原来你老家在北极村？是那里出来的呀，那你来凑什么热闹！"仿佛我此来漠河是大逆不道的。他接着说："省委领导的车就是有空位，能让你坐吗？"他虽然狠狠地羞辱了我，但我觉得他说得有道理，我的确不可能与省委领导的车同去北极村。我在心底愤愤地骂着脏话，然后背起旅行包，打算回旅馆同王无寺悠闲地共进午餐。我一定要上一瓶六十度的高粱烧酒，喝得全身的血液能燃烧起来。这时那位著名电视台的记者满面愠色地回来了，他一言不发地把一沓钱交到接待员手里，人家心平气和地接过钱，慢条斯理地点了一遍，然后又用验钞机一张张地鉴定真伪。我见那记者满面乌云，半握着拳头，一副要与谁格斗的架势。我不由想起了在火车上遇见的那对从哈尔滨吃活的海鲜归来的男女，也许他们对我们的鄙夷和咒骂是有道理的，我们不辞辛苦、千里迢迢赶来看日全食是傻 × 才会做的事！

　　我哑然失笑，垂头快步走出乱哄哄的旅游局大楼。离午饭的时间还早，肩上的旅行包很轻，所以我想悠闲地散会儿步。我沿着水泥马路走到松苑公园。园子里的松树都有上百年的历史，一棵棵高耸挺拔。春夏时节，浓荫蔽天，置身其间给人一种无比荫凉的感觉。不过现在的松苑还有积雪，雪依然很干净，有一些人在里面拍照，一看便知是如我一样为日全食而来的人。直立而无绿意的松树给人一种孤寂的感觉，仿佛它们每天都想与上帝对话，而终无结果一样面目冰冷。我不知道树是否与人一样也有五官。如果它没有耳朵，怎么会在风掠过它的枝丫间时制造出美妙绝伦的沙沙声？如果它没有鼻子，又怎么会过滤出如此动人的清香气？我相信树还有舌头，它能品尝朝露细雨。那么树的眼睛呢？它也一定在树身闪烁，领略着大自然的风云变幻。既然树有眼睛，那么它们也将能看到三月九日的日全食。当阳光突然把触角从它们身上收回，它们会有顿失温暖的忧伤吗？当太阳完全被遮住，短暂的黑暗中有一颗彗星精灵般飞来，它们会感动得落泪吗？树如果落泪了，大地上空是否就会呈现出流星雨一样的气象？那肯定是一种达到极致而破碎了的灿烂。

　　我不敢再看这些有声有色、内蕴丰富的树。虽然它们现在是单调的，但我相信它们比我更富激情。它们的根能在泥土中像银蛇一样浪漫地飞舞，而我则如浮萍一样在大地上漂游。我离开松苑公园时就有一种受伤的感觉。路边的残雪斑驳不堪，沿街的餐馆飞来各种炒菜的气味。我在一处装修比较富丽的酒店前遭遇到一列车队，它们直线排开，一辆辆首尾相接停在路边。我查了一下，一共是十台车。直觉告诉我这是省委领导的车队。我横穿马路，刚好最后一辆车的车门开了，出来的不是人，而是一只矿泉水的硬塑空瓶，正抛在我身上。我本来对这车队就有怨气，于是大骂一声："谁这么缺德！"结果有一个令我眼熟的男人从车里出来了，他笑着对我说："你也回来看日全食？"原来是我在加格达奇工作时的同事，如今他已调到地区电视台工作，我们有四年未见面了。他听了我在组委会找车的遭遇后，便一迭声地说你真有福气，我们的车正要跟随采访，刚好闲个位子。于是我就喜出望外地上了车。那时已是中午十一点半，车里的几位记者正在吃香肠面包。他们说原定省委领导下了专列就驱车往北极村，不料组委会已经备下接风筵，所以只能等领导吃过饭再走。我便问这十台车果然都会坐满人吗？几位记者冲我笑笑，什么也没说。我饥肠辘辘地与同事叙旧，一直等到午后一时，一群红光满面的人才从酒店出来，他们谈笑风生地踱着方步朝车走来，大约十分钟后，车队缓缓出发了。所经之处路口的交警都笔直地站立行注目礼，甚至出了城越过铁路交叉道口时，也有一位交警在寒风中伫立行礼。窗外残冬的景色一片苍凉，我想起王无寺所订的丰盛的午餐，胃部便有一种痉挛的感觉。

北极村的木刻楞房屋在樟子松林尽头若隐若现时，一路昏睡的我也醒来了。只见哨卡并排站着四名边防军，他们在郑重地对车队行礼。车进入村子。我谢过同事，在公社所在地下了车。午后明朗的阳光照耀着大地，房屋和小路甚至栅栏都水洗般透明。哪怕那小路遗有牲口的粪便，栅栏上缠绕着枯干的植物枝蔓，也给人一种清澈逼人的感觉，因为那空气实在太干净了。迎面碰上一架马爬犁，一个穿黑棉袄的豁牙男人笑着站在爬犁上。虽然他看上去六十岁左右了，可笑容却一派天真。马爬犁上只遗有一些干草，想必他刚进山拉柴归来，已经把柴卸掉，所以一派轻松。姥姥家住在转播台后面，它周围是一片松树林。我有意识地选择雪路行走，后来看见两只猫在一堆圆木前嬉戏。村子里无人涉足的雪仍然没膝，纯白之至。由于春节刚过，所以家家户户大门前的挂钱仍然五颜六色地迎风飘舞，大红的"福"字端端正正地贴在门板中央，使"福"字有了几分老太爷的威严气势。不过我没有看到冰灯的影子，也许是因为正月十五的灯节已过。

姥姥正坐在厅堂的沙发上与邻居唠嗑。见我进来，惊喜得连连唤我的乳名。她说猜到我可能要回来看日全食，因为往年白夜时我都回来过。她问过我怎么来的、路上冻没冻脚之后，就唤舅舅家的孩子为我舀水洗脸，而她则风快地到仓房取来一袋自家包的速冻饺子，去灶上为我煮。北极村的人家在冬日里炉膛一直有火，如果白天不那么寒冷，那么就让炉膛里只存一些火炭，需要做饭或烧水时只需再加把柴就是。我在洗脸时忽听炉子一声闷响，不用说，姥姥添上去的柴火已经旺盛地燃烧起来了，接着我听见铝质闷罐被烧得吱吱直叫。一刻钟后，一盘热乎乎的饺子上了桌，直吃得我满脸流汗，先前肚子的咕咕叫声算是销声匿迹了。

饭后我与姥姥叙家常，表弟则在一旁贪吃我带回的芝麻糖，吃得满腮的芝麻粒，好像长了一层雀斑。表弟七岁，与我相差二十几岁，是舅舅的独子。他吃累了后跑到我跟前歪着头说："姐姐我问你，天上怎么会有小狗呢？"

我笑了，"因为天上也不太平，小狗要守夜。"

"天上的狗为什么掉不下来呢？"表弟接着问，"天上的狗也会吃屎吗？"

"天上的狗会飞，所以掉不下来。"我逗着表弟说，"天上的狗不会吃屎，它只吃太阳和月亮。"

"太阳和月亮又没有肉，小狗能吃饱吗？"

姥姥不由"扑哧"一声乐了，她嗔怪着自己的孙子："这个傻龙子，一天笑煞个人。""龙子"是表弟的乳名。

龙子有些不好意思地笑着跑掉了。

不久就黄昏了，站在院子里，能清清楚楚看到西边天上的晚霞。它们一片嫣红，很像春日花园的一层零落的花瓣。晚霞应该是没有气味的，可是在北极村寂静的夕照中我却仿佛嗅到了晚霞微甜的气息，它们新鲜得像刚出池塘的藕。天狗可吃太阳和月亮，也许是因为它们持久的照拂使人麻木和茫然了。而晚霞则不然，它并不是每天都来，它若隐若现着，使人能够回味它的美丽，而真正的美是能吓退一切饕餮之徒的，天狗当然不敢对它下口了。

晚上舅舅和舅母回来了。舅母与人合开了一家私人旅店，这几天忙得不亦乐乎。我问她旅店是否满员，她连说还没有。可是外地传媒早已把漠河所有旅馆爆满的消息发布出去，说是无力接待了，提醒旅游观光者不要贸然前往。舅母说，住在她那里基本是公安局的人，他们是来做保卫工作的。倒是有一些人住在私人家里，那多半是为了体验一下北极村家居的气氛和民风。而外面却传言说老百姓家均已住满，每宿八十元都找不到地方。舅母听后说："净瞎说！"

既然舅母那里还没满员，我想万一王无寺来，就可把他安排到那里。而王无寺能来，就一定会打听准了这里能否发传真。我问舅母，她有些自豪地告诉我，这里的邮局可发传真了，就是为了这次日全食，由县城到北极村铺设了一条光缆，这里也能打直拨电话了。舅母指着窗台的电话机说，不信你给塔河打个长途，一拨就通。我一试果然，听电话的是母亲，我先报平安，然后告诉她已到姥姥家里。于是姥姥过来和母亲说话，她用着很大的声音，以为长途要如此才能使对方听得清楚。结果她在结束谈话说过"再见"而放下听筒后，"再见"还在房间里余音袅袅。

姥姥炖了一只家养的大鹅，味道出奇的好，我为此喝了两杯果酒。晚饭后我由龙子带路到二姨的婆家串门。村路上人影幢幢，有的是外地人在观赏夜景，还有的是当地的小孩子在观看外地人。一家小饭馆的门前吊着一盏灯，下面有烤羊肉串的摊点。围着的七八个人，竟有两名白皮肤黄头发的外国人，他们举着铁钎子吃得津津有味。一条黄狗甩着尾巴在人的腿间蹭来蹭去的，一副馋涎欲滴的乞食模样。

二姨的婆婆我唤为"王姥"，已经八十多岁了。童年时我常到她家串门。她很富态，大耳垂上吊着一副环形金耳环，说话慢条斯理，走路缓慢，笑起来眼睛里总是含着泪，让人觉得她的喜泪特别多。我推开门时见她正坐在厅堂的小板凳上织渔网，木梭子在她手中灵活地转动。她见了我"哎呀"叫了一声，慌忙站起来给我让座。她说："你是回来看天狗吃日头吧？"我点头称是。王姥就说："这回能多住些日子？"我说看完日全食就走。她便嗔怪我每回都是来去匆匆。我们正说着，王姥的外孙女小英回来了。她去年刚从卫校毕业，在乡卫生院当医生。她说这几天很忙，一些外地人来这里不适应气候，伤风感冒的很多。她说刚刚有一个从北京来的孩子住进了卫生院，他高烧三十八度七，他父母急得都快哭了。

"那孩子是不是叫毕亮？"我说。

"对呀！"小英说，"你认识他？"

"我在火车上见过他。"我说，"我还以为他们一家人在西林吉呢。"

"我给那孩子打了吊瓶。"小英说，"但愿明天就能见轻。"

小英是抽空回家来吃饭的，她马上还要回卫生院值夜班。我便提早告别王姥，随着她一同去看毕亮。

毕亮烧得双颊赤红，他躺在病床上不停地咳嗽。他妈妈告诉我，他们在西林吉下了火车后想停一夜的，可出了站台后怎么也找不到记者的接站车。他们只好打了一辆车进城，然而在好几家旅馆都没找到床位，好心的出租车司机就把他们一家三口带回家中。他们本想在他家住下，可是在闲聊中意外得知北极村不仅有住处，而且因为人烟稀少，空气透明度高，观测日全食比西林吉还好，所以就想连夜租车来北极村。司机嫌天太晚，夜路不好走，没有答应他们的请求。不过司机想起邻居家来了位在北极村开车的亲戚，他是来城里为各家饭店购买新鲜蔬菜的，要连夜赶回。于是司机就去邻居家询问，可巧车还没走，他们一家人就顺利搭上了来北极村的车，到达这里时已是半夜。也许是因为夜里在路上着凉了，车里暖气不足，所以毕亮突然病倒了。我十分歉疚地对毕亮的母亲说，当时下了车应该等等他们，我只顾自己先走了。

毕亮气喘吁吁地插言道："我知道你为什么急着出站，你要甩开那位天蝎座的叔叔。"

我笑着坦白："可最后还没有甩开他。"

毕亮精神了一下，他说："他也来这里了？"

我摇摇头，说："不过我猜他也快跟来了。"

"那可太好了。"毕亮说，"我还挺想他，他可千万别把破眼镜换成好的，那样就没意思了。我一想着为他治干嗝的事就想笑。我猜他要是真的忘了拉裤子的拉链，肯定再也不敢上街见人了，他爱面子。"

看毕亮说话的神情，我猜他输过液后肯定会退烧。我宽慰他父母说，小孩子发烧都是来得猛、去得快，不必太担心。我还指着小英对他们说，她是我的远房亲戚，一定会尽力照顾好毕亮的。毕亮的父母感激地看着小英，连连说麻烦了。我又问毕亮想吃点什么，我可在姥姥家为他做。毕亮的父母连说不必了，他们所住的那户人家对他们很好，比在家里还让人觉得温暖。仿佛是为了验证他们的话似的，房主忽然带着一身寒气提着饭盒进来了，他说给毕亮烧了鱼汤。

龙子一直躲在我身后一声不吭地看着毕亮，后来他发现地上有一个小药瓶，就俯身去捡。这时毕亮对他说："那药瓶脏，不能用手去抓，有细菌的。"说完，他一阵猛烈的咳嗽。

龙子还是把药瓶抓在了手里，他说："你都咳嗽成这样了还管人？"

我们笑了。我把龙子介绍给毕亮，毕亮问："你去过北京吗？"

"不就是电视上那个天天升旗的地方吗？"龙子说，"没去过。"

"什么时候你去北京，我带你出去玩。"毕亮说。

"有什么好玩的？"

"去故宫、北海、颐和园、什刹海、动物园、长城……"毕亮的声音嘶哑了，"好玩的地方多着呢。"

"北京那么好玩，天狗怎么不在那里吃日头呢。"龙子说。

我们又一次大笑起来，毕亮父母脸上的焦灼神色也减轻了不少。我告别他们，和龙子从卫生院出来。龙子告诉我，这几天彗星已经出来了，早晨四五点钟时它就拖着小尾巴在东北方向一闪一闪的，有很多人已经看见过它了。我问龙子看见过没有，他说他那时候睡得正香，根本起不来，听人说那彗星并不太漂亮，就跟电棒的光一样。我便对他说，那你明天起个大早，看看彗星究竟是个什么模样。龙子不以为然地说："要是能看见天狗我就起来，彗星有什么意思。"

三月八日的北极村天清气朗。阳光使白雪泛出淡蓝的幽光。早饭一过，我就去乡卫生院。小英告诉我毕亮已经退烧，虽然还是咳嗽不止，但看上去问题不大，他们已经回房主那里了，下午还会再来打一次吊瓶。我便放心地出了卫生院，准备到江边去转转。沿路能看见许多人走来走去，狗也显得格外活跃，它们在巷子里东游西窜。一些人家的牛在栏里安闲吃草，偶尔也能撞见推着架子车吆喝小买卖的人。走到老街基的高岗上，远远便望见黑龙江畔游人很多，有七八台车停在那里。我走向江边，看见一辆大客车的风挡玻璃上贴着一条红色标签"记者接待车"，便想也许王无寺跟这车来了。所以就有意识地四下寻找，见许多人的胸前佩戴着浅蓝色的记者采访证，可并没有发现王无寺。很多人在江中央的国界标志前拍照，对岸俄罗斯的山峦和原野近在咫尺，仿佛手臂稍长一点，就会把那里的一个树杈折过来。我的眼前依稀浮现出童年的生活情景，那时站在东窗前，就可望见对岸的风景，不过那时我们还叫它"苏联"。有心情站在窗前时，多半是夏季，那山也是青山，浓翠浓翠的。如果它是被阳光照耀着，那青山就给人一种绿得流油的感觉；而如果它是被雨笼罩着，那青山就给人一种绿得忧伤落泪的感觉；而如果它是被乌云覆盖着，那青山则给人一种历经沧桑的庄重感。如今它们消去了绿意，只有一种仿佛锈蚀了的深褐色在白雪斑驳的大地上寂寂地悬挂着，让人联想到一些泛黄的老照片贴在那里。

我沿着国境线慢慢向北行走，这时看见四人组成的边防巡逻队牵着两只警犬在冰封的江面上跑来跑去，另外一侧有十几名摄影和摄像记者正把镜头对准他们。他们跑起来时腾起阵阵飞扬的雪粉。当他们脱离镜头后，记者当中就有人挥手示意让他们再来一遍，于是他们又在没膝的雪中跋涉到起点，重新再跑一次，如此重复了三四次。然而大概记者还想捕捉到更动人的瞬间，所以再次挥手让他们回到起点。四名巡逻兵看上去有些力不从心，警犬也显得不那么矫健了，他们慢吞吞回到起点。待到又一次要起跑时，警犬却呜呜叫着后退，不肯向前，巡逻兵就用它们颈下拖着的黑皮带拽它们。然而警犬依然反抗着竭力后仰，绝不肯前进一步，看来它们对这把戏已经厌恶透顶。警犬不合作了，巡逻兵也无可奈何，那些记者只好将炮筒似的镜头转向别处。他们开始拍刻有"北极村"名字的石碑，拍石碑前的一棵伞状的杨树，拍那群拖着清鼻涕瞧热闹的本地孩子，拍远处一座座的木刻楞房屋。天空实在太晴朗了，不然他们也许还会拍到白云。我拉住一位记者，向他打听可否认识一个叫王无寺的人。那人摇摇头，说来的记者太多，大多都互不相识。他告诉我记者分为两批在北极村活动，一部分在江边，一部分去了地磁台，他们午饭后再集结在一起向回返。

地磁台离江边有很远的路，步行至少要半小时。因为没有风，所以并不觉得冷，我就沿着雪路步行而去。沿途经过两户卖鱼的门市部，不过看上去门庭冷落，不知是鱼无人问津呢还是已经卖空了。不断有各种车辆往来于村子与地磁台之间，有时那车戛然而止，我便以为车上坐着王无寺，他认出了我，然而下来的人基本都是看上了某一处雪景而摆个姿势拍照。

地磁台在北极村的西方，是中科院地球物理所建立的长期科研点，前面是一片又空又阔的麦地，而背后则是一片坟场。夕阳每天就从坟场那一侧落下，让人觉得已故人仍然渴望着太阳，哪怕能接纳它的余温也好；也使人联想到夕阳沉入地平线后，有无数的幽魂在围着它舞蹈。猩红的夕阳，微蓝的幽魂，那情景一定凄切动人。地磁台的小房子很矮，院子里安置着许多台高倍天文望远镜，它们把长长的触角伸向天宇，极像一条条挺起身子的巨蟒。紫金山天文台借用地磁台站安装了一台日食光谱仪，据说这种仪器在世界上只有两台，另一台在美国，所以它吸引了大多数记者的目光。然而我左转右转，却独独不见王无寺，想必他真的不来北极村了。这有点使我失望，草草转了一圈，见日头已经逼近中天，就赶紧回返，以免姥姥着急。麦地丰厚的白雪上落着一群麻雀，它们跳来跳去的，很像是一摊墨在洁白的宣纸上流动。这幅巨大的天然丹青画卷给人一种眩晕的美感。

姥姥已经煎好了香喷喷的江鱼，灶上的锅里还炖着鸡，她告诉我，气象站预报明天晴天，不会有云彩，而且无风，肯定能够观测成功。她还说乡里发了通知，所有的马爬犁在这三天不许进山，私人车辆也不许通行，怕阻塞了交通。西林吉由于住户比北极村要多上十几倍，而且直播日全食的现场设在那里，所以规定城里在三月九日凌晨一律不许生火，以免炊烟不绝如缕地上升而使能见度降低影响观测。

姥姥说："不让点火还不把人给冻死？"

姥姥又说："明天天狗要是不吃太阳，不是白白来了这么多人？"她把"吃"说成"差"。

"科学家是不可能预测差的。"我宽慰她。

"哼，要是不吃的话，那可丢了大人了。"姥姥一摇头，顾虑重重地说。

我望着姥姥的背影暗自笑了。

午饭后龙子闹着让我领他出去玩。我说自己已经蹓躂了一上午，腰酸腿疼了。他就一撇嘴说："你可真不抗走，还不如蚂蚁呢，蚂蚁都能满村子爬！"说完，他戴上棉帽子，很响亮地把两线粗粉条似的鼻涕抽回鼻孔，体体面面地跑出去了。我酒足饭饱后听着挂钟单调的摇摆声，便有一种昏昏欲睡的感觉，于是就舒舒服服地躺在火炕上睡觉。梦里竟然见到与这季节相悖离的彩虹，它们一共两道，一东一西地遥遥相对。它们拱形的姿态切割着灰蒙蒙的云气，使人觉得那是天的一双明媚的大眼睛在闪烁。醒来后姥姥在灶房剐鱼，手上沾满了鱼鳞。她告诉我，刚才广播通告了，说是明天观测时不能直接用眼睛看，以免弄伤了眼睛。没有观测卡的，可以用相片去看，或者是把玻璃片涂上墨汁。我听后笑着纠正她，不可能是用相片看日全食，而是用完全曝光的照相底片去观看。姥姥说，过去天狗吃日头时，他们都是直接用眼睛去看，也没听说谁伤了眼。若真怕它伤眼，就端一盆清水放在院子中，去看它浸在水中的影子，一样一清二楚。姥姥又说，现在的天狗要作践人的眼睛了，真是越学越坏了！我听后不由哈哈大笑起来，这时龙子推门回来了，他先是把棉帽子摘下扔到沙发上，然后就跑到灶房翻吃的东西，他跑饿了。他的脸蛋被冻得通红，两道鼻涕又调皮地跑出来了。他告诉我他见到了那位生了病的从北京来的小哥哥，他在江沿用望远镜照对岸。"把人家树上的鸟都照进去了。"龙子说，"我拿过望远镜看得清清楚楚。你说那鸟被照了后还不得跑了魂儿？"这下是姥姥笑出了眼泪，她对我说，北极村的老人们上了岁数后都很忌讳照相，认为照一次相人的魂儿的精气就会走散不少，平素常把这话挂在嘴上，龙子就信以为真了。不过他把鸟和人混为一谈了。他还说毕亮的妈妈向他打听我，问我什么时候离开。我问他怎么回答的。龙子一扭头说："我跟她说，天狗一伸回长舌头，你就会走。"姥姥嗔怪龙子："你就不留姐姐多住几天？""她回来又不是为了住，是为了天狗。天狗没了，她不就得走啊？"他颇为精辟地推理道。

天色已昏，不过那昏暗也是一种清澈的昏暗，给人一种干干净净的感觉。姥姥告诉我，天狗吃太阳时，要把铁桶倒扣在板障子上，咚咚咚敲打它，或者干脆敲盆敲碗，以此吓跑天狗。当然有炮仗的人家还可以放鞭炮。鞭炮一旦密集地响起来，天狗便会落荒而逃。不过我想那天狗正吃在半饥半饱处，逃时未必有足够的力气。

晚饭即将开始时，院子中的狗狂吠起来。龙子跑出去迎人，不一会儿就独自返回来了。姥姥问他："谁——"这时狗仍在吠叫，看来来人仍在大门口等待着。龙子指着我说："一个我不认识的人，要找我姐姐。我得让姐姐认了他，才能领进来。"我心中已经明白来

225

人是谁，连忙随着龙子出门。果然是王无寺！他穿着又蠢又笨的羽绒衣，依然戴着那副残破的眼镜，他见了我显得很兴奋，连连说："我都闻到姥姥家的菜香味了！"

既然他鼻子如此灵敏，晚餐又已经在桌上了，姥姥便热情邀他同吃。王无寺也不客气，脱下羽绒衣就坐在餐桌旁的一只方凳上。龙子用眼睛觑着王无寺，然后埋下头偷着乐，我明白他在嘲笑他的眼镜。王无寺告诉我，他是今天上午同记者采访车一道来的，他先找了个人家住下。那家靠近江畔，姓郑，祖孙三代同堂，家庭气氛很好，每宿只收他五十元钱，还包括每日三餐，他就是向他们家打听到我的住处的。

"你离开西林吉时也不告诉我一声，那天中午我订了两道好菜！"王无寺埋怨道。

"我告诉老板娘为你减掉一个菜的。"我说。

"真的？"王无寺一仰头说，"老板娘可是没说，我中午回去时，要的菜全在桌子上了，吃得我肚子圆得不敢弯腰。"

"那你拉一泡屎不就松快了吗？"龙子插言道。

王无寺很认真地对龙子说："消化要有个过程。"

姥姥用眼睛眄了龙子一下，示意他不要插大人的话。

王无寺接着眉飞色舞向我报告他昨天的两篇新闻快稿，一个是有关火灾纪念馆的，一个是关于日全食现场直播情况的。他首先介绍为了确保转播的顺利进行，中央电视台在三个月前即租下了泛美2号卫星线路，此外，还将动用一台移动卫星地面站、两辆转播车、六套微波、十五台摄像机……可在安装调试移动卫星地面站时，却出现了意想不到的事情。这套由英国制造的最先进的设备，高功放却出现了故障。

"晚饭后所有的技术人员都到漠河三中四楼，研究怎么排除故障。如果排除不了，只能请求再送一台高功放来。可离直播只有三十多个小时了。北京方面已经考虑请求空军支援来送一台高功放。晚上十点多钟，有一个人突发奇想，说是不是高功放被冻住了？虽然设备上标明它在零下四十度仍可照常工作，但没准在漠河患了'感冒'。于是高功放被抬上四楼，找来两个两千瓦的大灯，外加电吹风，对它一通温存关怀，最后它居然真的好用了！"

我笑了，"要是它一直感冒下去，明天的现场直播就砸了。"

"你说这是多么有价值的新闻呐。"王无寺沾沾自喜地说，"我连夜写好稿子，凌晨传真回去。"

"什么叫'现场直播'？"龙子问。

"就是这里发生的事同时能传到世界各地。"王无寺说，"这里天狗吃太阳，别的地方的人就能通过电视看到。"

姥姥不由慨叹一声："现在的人可真能。"

饭后王无寺满嘴油光地与我聊天。姥姥见我们谈兴很浓，便要领着龙子出去串门。这时王无寺起身对姥姥说，他想和我到外面走走。姥姥很开明地说："那你们就出去说话，还可以看看景儿！"姥姥接着吩咐龙子去后屋把她的老花镜拿出来，她要补一只袜子。我明白她是怕龙子跟我们出去，而有意支开他。

结果到了户外我们却无话了。空气是那种冰冷的清新，使人呼吸后浑身为之一振。我们慢慢走到南边的松树林前，那一带没有灯火，因而它上面的星空就给人一种极其灿烂的感觉。仿佛那棵棵松树是一条条鱼，天地间流动的空气是浩渺无边的水，而每一颗星星都是鱼吐出的一串串向上浮动的金色的气泡。至于我们，也许是水底的两根孱弱的水草。

王无寺终于开口说话了，他说我说得没错，这里的女孩子的确生得很灵秀。郑家的一个女孩叫郑雪，十六岁，肤色白里透红，眼睛很大，一说话就笑。她领他认识了地窖。

"真不敢相信，外面这么厚的雪，地窖里的菜还新鲜着。"王无寺突发奇想地指着天空说，"新鲜得就像那些星星！"他接着对我说，明天他选择了一个最好的观测拍照点，不过那地点暂时保密。观测完他会把那地点告诉我，保证是最独一无二的。

"我明天一观测完就返城，所以你最好现在告诉我。"

"你就那么急着走啊？"王无寺有些泄气地说，"今晚咱们就算告别了？"

"是的。"我说。

"那我也不告诉你我的观测点。"王无寺很孩子气地说，"将来我写信告诉你。"

"反正你不可能飞到天上去观测。"我说，"不告诉也罢。"

"你是说我不必写信给你了？"

我不置可否地付之一笑。

"认识你我很幸运。"王无寺突然压低声音说，"你要好好保持自己的这种自由状态，不要轻易嫁人。将来我可以去哈尔滨看你吗？"

"如果是因为工作顺访当然欢迎。"我说，"如果是专程来看我则大可不必。"

王无寺沉默了一刻。最后他突然想起什么似的用响亮的声音对我说:"对了,我得回去了。郑雪说她晚上给我氽狍子肉丸子汤喝,她肯定等急了!"

我与王无寺握手道别,他的手心湿津津的,仿佛他刚握化了一把雪。

姥姥正守着电视看《宰相刘罗锅》,看得笑意蒙蒙,她见了我便指着电视说:"这个罗锅子真是笑死个人。天不怕地不怕,就怕他的老婆。"

荧屏上的刘罗锅正卑躬屈膝地对着老婆"夫人、夫人"地叫个不休。他那夸张了的谦卑和讨好的确惹人发笑,可我无论如何笑不起来。

天上要出现大事故的日子终于寸寸逼近了。三月九日一大早,天还灰蒙蒙着,姥姥就起床去灶房生火。我虽然已经醒了,但由于被窝实在太暖和了,所以想再赖一会儿。然而不久龙子就噼噼啪啪地走进我住的屋子,用冰凉的小手揉着我的胳膊说:"姐姐快起来吧,一会儿天狗就该吃太阳啦!"

我只好钻出被窝,呵欠连天地穿衣服。龙子在一旁使劲抽着鼻涕,告诉我他到外面看过了,天上连个云彩丝儿都没有,晴极了,地上也没有风呜呜跑,一会儿保证能清清亮亮地看见天狗。

吃过早饭,大约是七点半左右,舅母一身油烟气从饭店回来,她送回了几张完全曝光的底片。我已经有了一片中间镶了减光膜的观测卡,所以就唤龙子用底片。舅母告诉我,她为我联系好了县公安局返城的车,他们在她的饭店吃过午饭后就出发,让我收拾好行李。舅母还说,有家电视台现在就开始拍老人们敲盆敲碗的镜头,有很多人在那儿围观,大家都说,天狗还没吃太阳呢,怎么就先敲上了，这不是弄假吗？我说电视台的人千里迢迢赶上这么一个千载难逢的机会，当然是公私兼顾了。日全食只持续两分四十六秒，若是那一瞬间他们埋头工作，就会与这壮丽的瞬间失之交臂，所以要提前把生米煮成熟饭。这时龙子恍然大悟地说："电视也能造假啊。"

舅母说住在他们饭店的人都去江边观测了，问我去不去。我说我就站在家门外的空场上看。她接着给正在转播台值班的舅舅打了个电话，对他说："天狗把太阳要全吃了的时候，你抽空儿回家放挂鞭。"她放下电话后歉意地冲我笑笑，说她得赶快回去准备菜码。"你回来这两天忙得我都没顾上跟你唠会儿嗑。"她说。"我希望你天天这么忙，生意就永远红红火火。"我说。"哪能呢——"舅母说，"这是百年不遇一回的事儿。"

姥姥果然把仓房的洋铁皮洗衣盆拿出来，盛了一盆清水进去，打算着搬到院子里。龙子这时提醒她说，等天狗开始吃时再搬出去，不然那水非要冻成冰不可。

日全食发生前的一个小时的晴朗给人一种格外漫长的感觉，因为我担心那晴朗会风云突变，哪怕有一片云彩在日全食发生时向着太阳飞来，天空中大面积的晴朗也就显得无所作为了，因为云彩会像天幕一样遮住事故发生地的一切故事。

八点零六分，太阳终于出现了"初亏"。透过观测卡，可见那轮圆圆的太阳微微缺了一弯银边，仿佛哪个巧手的女人从它身上抽了一根丝线。只是不知那丝线是缝了馈赠男人的香荷包还是缝了小孩子的红肚兜。我和龙子站在大门外的空场上，不远处一家仓房的棚顶上有五六个男孩子在跺着脚冲天吆喝："天狗出来了！"不过并没有敲击铁桶的声音传来，也许还不到敲的时候。八点三十分左右，太阳的缺口越来越大，残缺的太阳像一只受伤的白鸽在瑟瑟发抖。我开始觉得周身发冷，气温随着天色转暗而明显降低。龙子不停地问我，太阳都被吃成这副样子了，怎么还不见天狗的影子？我告诉他天狗很狡猾，它躲在太阳背后偷偷地吃，所以我们看不见它。北极村显得无与伦比的宁静，就连先前在仓房上叫嚷的孩子也不见了，他们肯定又跑到另外的地方去观测了。观测卡里的太阳很匀称地慢慢失却着血肉，可见这太阳其味甘美，天狗吃得很仔细，也许它还会把宇宙的清风作为美酒来时不时地啜饮一口呢。临近九点的时刻，姥姥把一盆清水搬到院子，她俯身看水的一瞬不由"哎哟"一声，说道："给吃得这么没精气了，真是——"我便回到院子去看水中的太阳。它形如月牙，瘦得像棵被风吹弯了腰的枯草。我真想把它从水中捞起，把它藏到一个天狗看不见的地方，让它留有一分血肉。然而它是无可奈何地越来越伶仃，到了九时零八分，它完完全全地消失了！

太阳彻底被月亮遮住了。我扔掉观测卡，此时鞭炮声接二连三响起，狗叫声连成一片，天色已暗，仿佛永劫不复的长夜已经来临。我用肉眼直接面对着天空那团暗影，这时它的周边忽然涌起了许多毛茸茸的银白色光线，它们颤颤欲动着，仿佛一群飞舞的银鱼，这就是"日冕"的情景。在它的上方，有两颗很亮的星星像神灯一样勃勃闪耀着，我想有一颗一定是毕亮所说的水星。那一瞬间我被太阳与月亮这种完美的重合而深深震撼了！我不再相信是天狗在吃太阳，而深信是遥遥相望的太阳和月亮在经过了漫长的煎熬和等待后，终于如愿以偿地接近和相拥了。月亮遮住太阳的那两分四十六秒，它们一定是在热烈"做爱"，不然它们周围怎么会如此流光溢彩！那种安静背后的绚丽、动荡之后的辉煌！我蓦然想起了周方庐，如果此刻他站在我旁边，那么他的怀抱无疑会成为我一洒热泪的地方。我悉心等待着那颗被传媒炒得几乎要焦了的彗星，然而它一直未露真容，直到那像黑盘子一样的太阳的暗影里突然跳出一个亮点，"贝利珠"荧光闪烁地形成，太阳开始了复圆的旅程，彗星也没有出现。

我觉得从未有过的寒冷，一种从头到脚一贯到底的寒冷，至少有零下四十度的样子。院子里遗落着猩红的爆竹碎屑，舅舅站在门槛前一声不吭地吸烟。我想人们之所以要放鞭炮，并非为了吓跑天狗，而是用响声来给自己壮胆，看看这世界是否仍能回荡着人类所制造的声音。而那颗没能如约而现的彗星，大约是它觉得不该用亮色来搅扰太阳与月亮所营造的那种温存的黑暗，所以它才善解人意地隐藏在天幕深处。

太阳渐渐复原了，雪地上又有光芒萦绕了。狗安静地在小路上走来走去，三千年一回的盛事就如此转瞬即逝。也许是哀怜月亮的离去，太阳的复圆显得无比忧伤。它的光芒纤柔飘逸，让人不忍触摸。这时姥姥问我："那颗彗星怎么没出来？"我说也许是由于天色不如想象的那么黑暗，所以它就显现不出来。可姥姥却一针见血地说："那别的两颗星不是出来了吗？"我无言以对，我走回屋子，电视的现场直播里正有一位科学家在讲话。他很遗憾地说自己受命寻找彗星，可是没有找到，很对不起大家。彗星没有找到，日全食他也没有看好，他颇为沮丧地说。他作为科学家的坦率令人钦佩。

从残缺的太阳中流泻下来的光芒给人一种水洗般的感觉，仿佛太阳在洒泪。我穿过乡政府，打算去跟毕亮告别。有一家电视台正在采访当地居民，询问他们刚才观测日全食的感觉。有一个六十多岁的老人抄着袖子在嘶嘶哈哈讲话，他的胡子上挂着白霜。他讲话时有条狗在他的胯裆间钻来钻去的，所以他谈感想时把狗也捎带进来了："啥感觉？觉得天狗有点不自觉，吃得太阳一点不剩，还不如我胯裤裆里的狗仁义呢，它每顿吃食儿还要剩点儿！"

扛着摄像机的记者忍俊不禁地笑歪了身子，我想他这段资料算是白录了，因为无论如何剪辑也登不了"大雅之堂"。

过了乡政府，我才觉得要去的目的地一片茫然，因为毕亮所住的房东家我并不知道。虽说北极村并不大，可一户户问下去，也终究不是办法。我想起了小英，她该知道毕亮的住处，于是就朝卫生院走去。才走进院子，迎面便撞见头裹绷带、苦不堪言的王无寺！有个肤色白净戴绿围巾的女孩跟在他身边。王无寺见到我一副欲哭无泪、悲哀已极的表情。我连忙问他怎么了，他的嘴唇哆嗦了许久，终于泣不成声地说："全完了——"原来王无寺选中了郑家前菜园的一座草垛作为观测点，一大早他就把照相器材扛到了草垛上。他十分顺利地拍到了太阳"初亏"的情景。然而到了最激动人心的"食甚"时刻，他却连人带照相机一同跌入草垛深处！原来郑家有个淘气的男孩，秋天时常和小朋友在草垛捉迷藏，他们便把草垛中央用柳条撑开了一个洞，搭成一个温柔的陷阱。一个冬天过去，大家早把那陷阱忘了。而王无寺不是由于冻僵了在草垛上不停地跺脚，也不至于跌入深渊。他坠入其中到扑腾出来足有五分钟的时间，仰头望天，恨不能自己永远下到地狱去，"日冕"和"贝利珠"的情景已杳然而去，最糟糕的是照相机的镜头也被坚硬的柳条给划破了。王无寺指着自己的额头说："这里划了个两寸长的口子，刚才流血流得我都晕了。"郑雪并不像王无寺所说的那样是大眼睛，而是细小的眼睛，不过极有韵味。她在王无寺痛诉经过时偷偷地抿着嘴乐，王无寺说她爱笑倒是不假。

"你干吗要选择草垛作为观测点？"我说。

"我想离天更近一点！"王无寺很委屈地说，"而且这世界上有多少美好的故事都发生在草垛上啊。"

他的话使我哭笑不得。他忧心忡忡地说自己这次回去肯定要受到处分，房子也会永无踪影。他没有想到有了个轰轰烈烈的开头，却落了个悲惨的结局，这是命。我启发他说，也许事情并不像他想象的那么糟糕，他可以求助于一位摄影记者，弄一些"食甚"时刻的照片，然后按部就班、若无其事地继续向回发稿。

"可我并没有在那个时刻身临其境，我怎么写？"

"你可以向观看了全过程的人打听嘛。"我指了指郑雪，然后又说，"而且想象的文笔有时会更灿烂！"

"倒也是——"王无寺立刻精神了，"谁又能相信我没有看到食甚的情景呢？谁又能知道我掉进草垛里了呢！"

王无寺终于振作起来了，他让郑雪马上陪他去地磁台，先与聚集在那里的摄影记者联系。

小英不在卫生院，值班医生说凌晨四点多她就被人叫走了，有个从北京来的孩子出现了三十九度的持续高烧。我心下一惊，知道那孩子定是毕亮，忙问他所住的人家该怎么走。医生说："那孩子住在老肖家，供销社后面的第三趟房紧把东头的就是。"

毕亮躺在火炕上，小英正在给他输液。他的父母熬红了眼睛。

小英说，毕亮现在还在低烧，所以要持续输几天液来巩固一下。毕亮见到我很虚弱地叫了一声"阿姨"，然后笑了笑。这两天他明显消瘦了。他告诉我，他刚才在观测日全食时还发着高烧，父母把他放在肖家的一块大面板上，当作担架抬他到院子。他眼花缭乱，觉得太阳周围到处是星星，满天霞光飞舞，那种情景以往只在他梦中出现。后来他听见狗叫声连成一片，知道是"食甚"时刻。他有一种在黑暗中下沉的感觉，而且他看见了天狗！

"这怎么可能！"我说，"你是花了眼了！"

"真的！"毕亮急切地说，"地上的狗叫个不休的时候，我就看见太阳周围有一团巨大的暗蓝色阴影，形状跟狗一模一样，后来我就突然看见它伸出了红色的长舌头，一条长尾巴还一摇一摆的！"

毕亮的父母说，毕亮本来已经见轻了，可昨天晚上为了观测海尔－波普彗星，他一直在外面站了两小时，回来后便高烧起来。

我问毕亮："你看到彗星了吗？"

毕亮嘟哝了一下嘴，然后点点头竖起了大拇指，说："它真棒！"

"你虽然眼睛发花，误以为看见了天狗，但毕竟还是看了全过程。"我对毕亮说，"在火车上的那个王叔叔，他才惨呢。"

我将王无寺的遭遇复述了一遍。毕亮的爸爸不由慨叹："这小伙子可真可怜！"

毕亮的妈妈则笑着说："年轻人也这么迂腐。"

毕亮说："从我看见他戴着那副破眼镜的时候起，我就知道他这一路的运气好不了。"

我对毕亮说，我看见了两颗很亮很亮的星星，肯定有一颗是水星。

"除了水星，另一颗应该是金星。"毕亮说。

我吻了一下毕亮的额头与他告别。毕亮十分难为情地抚摸了一下被吻的地方说："外国人才兴这个呢。"

公安局同志的午餐一直持续到午后三时，所以与姥姥的告别就一拖再拖。我一次次地走到大门口去看车有没有来，因为漫长的告别会更加使人愁肠百结。太阳虽然恢复了常态，但它总给人一种恹恹无力的感觉，仿佛它在忧伤而甜蜜地回味与月亮合欢的情景。绿色的 212 型吉普车终于像大蚂蚱一样一蹦一蹦地来了。除司机外，车上的其他人都喝得红光满面。姥姥一再嘱咐司机要慢些开，然而一出了北极村车就开始像小马驹一样撒欢儿地跑起来。几个人开始肆无忌惮地相互取笑。笑声像质地极好的铜钱一样在银光闪烁的雪地上叮当跳荡。路面的积雪被往来的车辆轧得结实而又明滑，路两侧的沟壑枝丫纵横。大家七嘴八舌地嘲笑科学家所预言的彗星并没有在"日全食"时出现，这时突然有一个人恶作剧地从后面拍了一下司机的肩膀，说："快看！彗星在那儿！"

司机一偏身子仰头的瞬间，吉普车突然急遽偏离车道左转，刹那间便一头栽进深沟！我坐在副驾驶的位置上，能明显感觉到汽车在短暂的几秒内飞翔的感觉。车体几乎倒立起来，我的身体惯性前倾，眼睁睁地看着一棵白桦树就在风挡玻璃后面向我凛然微笑着。如果俯冲时马力更足一些，这棵树就会穿破玻璃朝我而来，后果不堪设想。短暂的几秒静寂后，大家才醒过神来，纷纷拉开车门出逃。

是沟谷里丰厚的积雪挽救了我们的性命。我吃力地爬上公路，惊魂未定地看着那辆像螃蟹一样四脚横出的车。几位警察的酒已吓醒了大半，他们开始在路中央截车，希望能把抛锚的车拖出来。然而过路的大都是轻型轿车和面包车，根本无力把车提出深渊。一名警察只好搭车去老沟向驻军部队求援，只有拖拉机前来才会有救。我站在路边望着蜿蜒的雪路和无边的苍褐色森林，忽然有一种要哭的欲望。我不时抬腕看手表，要想准时返回西林吉搭乘傍晚的火车已不可能。但我还是抱有一线希望地与几位警察商量了一下，我想截一辆车先走，不能与他们在这儿共患难了。他们十分大度地说没关系，然后几经周折总算有一辆车同意将我接纳。我坐在丰田面包车放备用胎的地方，弯着腰头顶车篷，像被押解的囚犯一样向西林吉前进。车里除我和司机外，其他人都在酒气熏天地呼呼大睡。我问司机，为什么我截的几辆车都有空位，可人家却不愿意捎我？司机说：“因为你是出事的那辆车上的人，人家忌讳。”

原来如此！他们怕是把我当成那种专给人带来霉运的“扫帚星”了！

司机又说：“我看你都要冻透了，就捎上你。这路太滑，你没看车直掉腚嘛，不过慢些开就是了。”

到达西林吉时火车早已离站，天已经黑透，我只好再等待深夜十一时的那趟。我步态踉跄地独自走进一家餐馆，要了一瓶酒和两个热菜来为自己“压惊”。然后我又酒气熏天回到冷风呼啸的街头。街上的车流量依然很大，大概要一两天之后所有的外地人才会被完全疏散出去。每一盏街灯都给我一种格外湿润温暖的感觉，我真想摘下一盏提在手中。我走进邮局，在空荡而干净的大厅里给妈妈和姥姥各打了个电话通告平安，之后我不假思索地拨了周方庐的手机号码，那完全是一种下意识的举动，因为我不相信会听到他的声音。

然而几声蜂音过后我竟然清晰地听到了周方庐的声音！我先报姓名，然后告诉他我在漠河。周方庐立刻说："难怪，我一直往你家打电话都没人接。我三天前来到哈尔滨，现在正在阎家岗机场，再有半小时就该飞离哈尔滨向回返了。"

我只觉得一阵头晕目眩。

"我是来奔丧的，我姑姑去世了。"周方庐说，"你去漠河一定是为了看日全食吧？"

我声音颤抖地说："是的。"

"那里很冷吗？"他又问。

"是的。"我依然颤抖着说。

"看见彗星了吗？"

"没有。"我觉得声音愈发颤抖，而且腿也开始打哆嗦。我为了看一颗未曾露面的彗星，却错过了与我最魂牵梦系的朋友相聚的机会！

"日全食一定很壮观吧？"

"是的——"我竭力提高嗓音说，"我看见太阳和月亮做爱了！"

"什么？"周方庐温存地问，"你没事吧？"

"我没事，能在这个夜晚听到你的声音我很幸福，从未有过的幸福，真的！"我觉得眼泪就要夺眶而出了，于是赶紧放下电话。值班小姐在收取电话费时很关切地看了看我，我冲她凄然一笑，说："我喝酒了。"

值班小姐善意地说："出去吐一下就会好受些。"

我走出邮局，站在无人注意的黑暗而冰冷的大街上，打算痛痛快快地哭上一场。可我无论怎样努力，先前萦绕于眼眶的泪水却悄然收敛了。而我的内心却有一种又咸又涩的感觉，我知道那泪水正一滴滴朝那儿流去。因为从眼里流出的泪是水，而流向心底的泪则是血。

1997 年

图书在版编目（CIP）数据

北极村童话 / 迟子建著 .—北京：作家出版社，2021.9（2024.1重印）
（迟子建作品）
ISBN 978-7-5212-1164-1

Ⅰ.①北…　Ⅱ.①迟…　Ⅲ.①中篇小说—小说集—
中国—当代　Ⅳ.① I247.5

中国版本图书馆 CIP 数据核字（2020）第 215622 号

北极村童话

作　　　者：迟子建
策　　　划：省登宇
责任编辑：周李立
装帧设计：好言好羽
出版发行：作家出版社有限公司
社　　　址：北京农展馆南里 10 号　　　邮　　编：100125
电话传真：86–10–65067186（发行中心及邮购部）
　　　　　86–10–65004079（总编室）
E–mail:zuojia @ zuojia.net.cn
http://www.zuojiachubanshe.com
印　　　刷：河北京平诚乾印刷有限公司
成品尺寸：145×210
字　　　数：200 千
印　　　张：7.625
印　　　数：190001–220000
版　　　次：2021 年 9 月第 1 版
印　　　次：2024 年 1 月第 6 次印刷
ISBN　978-7-5212-1164-1
定　　　价：49.80 元（精）